Licht der Morgenröte

BROKEN BOW
BUCH SECHS

ASHLEY A QUINN

TCA PUBLISHING LLC

Buchcover-kunst: Christine Riley

ISBN: 978-1-959943-42-6

Verlag: TCA Publishing, 216 N Hayes St., Bellefontaine, OH 43311

Ansprechpartner: ashley@ashleyaquinn.com

KAPITEL
Eins

»Blödes Mistst...« Macy Briggs Stimme verlor sich, als sie versuchte, die Bodenplatte ihrer Espressomaschine abzuhebeln. Sie steckte ihren Flachschraubenzieher zwischen die Platte und die Seite der Maschine, aber sie bewegte sich nicht. »Warum willst du dich nicht bewegen?« Sie neigte den Kopf, um darunter zu schauen. Es musste irgendwo hängenbleiben.

»Was machst du da?« Brady Archers tiefe Stimme durchschnitt das Geräusch ihres Bastelns.

Macy schrie auf und richtete sich auf, um ihn anzustarren. »Herrgott, Brady. Bist du durch die Tür geschwebt oder so? Ich habe nicht gehört, wie du reingekommen bist.«

»Es hat geklingelt.« Er deutete mit dem Daumen über seine Schulter auf die Tür mit ihrer Glocke.

Sie war sich sicher, dass es das hatte. Aber sie war zu vertieft darin gewesen, ihre verdammte Espressomaschine zu reparieren. Sie legte ihre Werkzeuge zur Seite. »Willst du einen Kaffee?«

Er nickte. »Was ist damit los?« Er zeigte auf die Maschine, die sie zu reparieren versuchte.

»Sie hat ein Leck bekommen. Ich versuche, ein Anschlussstück auszutauschen, aber ich kriege die Bodenplatte nicht ab. Ich schwöre, ich kaufe mir eine neue. Diese macht mir nur Probleme.« Sie goss ihm einen großen Becher schwarzen Kaffee ein, während sie sprach.

Er runzelte die Stirn. »Willst du, dass ich mir das ansehe?«

Sie winkte ab, als sie ihm den Becher reichte. »Nein, ich werde es schon herausfinden. Genauso wie jedes andere Mal, wenn ich sie reparieren musste.«

Sein Mund verzog sich, als er den Kaffee nahm. »Du solltest sie nicht ständig reparieren müssen. Was geht kaputt?« Er stellte den Becher auf die Theke und ging um sie herum auf ihre Seite.

Macy trat zurück, als er in ihren persönlichen Raum eindrang, ihr Körper ging in Alarmbereitschaft durch seine Nähe. Der Mann ließ ihre Hormone mit seinem gigantischen Körperbau, den kräftigen Armen und den noch kräftigeren Oberschenkeln durchdrehen. Dann war da noch sein Gesicht. Mit seinem kantigen Kinn, den markanten Wangenknochen und dem dunklen Bart hätte er direkt vom Set einer Bikerdrama-Serie kommen können. Brady Archer war der Inbegriff von Sex.

Er streifte an ihr vorbei und Macy seufzte. Er wusste es nicht einmal. Es war *wahnsinnig*.

»Ist das das Teil, das du abzunehmen versuchst?« Er berührte die Chromblende, die schief am Boden der Maschine hing.

Sie nickte.

Er beugte sich fast doppelt, um die Unterseite zu betrachten. »Hast du eine Taschenlampe?«

»Ja.« Sie holte eine aus ihrem Werkzeugkasten und reichte sie ihm.

Er nahm seinen Hut ab und warf ihn auf die Vitrine, dann schaltete er die Lampe ein und leuchtete den Boden an. Er nahm den Schraubenzieher und kniete sich hin. Er steckte die kleine Lampe zwischen seine Zähne und drückte gegen das Metall, um zu sehen, wo es feststeckte.

»Kommt diese Seitenblende ab?«, fragte er und nahm die Lampe aus dem Mund.

»Nur das größere Stück. Du müsstest viel mehr vom Rahmen demontieren, um das andere Teil abzubekommen.«

Er grunzte und fummelte an der Platte herum, arbeitete mit dem Schraubenzieher zwischen ihr und dem Rahmen. »Es hängt an etwas fest.«

»Echt jetzt?«

Er warf ihr einen genervten Blick zu, dann machte er weiter. Nach ein paar weiteren Sekunden des Wackelns mit dem Schraubenzieher, während er die Platte abstützte, löste sie sich.

»Ha! Nimm das, du blöde Maschine!«, sagte Macy.

Brady zog die Platte nach unten und über die Dampfdüsen, um sie zu betrachten. »Sie ist hier hinten verbogen.« Er schaute zu ihr auf. »Was hast du damit gemacht?«

»Ich habe nichts gemacht.«

»Sie hat sich nicht von selbst verbogen, Mace.«

»Vielleicht hat sie sich beim letzten Mal verbogen, als ich sie abnehmen und wieder anbringen musste. Ich weiß es nicht.« Sie streckte ihre Hände mit den Handflächen nach oben aus. »Ich war wahrscheinlich nicht so vorsichtig, wie ich hätte sein können. Es war das dritte Mal, dass ich dasselbe Teil ersetzt habe.« Sie seufzte. »Das macht jetzt Nummer vier.«

»Das ist nicht richtig. Es sollte nicht so oft kaputt gehen.« Er betrachtete die Maschine und dann wieder sie. »Zeig mir, wo es bricht. Vielleicht gibt es ein anderes Problem.«

»Wenn das so ist, konnte ich es nicht finden, selbst mit Hilfe des Kundendienstes des Herstellers und YouTube.«

»Hast du keine Garantie?«

»Doch. Aber sie deckt keinen Ersatz ab, es sei denn, es gibt einen katastrophalen Ausfall. Die Teile sind abgedeckt, aber ich muss es selbst reparieren oder jemanden finden, der es kann.«

Er runzelte die Stirn. »Und nachdem du zum vierten Mal wegen desselben Problems angerufen hast, betrachten sie das nicht als katastrophal?«

»Nein. Sie funktioniert immer noch, sobald das Teil ersetzt ist. Glaub mir, es ist billiger für sie, mir die neuen Ventile zu schicken, als die ganze Maschine zu ersetzen.«

»Das glaub ich. Okay. Zeig mir, wo das Problem ist.«

Sie beugte sich vor, um auf das Ventil zu zeigen, das er freigelegt hatte, und versuchte, sich nicht von seinem Geruch aus der Fassung bringen zu lassen. Es war ein berauschendes Aroma aus Leder, Heu und Mann. »Dieses Ventil. Unter dieser Messingbox ist das Anschlussstück für das Wasserrohr. Die Dampfdüse kommt von vorne. Es leckt von hinten. Ich ersetze das Ventil und es ist für ein paar Monate in Ordnung, dann tropft es plötzlich wieder stetig.«

Brady starrte die Maschine an und kratzte sich am Kopf, bevor er den Schraubenschlüssel aufhob, den sie bereitgelegt hatte. Er drehte das Anschlussstück ab und entfernte das Ventil, leuchtete mit der Lampe hinein. »Ich sehe kein

Problem mit dem Ventil. Es und die Unterlegscheibe sehen gut aus.« Er wandte seine Aufmerksamkeit der Maschine zu. »Du sagtest, es ist die Rückseite des Ventils, die undicht ist?«

»Jep.«

Er beugte sich näher heran und leuchtete auf das Rohr, von dem er das Ventil abgenommen hatte. »Hast du dieses Rohr ersetzt?«

»Nein.« Sie beugte sich vor. »Hätte ich das tun sollen?«

»Ich denke schon. Sieh dir das Gewinde daran an.« Er zeigte auf die Seite. »Siehst du, wie komisch es aussieht?«

»Ja.«

»Es ist überdreht.«

Er drehte sich um, um sie anzusehen, im selben Moment, als sie ihn ansah. Ihre Augen huschten zu seinen Lippen, die nur wenige Zentimeter entfernt waren. Sie richtete sich auf, ihr Gesicht glühte, und räusperte sich. »Wie ist das passiert?«

»Meine Vermutung ist, sie haben das Ventil überdreht, als sie die Maschine zusammengebaut haben. Du brauchst ein neues Wasserrohr, wenn du willst, dass es aufhört zu lecken.«

Macy stöhnte. »Ich muss die ganze Maschine auseinandernehmen, um das zu machen. Dieses Rohr windet sich durch ihr Inneres.«

»Es wird nicht schwer sein. Bestell das Teil, und ich werde es machen.«

Sie war sich nicht sicher, ob sie bei ihm in der Schuld stehen wollte, aber es wäre schön, die Maschine nicht selbst auseinander- und wieder zusammenbauen zu müssen. Sie konnte es, aber es würde eine Million Bilder, umfangreiche Notizen und mehrere Stunden dauern. Sie könnte ihren Bruder Declan fragen, aber er und Maggie haben gerade geheiratet, und sie hasste es, ihre Abende zu stören.

»Bist du sicher? Es wird ein paar Stunden dauern, also muss es am Abend sein.«

Er zuckte mit den Schultern. »Ich bin sicher. Gib mir Abendessen und wir sind quitt.«

»Abgemacht.«

»Okay. Wo ist das neue Ventil? Lass uns sehen, ob wir das Ding vorerst zum Laufen bringen können.«

Sie reichte ihm das Teil. »Ich muss ein paar Fotos von den Rohrgewinden machen, um sie an den Kundendienst zu schicken, bevor du das anbringst.« Sie holte ihr Telefon heraus und machte ein paar Bilder, dann trat sie zurück. »Also, wenn es das Rohr ist, warum hilft der Austausch des Ventils?«

»Es ist nicht so sehr das Ventil als die Gummidichtung darin. Sie wird komprimiert und verliert etwas von ihrer Elastizität, je länger sie drin ist und je mehr du die Maschine benutzt. Sobald das passiert, wird das Ventil wegen der überdrehten Gewinde locker und es leckt.« Er schraubte das neue Ventil an, dann die Dampfdüse.

»Nun, was auch immer der Grund ist, ich bin froh, dass es in absehbarer Zukunft nicht lecken wird. Ich werde heute den Kundendienst anrufen und das Wasserrohr bestellen.«

»Lass es mich einfach wissen, wenn es ankommt, und ich werde mir Zeit nehmen, um zu kommen und es zu reparieren.« Er baute den Rest der Maschine wieder zusammen. Macy war ein bisschen verärgert, dass er es in der Hälfte der Zeit schaffte, die sie normalerweise brauchte.

»Okay.« Sie trat zurück, als er aufstand und groß über ihr aufragte. Sie entdeckte seinen Kaffee auf der Theke und nahm ihn, um ihn ihm zu reichen. »Danke, dass du meine Maschine repariert hast. Ich weiß das zu schätzen. Der Kaffee geht heute auf mich.«

Er nahm den Becher. »Danke.« Er nahm einen Schluck und beobachtete sie.

Sie versuchte, nicht zu zappeln. Warum musste er immer dieses stille, grüblerische Ding tun? Es trieb sie in den Wahnsinn. Er war ein schwer zu lesender Mann, sodass sie nicht sagen konnte, was er dachte.

»Ich sollte gehen.« Er nahm seinen Hut und setzte ihn auf seinen Kopf, dann drehte er sich um und ging um die Theke herum. »Ich muss zurück zur Ranch. Ruf mich an, wenn das Teil ankommt.« Er blickte zurück. »Oder wenn sie wieder kaputt geht. Ich werde tun, was ich kann, um sie am Laufen zu halten.«

Macy nickte. »Danke, Brady.«

Er berührte mit zwei Fingern die Hutkrempe und ging durch die Tür. Die Glocke klingelte, als er hinausging, zur gleichen Zeit öffnete sich die Küchentür hinter ihr. Sie blickte zurück und lächelte, als sie sah, wie Denise James hereinkam.

»War das Brady?«

»Ja. Er hat angehalten, um Kaffee zu trinken, und hat die Espressomaschine repariert. Vorerst jedenfalls. Er hat ein größeres Problem damit gefunden.«

Sie runzelte die Stirn. »Ist sie okay zu benutzen?«

»Es geht. Das Gewinde am Rohr, das zum Ventil führt, ist überdreht, sodass es nicht richtig ausgerichtet ist. Das neue Ventil wird es eine Weile in Schach halten, bis die Unterlegscheibe etwas altert.«

»Oh. In Ordnung.« Sie kam näher und band sich ihre Schürze um.

»Sind die Kinder gut in der Schule angekommen?«

»Ja. Sie waren ganz begierig darauf, ihren Tag zu beginnen. Du und Declan habt ihnen gesagt, dass ihr sie in ein paar Wochen zum Campen mitnehmt, das hat ein Feuer unter ihnen entfacht. Sie trödeln nicht mehr. Sie wollen, dass die Tage schnell vergehen, damit es Zeit für diesen Ausflug ist.«

Macy lächelte. »Das will ich auch. Declan und ich freuen uns darauf.« Sie planten diese Reise seit ein paar Monaten. Seit Denise und die Mädchen nach Silver Gap gezogen waren. Das erste, wonach Jessie fragte – nachdem sie gefragt hatte, ob sie ein Pferd reiten könne – war, wann sie campen gehen könnten. Hannah echote es, und das nächste, was Macy wusste, war, dass sie und Declan einen Campingausflug planten.

Aber es machte ihr nichts aus. Sie war begierig darauf, Zeit mit ihnen zu verbringen. Ihre jüngeren Schwestern kennenzulernen, war erstaunlich. Nach allem, was im November passiert war, war sie dankbar für die Gelegenheit. Und ihre aufblühende Freundschaft mit der Mutter der Mädchen war ein wunderbarer Bonus. Denise erwies sich als harte Arbeiterin und gute Freundin. Es war großartig zu sehen, wie sie in ihrer neuen Umgebung aufblühte.

Die Glocke über der Tür klingelte und ließ mehrere Personen ein, was Macy aus ihren Gedanken riss.

»Sieht so aus, als wäre der Ansturm auf dem Weg.«

»Jup. Ich werde schnell die Bilder, die ich vom Rohr gemacht habe, an den Kundendienst mailen, bevor wir überrannt werden. Ich bin gleich zurück.«

Denise nickte und ging zur Kasse, um ihre Kunden zu begrüßen. »Ich übernehme das. Geh.«

Macy lächelte und huschte durch die Küchentür, wo es ruhig war. Sie schrieb eine schnelle E-Mail an ihren Kundendienstmitarbeiter und lud die Bilder hoch, dann drückte sie auf Senden. Der Lärm aus dem Café nahm zu, und sie runzelte die Stirn. Was war los?

Sie trat durch die Tür und sah den Bezirksstaatsanwalt, Daniel Kerr, der Denise stirnrunzelnd anstarrte, mit Kaffee an seiner Vorderseite.

»Oh mein Gott. Was ist passiert?« Macy eilte nach vorne, griff nach einem Handtuch und reichte es ihm.

Er tupfte die Flüssigkeit ab, die seine Kleidung befleckte. »Mein Kaffee ist verschüttet.«

Denise schaute Macy mit wässrigen Augen an. »Es tut mir so leid. Ich wollte ihm seine Karte zurückgeben und meine Hand hat den Becher getroffen.«

Sie berührte die andere Frau an der Schulter. »Es war ein Unfall. Ich bin sicher, Herr Kerr versteht das.« Macy blickte zum Staatsanwalt und forderte ihn heraus, ihr zu widersprechen.

Er erwiderte ihren Blick, während er an seiner Kleidung wischte. »Ja. Ein Unfall.«

»Siehst du?«, sagte Macy. »Kein Schaden angerichtet, außer an seiner Kleidung. Aber er wohnt in der Nähe, also bin ich sicher, er wird nach Hause laufen und sich umziehen können.« Sie drehte sich um und griff nach einem großen leeren Becher, füllte ihn mit dem Hauskaffee, den Kerr mochte. Sie schnappte einen Deckel drauf und hielt ihn ihm hin. »Ich weiß, Sie haben schon bezahlt, also geht der nächste aufs Haus.«

Er tauschte das Handtuch gegen den Kaffee. »Danke.« Mit einem Nicken drehte er sich um und ging.

Denises Schultern sackten nach unten, und sie blickte zu Macy hoch. »Ich kann nicht glauben, dass ich das getan habe. Ich fühle mich schrecklich. Ich hoffe, es hat nicht zu sehr wehgetan. Er runzelte die Stirn so stark.«

Macy verdrehte die Augen. »Er hatte keine Schmerzen. Er ist nur ein mürrischer Bastard.«

Das entlockte Denise ein Lachen.

Macy lächelte. »Es stimmt. Ich glaube nicht, dass er ein sehr glücklicher Mann ist.«

»Nun, trotzdem fühle ich mich immer noch schrecklich.« Sie biss sich auf die Lippe. »Denkst du, er würde es zu schätzen wissen, wenn ich ihm einen Kuchen backen würde?«

Macys Augenbrauen schossen nach oben. »Du willst Daniel Kerr einen Kuchen backen?«

Denise runzelte die Stirn. »Ist das schlecht?«

»Nein. Ich kann mir nur nicht vorstellen, dass er Kuchen isst. Nicht, weil ich nicht denke, dass deiner gut wäre«, beeilte sich Macy, Denise zu versichern, »sondern weil er einen Stock im Hintern hat, der fest steckt.« Macy hatte keine hohe Meinung von dem Mann. Er erschien ihr als Idiot, noch bevor er versuchte, ihren Bruder wegen Mordes und Entführung zu verurteilen. Er hatte Glück, dass sie ihn überhaupt durch die Tür ließ.

»Wirklich?« Denise blickte zur Tür. »So erscheint er mir nicht. Er ist immer höflich gewesen. Vielleicht ein bisschen zurückhaltend, aber nicht unhöflich.«

»Aber Denise, hast du einen Schwarm für den Staatsanwalt?« Macy grinste.

Denise errötete. »Ich gebe zu, er ist nicht schlecht anzusehen, aber er wäre nie an einer Frau wie mir interessiert.«

»Unterschätz dich nicht. Du hast dein Leben wirklich umgekrempelt. Und du bist ein guter Mensch. Du hast vor Jahren und Jahren eine schlechte Entscheidung getroffen, dich mit meinem Vater einzulassen. Er ist jetzt aus deinem Leben. Und du hast den Vorteil, nie verhaftet worden zu sein, trotz deiner Beteiligung an seinem Leben. Jeder Mann wäre stolz, mit einer starken Frau wie dir zusammen zu sein. Kerr ist nur ein aufgeblasener Anzugträger, der eine gute Sache nicht erkennen würde, wenn sie ihn in den Hintern beißt. Jemand Besseres wird kommen. Du wirst sehen.«

Denise lachte. »Ich liebe deinen Optimismus, Macy.«

»Sich für das Glücklichsein zu entscheiden, ist alles, was wir haben.«

»Hmm.« Denise hob eine Augenbraue zu ihr. »Tust du das? Denn ich denke, wenn du wirklich glücklich sein wolltest, wäre Brady nicht ohne einen Kuss durch diese Tür gegangen.«

Macys Gesicht wurde rot.

»Ich weiß nicht, worauf du wartest«, fuhr Denise fort. »Ihr beide seid offensichtlich voneinander angezogen.« Sie schüttelte den Kopf. »Ich nehme keinen Beziehungsrat von dir an, bis du deinem eigenen folgst.«

»Dann bist du dazu verdammt, zu warten. Brady Archer ist nicht an mir interessiert. Und ich habe keine Lust, mich vor ihm zu blamieren.«

Denise tätschelte ihre Schulter. »Erzähl dir das weiter. Ich habe gesehen, wie er dich anschaut. Du bist so blind wie er.« Sie drehte sich um, um dem nächsten Kunden zu helfen, und ließ Macy über ihre Worte nachdenken.

Hatte Brady Gefühle für sie? Sie hatte sicherlich nie irgendein Anzeichen dafür gesehen. Der Mann sollte nach Las Vegas gehen und an einem Pokerturnier teilnehmen. Sein Gesicht verriet nichts.

Die Glocke über der Tür klingelte wieder und ließ mehrere Personen ein. Macy schüttelte ihre Gedanken ab. Sie müssten warten. Gerade jetzt war der Morgenansturm über ihnen und erforderte ihre volle Aufmerksamkeit.

Mit Denise an ihrer Seite sowie zwei anderen jungen Frauen, die sie beschäftigte, kämpfte Macy sich durch den Ansturm. Tara watschelte gegen Ende hindurch die Tür.

»Was machst du hier? Du sollst es doch ruhig angehen lassen.« Taras Geburtstermin war nur zwei Wochen entfernt, und ihr Arzt sagte ihr, sie solle so viel wie möglich ruhen, um zu versuchen, einige der Schwellungen zu kontrollieren, die sie jetzt erfuhr, da das Ende ihrer Schwangerschaft nahe war.

»Das habe ich. Aber ich kann nur so lange die Wände meines Wohnzimmers anstarren, bevor ich ein bisschen durchdrehe. Ein Ausflug in die Stadt, um mit dir zu reden und einen Kaffee ohne Koffein zu holen, wird nicht schaden. Ich werde direkt zurück zur Couch gehen, wenn ich nach Hause komme.«

Macy grinste und drückte den Knopf ihrer Kaffeemühle, um einige entkoffeinierte Espressobohnen zu mahlen. »Natürlich wirst du das. Auf deinem Weg an Londons vorbei, ohne Zweifel.«

Tara hob eine Schulter, ein Lächeln zupfte an einem Mundwinkel. »Sie hat neulich vielleicht erwähnt, dass sie heute Zimtschnecken zum Frühstück macht.«

Macys Mund wässerte. »Glückspilz. Ich stecke hier fest und kann nicht hingehen, um eine zu holen.«

»Sie könnte einige rüberbringen, nachdem ihre Gäste gegessen haben, wenn du nett fragst.« Tara begann zu lächeln, legte dann eine Hand auf ihren Rücken und verzog das Gesicht.

»Alles in Ordnung?« Macy hielt inne beim Eingießen der Milch in den Latte, als sie den Gesichtsausdruck ihrer Freundin sah.

Tara rieb ihren unteren Rücken. »Ja. Ich hatte nur in den letzten paar Tagen Rückenschmerzen. Es wird schlimmer. Mein Körper ist fertig damit, Jaces riesigen Nachwuchs zu tragen.«

Macy kicherte. »Hast du deine Brüder gesehen? Nicht ihre ganze Größe kommt von deinem Mann.«

Tara verzog wieder das Gesicht, bevor sie antworten konnte. Sie hielt ihren Rücken mit einer Hand und reichte Denise ihre Kreditkarte mit der anderen.

»Diese Rückenschmerzen – kommen sie in Wellen?«, fragte Denise. »Oder werden sie nur mit Bewegung schlimmer?«

»Wellen.«

Denise grinste. »Nun, ich glaube nicht, dass du seinen Nachwuchs noch viel länger tragen wirst. Ich glaube, du bist in den Wehen.«

Taras Augen wurden groß. »Was? Nein. Das kann nicht sein. Das fühlt sich überhaupt nicht wie Wehen an. Die, die ich mit Lucy hatte, waren qualvoll.«

»Jede Schwangerschaft ist anders. Und du trägst Zwillinge. Bis zum Termin.«

»Bist du sicher?«, fragte Macy.

Denise nickte. »Ich hatte Rückenschmerzen mit Hannah, bevor die Wehen begannen. Ich dachte auch, es wäre nur vom Tragen des zusätzlichen Gewichts, bis ich zu meinem Arzttermin ging und der Arzt mir sagte, dass ich in den Wehen bin.«

Macy schnappte einen Deckel auf den Latte und eilte um die Theke. Sie nahm Tara am Ellbogen und führte sie zu einem Tisch. »Du solltest sitzen. Und wir müssen Jace anrufen.«

»Nein!« Tara sank in einen Stuhl und nahm den Latte aus Macys Hand. »Er wird durchdrehen, wenn du ihn anrufst und ihm sagst, dass ich in den Wehen bin ohne einen Aktionsplan. Lass mich zuerst meine Ärztin anrufen und sehen, was sie sagt. *Dann* werde ich Jace anrufen.« Sie stellte den Kaffee ab und öffnete ihre Handtasche, um ihr Telefon herauszuholen. »Oh!« Bei ihrem überraschten Schrei beugte sie sich nach vorne.

»Was?« Macy hockte sich vor sie hin. »Was ist los?«

Tara schaute auf, Schock in ihr Gesicht gemeißelt. »Mein Wasser ist gebrochen.«

Macy blickte nach unten, um eine kleine Pfütze zu sehen, die sich auf dem Boden bildete, und mehr Flüssigkeit, die vom Stuhl tropfte. »Mist!« Sie stand auf. »Okay. Wir müssen dich ins Krankenhaus bringen.«

»Geht«, sagte Denise. »Die Mädchen und ich halten hier die Stellung.«

»Okay, gut. Danke.« Macy atmete tief durch die Nase ein und versuchte, ihre aufgewühlten Emotionen zu beruhigen. »Kannst du mir ein paar Barhandtücher holen, um den Autositz zu schützen?«

Denise nickte und eilte davon. Macy nahm Tara an den Unterarmen und half ihr aufzustehen. »Kannst du laufen?«

Gebeugt nickte Tara. »Solange wir langsam gehen. Verdammt. Es fühlt sich an, als ob ein Felsbrocken zwischen meinen Hüften wäre.«

»Nun, sie schwimmen nicht mehr, also bin ich nicht überrascht. Halt dich einfach an mir fest, und wir bringen dich zum Auto.« Sie legte einen Arm um Taras Taille und umklammerte ihre Hand. Denise folgte ihnen mit den Handtüchern zur Tür und hielt sie offen.

Direkt über der Schwelle blieb Tara stehen und stöhnte. Ihr Griff um Macys Hand verstärkte sich, ihre Knöchel wurden weiß. »Oh Gott!«

Macy blickte zu Denise. »Such ihre Schlüssel.«

Denise nahm Taras Handtasche von ihrem Arm und öffnete sie, wühlte durch den Inhalt, um den Schlüsselbund zu finden.

Tara atmete aus und richtete sich so weit auf, wie sie konnte. »Okay. Es ist vorbei. Lass uns gehen, bevor mich noch eine trifft.«

So schnell sie konnten, bewegten sie sich den Bürgersteig hinunter zu Taras SUV. Denise entriegelte ihn und öffnete die Beifahrertür, breitete die Handtücher über dem Sitz aus. Macy half ihrer Freundin hinein, nahm dann Taras Handtasche und Schlüssel von Denise und rannte um die Motorhaube, um auf den Fahrersitz zu springen. »Ich rufe dich später an«, sagte sie zu der anderen Frau.

»Das solltest du besser. Wir alle werden ein Update wollen.«

Macy nickte und schloss die Tür. Sie startete den Motor und legte den Rückwärtsgang ein, um auf die Straße zu fahren. »Geht es dir gut?« Sie blickte zu ihrer Freundin hinüber.

Tara nickte und rieb ihre Hände über ihren ausgedehnten Bauch. »Ja. Ein bisschen unter Schock, aber es geht mir gut. Ich denke, ich sollte jetzt Jace anrufen.«

Macy kicherte und bog auf die Straße ein, die vor dem Krankenhaus verlief. »Wäre wahrscheinlich keine schlechte Idee.

Ich könnte einfach bei der Polizeistation vorbeifahren und ihn abholen.«

Tara kicherte. »Das wäre ein Anblick.« Sie nahm ihr Telefon aus ihrer Handtasche. »Da ich schon den Vordersitz durchnässe, rufe ich ihn lieber an, bevor ich irreparablen Schaden an den Polstern anrichte.« Sie berührte ein paar Symbole auf ihrem Telefon und hielt es dann an ihr Ohr.

»Hey, Schatz. Also, ich bin in die Stadt gefahren, um einen Kaffee zu holen, und bin in Peppy Brewster in die Wehen gekommen.«

Macy konnte seinen Überraschungsschrei laut und deutlich durch das Telefon hören.

»Mir geht's gut. Macy fährt mich jetzt ins Krankenhaus. Tatsächlich sind wir gerade angekommen.« Sie machte eine Pause, um zuzuhören.

Macy fuhr unter den Säulengang der Notaufnahme.

»Okay. Bis gleich.« Sie legte auf und schaute zu Macy. »Er ist auf dem Weg.«

»Gut.« Sie stellte das Auto auf Parken. »Ich werde dir einen Rollstuhl holen.«

Tara stöhnte. »Ich bin kein Invalide.«

»Nein, aber Jace wird mich umbringen, wenn ich dich laufen lasse.«

Tara versuchte zu lächeln, aber ihr Gesicht verzog sich und sie sog einen Atemzug ein, als eine weitere Wehe sie erfasste. Macy sprang aus dem Auto. Zeit, sich zu bewegen. Sie stürzte durch die Türen der Notaufnahme. Das Mädchen am Empfang schaute auf.

»Ich habe Tara Travers draußen. Sie ist in den Wehen.« Macy steuerte auf einen Haufen Rollstühle zu und griff einen.

»Ich werde die Geburtshilfe rufen«, sagte die Frau.

Macy schob den Stuhl nach draußen und half Tara aus dem Auto. Sie fiel mit einem Stöhnen in den Stuhl. »Uff. Ich bin jetzt schon bereit, dass das vorbei ist.«

»Es wird bald so sein.« Macy tätschelte ihre Schulter. »Dann wirst du zwei wunderschöne Babys haben, die du lieben kannst.«

Tara war still. Macy blickte nach unten, um zu sehen, wie eine Träne die Wange ihrer Freundin herunterlief. Sie blieb neben dem Stuhl stehen. »Hey. Was ist los?«

»Nichts.« Tara winkte ab. »Es hat mich gerade getroffen. In ein paar Stunden werde ich Mutter sein. Es werden zwei Babys in meinem Haus sein. Ich kann es kaum glauben. Das letzte Mal, als ich in dieser Position war, wusste ich, dass es nicht so ausgehen würde.«

Macy beugte sich hinunter und schlang ihre Arme um Taras Schultern, um sie zu umarmen. »Ich bin so glücklich für dich, T. Du verdienst das. Du wirst die beste Mutter sein.«

Tara tätschelte ihren Arm und schniefte. »Danke. Jetzt schieb mich rein, damit ich sie rausbekommen kann.«

Macy lachte und richtete sich auf. Sie schob den Stuhl auf die Türen zu, die aufglitten, um sie einzulassen. Als sie über die Schwelle fuhren, hörte sie Stiefel auf dem Pflaster hämmern und drehte sich um, um zu sehen, wie Jace in voller Geschwindigkeit auf sie zurannte. Er flog durch die Tür und kam schlitternd zum Stehen.

»Geht es dir gut?« Er fiel neben seiner Frau auf die Knie.

»Mir geht's gut. Nach Denise waren meine Rückenschmerzen allerdings frühe Wehen. Mein Wasser ist im Café gebrochen und jetzt habe ich Wehen.«

»Verdammt.«

Sie streckte die Hand aus, um seine Wange zu berühren. »Bist du bereit dafür? Wir werden wieder Eltern sein.«

Er legte seine Hand über ihre. »Ich bin so bereit. Ich kann es kaum erwarten, unsere Babys kennenzulernen.«

Macy fächelte sich das Gesicht, als Tränen drohten. »Ihr zwei werdet mich zum Weinen bringen.«

Jace lächelte und stand auf. »Das wäre ja furchtbar.« Er schaute sich um. »Lass uns loslegen.« Er übernahm die Griffe des Rollstuhls und steuerte Tara zum Anmeldetresen.

Die Frau lächelte. »Ich habe bereits die Geburtshilfe angerufen. Jemand sollte in Kürze herunterkommen, um Sie zu holen.«

»Danke«, sagte Tara. Jace drehte sie um und schob sie zu einer Bank mit Stühlen, um zu warten.

»Ich werde zu deinem Haus laufen und deine Krankenhaustasche holen«, sagte Macy.

»Sie ist im Schlafzimmerschrank«, sagte Tara.

»Gibt es noch etwas anderes, das ich mitbringen soll?«

»Nein. Alles ist in dieser Tasche.«

»Okay. Ich bin bald zurück.«

»Danke, Macy«, sagte Jace.

»Jederzeit.« Sie drückte Taras Hand, dann zog sie sich nach draußen zurück. Aufregung strömte durch sie und beschleunigte ihren Schritt. Es war Babyzeit.

Brady lief im Krankenhaus-Wartezimmer auf und ab und hielt inne, um aus dem Fenster im dritten Stock auf den Parkplatz unter ihm zu starren. Wie lange dauerte es, ein Baby zu bekommen? Seine Nerven trieben ihn zurück über den Flur, und sein Blick wanderte zur Tür, die zur Entbindungsstation führte. Tara war jetzt seit über neun Stunden in den Wehen, und laut Macy war sie unwissentlich schon ein paar Tage davor in der Eröffnungsphase gewesen. Es musste bald so weit sein.

»Brady, Schätzchen, vielleicht solltest du nach unten gehen und dir einen Kaffee holen«, sagte Jenny von ihrem Platz an der Tür aus. »Achte nur darauf, dass es koffeinfreier ist.«

Er blieb stehen, um seine Mutter anzusehen. »Tut mir leid, ich mache mir einfach Sorgen.« Beim letzten Mal, als seine Schwester entbunden hatte, war es nicht so gut ausgegangen.

»Ihr geht es gut. Jemand wäre herausgekommen, wenn etwas nicht in Ordnung wäre.«

Er setzte sich auf einen leeren Stuhl neben Declan und legte seinen Knöchel über sein Knie. Sein Fuß wippte einige

Sekunden lang, bevor er wieder aufstand und zum Fenster zurückwanderte. Der Aufzug klingelte, was ihn umdrehen ließ. Seine Muskeln spannten sich aus einem anderen Grund an, als Macy herauskam. Ein Blitz purer Lust traf ihn in die Magengrube, als er sie sah. Sie trug immer noch ihre Jeans und ihr Peppy Brewster-Shirt, hatte aber eine graue Strickjacke darüber unter ihrem Wintermantel gezogen. Ihr dunkelrotes Haar war zu einem unordentlichen Dutt auf ihrem Kopf hochgesteckt, durch den ein Bleistift gesteckt war. Brady wollte diesen Bleistift herausziehen und zusehen, wie die rostroten Strähnen auf ihre Schultern fielen, damit er mit seinen Fingern hindurchfahren konnte. Er steckte seine Hände in seine Hosentaschen und schaute wieder aus dem Fenster.

Warum musste Macy ihn so durcheinanderbringen? Warum überhaupt irgendeine Frau? Er mochte seine Einsamkeit. Wenn der Drang nach Gesellschaft aufkam, kannte er mehrere Bars in Pueblo, wo er immer eine willige Frau für die Nacht finden konnte. Er brauchte oder wollte keine Beziehung. Aber sein Körper kümmerte sich nicht darum. Er wollte Macy, und es wurde immer schwieriger, seine Hände bei sich zu behalten.

Die Tür auf der anderen Seite des Raumes öffnete sich, und Brady drehte sich um. Jace trat heraus, mit einem Lächeln von einem Ohr zum anderen.

»Es ist ein Junge und ein Mädchen. Mutter und Babys geht es großartig.«

Erleichterung ließ Bradys Schultern sinken, und er trat mit dem Rest seiner Familie vor, um ihm zu gratulieren.

»Wann können wir sie sehen?« fragte Jenny.

»Bald. Sie werden gerade sauber gemacht und untersucht.« Er nahm sein Telefon aus seiner Tasche. »Ich habe einige

Fotos gemacht.« Alle drängten sich um ihn und bewunderten die beiden dunkelhaarigen Babys, die bis zu ihren pausbäckigen Kinnen eingewickelt waren.

»Herrgott, die sind mollig«, sagte Seb.

»Nicht zu sehr, wirklich«, sagte Jace. »Es ist die Art, wie sie eingewickelt sind. Beide wiegen etwas über drei Kilo.«

»Haben diese Kinder Namen?« fragte Thomas. »Oder habt ihr euch noch nicht entschieden? Ihr habt mehrere in Umlauf gebracht.«

»Die haben sie. Wir wollten ihre Schwestern ehren, also haben wir deren Anfangsbuchstaben verwendet. Hudson Lane und Lydia Hazel.«

Emotion zerrte an Bradys Herz, als er an die Nichten dachte, die er nie kennengelernt hatte. Ein Blick auf die anderen zeigte, dass alle mit Tränen kämpften, einige verloren den Kampf, Macy eingeschlossen.

Jace steckte sein Telefon ein. »Ich sollte besser zurückgehen. Sobald sie sagen, dass ihr zu Besuch kommen könnt, komme ich wieder heraus.«

»Grüß sie von uns allen«, sagte Jenny.

»Werde ich tun.«

»Herzlichen Glückwunsch, mein Sohn.« Lee streckte seine Hand aus.

Jace ergriff sie, ein breites Grinsen im Gesicht. »Danke. Ich bin so schnell wie möglich zurück.« Er drehte sich um, winkte mit seinem Armband über den Leser neben der Tür und ging dann hindurch.

»Ich weiß nicht, wie es euch geht, aber ich werde etwas essen gehen«, verkündete Lee. Er hielt seiner Frau einen Arm hin. »Willst du mich zu Cafeteria-Pizza begleiten, meine Liebe?«

Jenny kicherte und hakte ihren Arm bei ihm ein. »Sehr gerne.«

Lee lächelte auf sie herab, dann sah er zu den anderen auf. »Will jemand von euch mitkommen?«

Ein Chor von Jas erfüllte den Raum.

»Diese armen Cafeteria-Mitarbeiter werden nicht wissen, wie ihnen geschieht«, sagte Macy und folgte den ältesten Archers zum Aufzug.

Lee warf seinen Kindern einen bösen Blick zu, als er in den Aufzug stieg. »Sie hat recht. Ihr müsst euch alle von eurer besten Seite zeigen.«

»Wir sind keine Kleinkinder, Papa«, sagte Maggie.

»Nein, aber ihr seid immer noch laut.« Er schüttelte einen Finger in ihre Richtung, aber schaute sie alle an. »Innenraum-stimmen.« Die Aufzugtüren schlossen sich, mit allen außer Brady, Macy, Declan und Maggie darin.

»Ich nehme die Treppe«, sagte Brady. Es hatte keinen Sinn, auf den Aufzug zu warten, wenn es eine Alternative gab.

»Hört sich für mich gut an.« Macy joggte vor ihm zur Tür, aber er griff um sie herum und öffnete sie. Maggie und Declan traten hindurch. Macy folgte, mit Brady direkt hinter ihr.

Ihr Dutt wackelte und rutschte, als sie die Treppe hinunter-ging. Sie streckte einen schlanken Arm nach oben und zog den Bleistift heraus. Brady musste eine Hand auf das Geländer legen, als ihr Haar in reichen, kupferfarbenen Wellen herabfiel. Er unterdrückte ein Stöhnen. Vielleicht war das Abendessen mit der Familie keine so gute Idee.

Sie drückten die Treppenhaustür auf und sahen den Rest der Familie warten. Gemeinsam schlenderten sie den Korridor hinunter zur Cafeteria. Brady hielt Abstand zu Macy, während sie gingen, wissend, dass, wenn er es nicht täte, die Versuchung, all ihr herrliches Haar zu berühren, zu stark wäre, um ihr zu widerstehen. Seine Emotionen liefen wegen Tara auf Hochtouren, also waren seine Verteidigungen schwächer als üblich.

Als sie in die Cafeteria einbogen, ging Brady zur Sandwich-Theke, um ein heißes Brötchen zu bekommen. Sobald er sein Essen in der Hand hatte, fand er einen Platz am Ende des langen Tisches, den seine Familie in Beschlag genommen hatte, und dankte seinem Glücksstern, als Thomas sich neben ihn setzte. Er konnte Macy immer noch mit seinen Schwägerinnen lachen hören, aber zumindest saß er nicht direkt neben ihr und fühlte ihre Präsenz in Reichweite.

Als sie ihre Mahlzeiten beendeten, pingte Lees Telefon mit einer Nachricht von Jace, die sie wissen ließ, dass sie zurückkommen und besuchen könnten. Brady warf seinen Müll weg und folgte seinen Eltern aus der Cafeteria.

Wieder oben ließ er sich in einen Stuhl sinken und plauderte mit Declan, während sie darauf warteten, dass sie an der Reihe waren, nach hinten zu gehen. Die Schwestern ließen sie nicht alle auf einmal hinein, also gingen sie in Gruppen von vier, wobei seine Eltern und Seb und London zuerst gingen. Declan, Maggie, Thomas und Rayna würden als nächstes gehen, was ihn und Macy übrig ließ, um als letzte zu gehen. Als sie an der Reihe waren, war er nervös vom Zuhören, wie sie mit den anderen sprach und lachte, ihre Stimme trieb einen stetigen Puls des Verlangens direkt in seinen Schritt.

Mit zusammengebissenen Zähnen und dem Versuch, seine schwelende Erregung zu unterdrücken, folgte er ihr den Flur hinunter zu Taras Zimmer. Sie klopfte mit den Knöcheln an die Tür und spähte um die Kante herum. Brady hielt seine

Augen von ihrem seidigen, duftenden Haar fern und versuchte, an ihr vorbei in den Raum zu schauen.

»Hallo?« Sie öffnete die Tür

»Hi.« Taras leise Stimme schwebte zu ihnen.

Brady ging hinter Macy hinein und sah seine Schwester im Bett sitzen, die ein eingewickeltes Bündel hielt. Jace saß neben ihr auf einem Stuhl und hielt ein weiteres.

Macy quietschte und trat vor. »Gib her. Mir egal, welches.«

Jace und Tara lachten.

»Hier.« Tara hob das Baby in ihren Armen. »Nimm Lydia.«

»Gerne.« Macy nahm das Baby mit der Schleifenmütze auf dem Kopf und hielt es nah an sich. »Oooh! Ich könnte sie aufessen. Sie ist bezaubernd.«

»Sie ist kein Keks, Mace«, sagte Brady. Seine Stimme war ein wenig rauer als beabsichtigt. Macy zu sehen, wie sie ein Baby hielt, tat etwas mit ihm, das er nicht anerkennen wollte.

Sie schaute ihn mit gerunzelter Stirn an. »Nimm dieses Baby von Jace und sag mir, dass du es nicht über alles lieben willst.«

Jace stand auf und legte Hudson in seine Arme. Brady schaute auf den winzigen Menschen hinab, der sich in den Grenzen seiner Decke wand. Eine sofortige Welle der Liebe durchflutete ihn, als er das Gesicht seines Neffen betrachtete. Er strich mit einem Finger über die weiche Wange des Babys. »Hallo, Kumpel. Ich bin dein Onkel Brady. Ich bin der beste deiner Onkel. Thomas wird versuchen, dir zu erzählen, dass er es ist, weil er der Zwilling deiner Mutter ist, aber hör nicht auf ihn. Er ist voller Pferdescheiße.« Er fing sich, bevor er das härtere, vulgärere Wort aussprach.

Macy prustete. »Pferdescheiße ist auch nicht viel besser.«

»Doch, ist es.« Er hielt seine Stimme sanft. »Hör auch nicht auf sie.«

»Hetzt du ihn jetzt schon gegen mich auf?« Sie schlich näher, beugte sich vor, um einen besseren Blick auf Hudsons Gesicht zu werfen. Ihr Haar glitt über seinen Unterarm und sandte einen elektrischen Schlag direkt durch ihn hindurch in seinen Schritt. *Jesus. Was zum Teufel war los mit ihm?* Es war offenbar viel zu lange her, seit er mit einer Frau zusammen war, wenn er seinen Kopf nicht von Sex abhalten konnte in einem Moment wie diesem.

Macy schaute zu ihm auf, ein Lächeln auf ihrem hübschen Gesicht. Ihre indigofarbenen Augen leuchteten hell im grellen Deckenlicht.

Oder vielleicht war es einfach Macy.

Brady räusperte sich und bewegte sich, wobei er den Vorwand nutzte, das Baby in seinen Armen in eine andere Position zu bringen, um einen Schritt von ihrer verlockenden Gegenwart wegzutreten.

»Sie sind eine gute Mischung aus euch beiden«, sagte Macy.

»Außer den Haaren«, sagte Jace. »Ich glaube, ich bin jetzt dazu bestimmt, dunkelhaarige Kinder zu haben.«

Brady grinste. »Ja. Die Archer-Gene sind stark. Die arme Mama hatte nie eine Chance, und du auch nicht.« Er warf einen Blick auf Macy. Es war schade. Er hätte nichts dagegen, ein Baby mit ihren blauen Augen zu haben.

Heilige Scheiße! Woher kam dieser Gedanke? Er schaute auf Hudson hinab und versuchte, seine Gedanken von seinem Gesicht fernzuhalten.

»Tausch mit mir«, sagte Macy.

»Was?« Er schaute auf.

»Tausch mit mir. Ich will ihn halten.«

»Oh. Richtig.« Er bewegte das Baby, legte es in ihren anderen Arm und nahm dann Lydia. Wie bei ihrem Bruder berührte er ihre Wange und stellte sich vor. Sie drehte ihren Kopf, ihr winziger Mund offen, als sie nach seinem Finger suchte. Eine winzige Faust befreite sich aus der Decke und wedelte in der Luft. Er ergriff sie zwischen seinem Daumen und Zeigefinger. Sie packte zu mit einem Griff, der viel stärker war, als er erwartet hatte. Liebe quoll in seiner Brust für dieses kleine Mädchen, das den gleichen Kampfgeist wie ihre Mutter hatte.

Er schaute zu seiner Schwester auf, die sich mit einem sanften, glücklichen Lächeln auf ihrem müden Gesicht gegen die Kissen lehnte. »Du hast gute Arbeit geleistet, T. Sie sind wunderschön.«

Ihr Lächeln wurde strahlend. »Danke.«

Sie plauderten noch eine Weile, bis Lydia einen miauenden Schrei ausstieß. Ihr offener Mund rieb an seinem Knöchel. »Ich glaube, diese hier hat Hunger.« Er trat ans Bett und gab das Baby an Tara zurück.

»Wahrscheinlich.« Sie schaute auf die Uhr. »Mir war nicht klar, dass so viel Zeit vergangen ist, seit ihr alle angefangen habt zu Besuch zu kommen.«

»Es wird sowieso spät«, sagte Macy. Sie gab Hudson an Jace. »Wir werden gehen und euch füttern und etwas ausruhen lassen. Lasst uns wissen, wenn ihr etwas braucht.«

»Werden wir«, sagte Jace.

»Danke für alles, was du heute getan hast, Macy.«

»Alles, was ich getan habe, war zu fahren. Und nicht einmal besonders weit.«

»Trotzdem. Es wird geschätzt.«

»Gern geschehen. Wir sehen euch später.«

Brady wiederholte ihren Abschied mit einem Winken.

»Gute Nacht«, sagte Tara. Jace lächelte.

Sie traten auf den Flur hinaus und machten ihren Weg den Korridor hinunter, um das Wartezimmer zu betreten. Brady runzelte die Stirn, als er den leeren Raum wahrnahm.

»Wo sind sie alle hingegangen?«

»Wahrscheinlich nach Hause. Es war ein langer Tag.«

»Ja, aber Mama und Papa waren meine Mitfahrgelegenheit.«

»Du bist nicht selbst gefahren?«

Er schüttelte den Kopf. »Nein. Wir haben die Rancharbeiten beendet und sind dann zusammen reingefahren. Es machte keinen Sinn, zwei Autos zu nehmen.«

Macy seufzte und fuhr mit einer Hand durch ihr loses Haar. »Komm schon. Ich fahre dich nach Hause.«

Bradys Abwehrmechanismen schalteten sich ein, als der leichte, sommerliche Duft ihrer Haare seine Sinne angriff. »Du musst das nicht tun. Ich werde Dad oder Thomas anrufen und sie dazu bringen, mich abzuholen, da sie mich hier gestrandet haben.«

»Was macht jetzt keinen Sinn? Warum sollten sie den ganzen Weg zurück in die Stadt fahren, dann wieder nach Hause, wenn ich schon hier bin?«

»Aber dann musst du zurückfahren. Das ist auch nicht besser. Es ist immer noch eine volle Fahrt.«

Sie winkte ab und nahm ihre Mäntel, reichte ihm seinen. »Lass sie ausruhen. Außerdem beantworten sie wahrscheinlich alle eine Million Fragen von den Kindern.« Sie nahm eine

Faust voll von der Vorderseite seines Hemdes und zog, in Richtung Fahrstuhl gehend. »Lass uns gehen.«

Er sog scharf die Luft ein, als er ihre Finger durch den Stoff seines Hemdes an seinem Bauch spürte. Es sandte einen Blitz des Verlangens direkt durch ihn hindurch. Er war dankbar, als sie losließ, um auf den Rufknopf zu drücken.

Der Aufzug klingelte und die Türen glitten auf. Sie stieg ein und drehte sich um, hob eine Augenbraue, als er dastand und sie anstarrte. »Kommst du?«

Blut schoss nach Süden und machte seine Jeans unbequem. Oh, wenn sie nur wüsste. Die Türen begannen sich zu schließen, aber sie schoss eine Hand aus, um sie offen zu halten.

»Steig in den Aufzug, Brady.«

Er stählte sich und trat ein.

»Was ist dein Problem?«

»Nichts. Ich bin nur müde. Es war ein langer Tag.« Er betete, dass sie ihm keinen Bullshit vorwerfen würde. Er arbeitete häufig längere Tage auf der Ranch als diesen.

»Es war definitiv eine emotionale Achterbahnfahrt, so viel steht fest.« Die Türen glitten zu, und die Kabine fuhr nach unten. Die Fahrt war schnell und ließ sie Momente später in der Lobby aussteigen. Er schlüpfte in seinen Mantel und folgte ihr nach draußen zu ihrem Auto. Drinnen regelte sie die Heizung, dann legte sie den Gang ein und fuhr aus der Stadt in Richtung seiner Familienranch. Brady lehnte seinen Kopf gegen den Sitz und versuchte, nicht an die Frau neben ihm zu denken.

»Ich habe dieses Teil bestellt«, sagte sie nach ein paar Minuten ihrer Fahrt. »Es soll am Montag hier sein. Sie haben es eilig bearbeitet.«

»Okay. Ich komme Montagabend in die Stadt und wechsle es aus.« Er rollte seinen Kopf gegen den Sitz, um sie anzusehen. »Was machst du mir zum Abendessen?« Ein Lächeln verzog einen Mundwinkel.

Sie kicherte. »Was willst du haben?«

Er dachte eine Minute über Dinge nach, die sie in der Vergangenheit gemacht hatte. »Chili? Du machst gutes Chili.«

»Ich kann Chili machen. Das funktioniert eigentlich wirklich gut. Ich kann es morgens in den Slow Cooker werfen und es wird bis zum Abendessen fertig sein.«

»Und Maisbrot?«

»Wer isst Chili ohne Maisbrot?«

»Seltsame Leute.«

»Sehr seltsame.« Sie lachte. »Danke nochmal für das Angebot, die Maschine zu reparieren. Es hätte mich Stunden und mehrere Tage mit Anleitungsvideos gekostet, es selbst zu tun.«

»Kein Problem. Ich bin nur froh, dass ich es reparieren kann.«

»Ich auch. Ich bin es leid, Ventile zu wechseln.«

Er lachte und schaute wieder auf die Windschutzscheibe. Dunkle Formen sausten vorbei, als sie die Straße entlang an den nationalen Waldgebieten vorbeifuhr. Der Himmel hing tief und löschte jedes Mondlicht aus. Es würde wieder schneien.

Gerade als der Gedanke ihn traf, trieben Schneeflocken herab, hervorgehoben durch die Scheinwerfer des Autos. In der Ferne konnte er das Licht am Mast der Rancheinfahrt sehen. Macy verlangsamte, als sie es erreichte, und bog in die Auffahrt ab. Sie holperte die Steinauffahrt hinunter, die jetzt voller Schlaglöcher war, da das Wetter mehr auf und ab ging, und hielt am Tor an, um den Code einzugeben, der sie durch zum Familiengelände lassen würde. Die hohe Metallstruktur rollte auf, und sie fuhr hindurch. Es schloss sich hinter ihnen.

Sie bog in seine Einfahrt ein und schaltete das Auto in Parken.

»Danke für die Fahrt.« Das Innenlicht ging an, als er seine Tür öffnete. »Sei bitte vorsichtig auf dem Rückweg. Die Straßen könnten ein bisschen glatt sein.« Der Schnee nahm zu.

»Werde ich sein. Ich sehe dich am Montag.«

Er nickte. »Gute Nacht.«

»Gute Nacht.«

Brady schloss die Tür und ging zu seiner Haustür, schloss auf und schlüpfte hinein, während sie wegfuhr. Er stieß einen Atemzug aus und schloss für einen kurzen Moment die Augen, wobei etwas von der Anspannung von ihm abfiel, jetzt, da er von ihr weg war. Er musste etwas gegen die Art und Weise tun, wie sie ihn fühlen ließ. Eine willige Frau in einer der größeren Städte zu finden oder sich selbst in der Dusche zu befriedigen, reichte nicht mehr aus.

Er brauchte einfach eine Pause von ihr. In den letzten Monaten war sie wegen Declan und Maggies Hochzeit viel mehr in der Nähe gewesen. Nachdem er am Montag ihre Espressomaschine repariert hatte, musste er Abstand von ihr nehmen. Sich mit Macy Briggs - oder irgendeiner Frau - einzulassen, stand nicht auf seiner To-Do-Liste.

KAPITEL
Drei

Die Glocke über der Tür klingelte. Macy schaute von der Reinigung der Maschinen auf, in der Erwartung, Brady zu sehen. Sie richtete sich auf, als sie sah, dass es jemand anderes war.

»Herr Kerr. Es ist ein bisschen spät für Kaffee für Sie. Oder arbeiten Sie heute Abend länger?«

Er kam näher. Selbst nach einem vollen Arbeitstag im Büro sah sein Anzug noch tadellos aus, aber die müden Linien in seinem Gesicht verrieten seinen langen Tag.

»Ich arbeite an vielen Abenden länger, aber das ist nicht der Grund, warum ich hier bin. Ist Frau James da?«

»Sie wollen mit Denise sprechen?« Sie verengte ihre Augen. »Geht es um die Kaffee-Sache von letzter Woche? Denn ich sage Ihnen gleich, wenn Sie vorhaben, ihr irgendeine Klage aufzubrummen für-«

Er winkte ab und unterbrach sie. »Es geht nicht darum.« Er hielt inne und runzelte die Stirn. »Nun, es geht schon darum. Irgendwie. Aber es gibt keine Klage.« Er seufzte. »Trotz dem, was Sie von mir denken, bin ich kein schlechter Kerl.

Manchmal übermäßig ehrgeizig, aber nicht schlecht. Also, ist sie hier?«

Macy musterte ihn für einen weiteren Moment, bevor sie nickte. »Sie ist hinten und räumt das Inventar ein.« Sie ging zur Küchentür und steckte ihren Kopf hindurch, um die andere Frau zu bitten, nach vorne zu kommen. Die Tür schloss sich, als Macy sich umdrehte. »Sie wird gleich da sein.«

Er nickte.

Sie machte mit dem Reinigen weiter, wählte aber die Vitrine, damit sie ihn im Auge behalten konnte. Die Tür schwang auf und Denise trat hindurch. Sie sah Kerr und lächelte.

»Herr Kerr, hallo. Haben Sie den Kuchen bekommen, den ich bei Ihrer Assistentin hinterlassen habe?«

»Deswegen bin ich hier, ja.« Er strich sich eine Strähne seines salzundpfeferfarbenen Haars von der Stirn. »Ich wollte mich persönlich bei Ihnen bedanken, dass Sie ihn vorbeigebracht haben. Es war eine angenehme Überraschung. Apfel ist mein Lieblingskuchen und Ihrer war einer der besten, die ich je gegessen habe.«

Denise strahlte. »Wirklich? Das ist wunderbar. Ich bin so froh, dass er Ihnen geschmeckt hat. Es tut mir wirklich leid, dass ich Kaffee über Sie geschüttet habe.«

Er lächelte, und Denise errötete. Macy stand etwas geschockt daneben. Was ging hier vor?

»Wenn ich dafür mehr Kuchen bekomme, können Sie jederzeit Kaffee über mich schütten.«

»Wann haben Sie Geburtstag? Ich bringe Ihnen dann einen mit.«

»Erst im Oktober.«

Ihr Gesicht verzog sich zu einem Stirnrunzeln. »Nun, vielleicht zu Ostern dann. Das ist nur einen Monat entfernt.«

»Das würde mir gefallen.« Seine Augen wanderten kurz an ihr vorbei und er rollte seine Unterlippe ein, bevor er sie wieder losließ. »Ähm, ich weiß, es ist kurzfristig, aber hättest du Lust, heute Abend mit mir etwas essen zu gehen? Deine Töchter sind auch herzlich eingeladen. Wir könnten zu Boone's gehen.«

Denise blinzelte ihn an. Macy lehnte sich gegen die Vitrine. Das war besser als jede Seifenoper.

»Ihnen ist klar, wer ich bin, oder?« sagte Denise. »Die Geliebte und Mutter der Männer, die wegen Brandstiftung und Mord verhaftet wurden?«

Er nickte. »Das weiß ich. Aber ich weiß auch, dass Sie nicht sie sind. Wir alle machen Fehler. Und Sie sind auch die netteste, süßeste Frau, die ich seit langem getroffen habe. Ich könnte ehrlich gesagt eine Portion Süße in meinem Leben gebrauchen.« Zwischen seinen Augenbrauen bildete sich eine Furche. »Ich habe zu viele Jahre mit dem Abschaum der Gesellschaft verbracht, und das hat mich verbittert gemacht. Sie sind wie ein frischer Lufthauch.«

Wer war dieser Mann und was hatte er mit dem echten Daniel Kerr gemacht? »Haben Sie sich den Kopf gestoßen?« Macy konnte nicht verhindern, dass die Worte herausplatzten. Sie wedelte mit den Händen. »Tut mir leid, das war unhöflich. Aber ernsthaft, was zum Teufel?«

»Was sie gesagt hat,« fügte Denise hinzu.

»Nein, ich habe mir nicht den Kopf gestoßen. Nein, ich habe nicht meinen Verstand verloren. Ich möchte nur-« er brach ab und begann erneut. »Ich möchte eine Veränderung.«

»Und Sie denken, ich bin die Veränderung, die Sie brauchen?«
Sie tauschte einen Blick mit Macy. »Liebling, ich habe kein
Interesse daran, Ihre Midlife-Crisis zu sein.«

»Das ist es auch nicht. Bitte, überlegen Sie sich, mit mir zu
Abend zu essen? Es muss nicht heute Abend sein.«

Macy hielt den Atem an, während Denise ihn musterte.

»Ich werde darüber nachdenken.«

Ein hoffnungsvolles Licht blühte in seinen Augen auf und er
lächelte. »Danke. Ich sollte gehen und euch beide den Laden
schließen lassen. Einen schönen Abend noch.« Mit einem
Winken drehte er sich um und ging zur Tür. Brady trat durch
die Tür, als er sie erreichte. Kerr nickte ihm zu und trat
hindurch.

»Schließ ab,« sagte Macy.

Brady drehte das Schloss und schaltete das Schild auf
geschlossen, wobei er durch das Glas auf Kerrs sich entfer-
nende Gestalt blickte, bevor er seine Aufmerksamkeit ihnen
zuwandte. »Was hat er um diese Tageszeit hier gemacht?«

»Er hat mich nach einem Date gefragt.«

Seine Augenbrauen schossen nach oben, als er Denise ansah.
»Daniel Kerr hat dich nach einem Date gefragt?«

Denise nickte. »Ich weiß. Ich bin auch überrascht.«

»Was hast du gesagt?«

»Dass ich darüber nachdenken werde. Was weißt du über
ihn?«

Brady zuckte mit den Schultern. »Nicht allzu viel. Er ist von
hier. Sein Vater war einmal der Staatsanwalt, dann ein Richter. Seine Mutter starb an Krebs, als er jung war. Er hatte
seitdem eine Reihe von Stiefmüttern. Richter Kerr ging vor

etwa zehn Jahren in den Ruhestand. Er und seine Frau zogen danach nach Südkalifornien. Dan hat auch irgendwo eine Schwester. Ich glaube, sie ist Anwältin in einer der Groß-städte. New York, Chicago, so ein Ort. Du müsstest Maggie fragen. Sie weiß mehr.«

»Ist er ein guter Kerl?«

»Er ist nicht schrecklich. Ich meine, Seb hat im Gerichtsge-bäude aufgeräumt, und er hat die Säuberung überlebt. Also ist er entweder sehr gut darin, es zu verstecken, oder er ist kein korruptes Arschloch.«

Denise runzelte die Stirn, mit einem nachdenklichen Blick auf ihrem Gesicht.

»Was auch immer du entscheidest, du hast unsere Unterstüt-zung,« sagte Macy. »Wenn du mit ihm ausgehst und er sich als Idiot herausstellt, wird er den Zorn der Archers zu spüren bekommen. Außerdem müsste er sich einen neuen Ort suchen, um seinen Morgenkaffee zu bekommen.« Sie grinste. Sie würde gerne einen Kunden verlieren, wenn es Denise glücklich hielt.

Denise kicherte. »Das ist gut zu wissen. Ich werde darüber nachdenken.« Sie ging zurück zur Küchentür. »Ich werde die letzten paar Kartons fertig machen und dann nach Hause gehen.«

»Klingt gut. Bis morgen.« Macy lächelte sie an, und sie verschwand durch die Tür.

Brady lehnte sich auf den Tresen und beobachtete, wie sie mit dem Putzen weitermachte. »Warum putzt du? Ich werde sowieso ein Durcheinander anrichten.«

»Ich wische nur den ganzen klebrigen Kram ab. Es ist einfa-cher, das von einer Oberfläche abzuwischen, als es von allen Maschinenteilen zu säubern.«

»Ich schätze, das stimmt.«

Sie schaute ihn an und bemerkte die müden Linien um seine dunklen Augen. Sein Mund hing hinter seinem Bart nach unten. »Alles in Ordnung bei dir?«

»Mir geht's gut. Nur ein harter Tag. Wir hatten ein paar Kühe, die gekalbt haben, und es waren schwere Geburten. Wir haben ein Kalb verloren. Und ich bin mir nicht hundertprozentig sicher, ob wir nicht auch die Mutter verlieren werden.«

»Das tut mir leid.«

Er zuckte mit den Schultern. »Das ist das Ranchleben. Ich bin einfach müde.«

»Ich kann einen Topf Kaffee kochen, wenn du möchtest.«

»Tatsächlich, wenn es dir nichts ausmacht, wäre das großartig.«

»Sicher.« Sie drehte sich weg, aber nicht bevor sie einen Blick auf diese muskulöse Brust werfen konnte, die die Nähte seines Hemdes dehnte, als er seinen Mantel auszog.

»Wo ist das Teil für die Maschine? Ich fange an.«

»Es ist in meinem Büro.« Sie nahm einen Schlüsselbund aus ihrer Tasche und reichte ihn ihm. »Der Werkzeugkasten ist auch dort.«

Er nahm die Schlüssel. »Ich bin gleich zurück.« Er ging um den Tresen herum, um durch die Küchentür zu gehen.

Macy versuchte ihr Bestes, sich auf die Kaffeezubereitung zu konzentrieren, aber sie konnte nicht anders und schielte zu ihm, als er wegging. Bradys Hintern in einer Jeans war wahrscheinlich das Beste, was sie je gesehen hatte. Er sollte wirklich der Star einer Jeanswerbung sein. Wenn sie seinen Hintern auf eine Werbegrafik setzen würden, würden Frauen überall diese Hosen für ihre Männer kaufen.

Sie schüttelte den Kopf über ihre Gedanken. Sie hatte es schlimm erwischt.

BRADY WISCHTE SEINE NASSEN HÄNDE AB UND GRIFF NACH seiner Kaffeetasse, nahm einen Schluck, bevor er das neue Rohr für die Espressomaschine aufhob. Er hatte das alte herausgenommen. Jetzt musste er nur noch alles mit dem neuen Rohr wieder zusammenbauen.

Die Küchentür schwang auf und Macy trat hindurch, wobei sie einige köstliche Düfte mitbrachte.

»Das Chili ist fertig. Das Maisbrot wird fertig sein, bis du das Ding wieder zusammengebaut hast. Ich habe auch Schokoladenkekse zum Nachtisch gemacht. Ich habe Londons Rezept verwendet.«

Brady lief das Wasser im Mund zusammen. Er hatte sich den ganzen Tag auf diese Mahlzeit gefreut. Die Kekse waren ein Bonus. »Okay. Kannst du herkommen und das hier halten?«

Sie trat neben ihn und brachte ihre kupferfarbenen Wellen direkt unter seine Nase. Er tat sein Bestes, um den Duft ihrer Haare auszublenden und sich zu konzentrieren.

»Hier?« Sie legte ihre Hand neben seine auf das Rohr.

»Nein. An der Außenseite dieses Gehäuses. Es gibt nur Platz, eine Hand hineinzustecken und trotzdem die Mutter festzuziehen.«

Sie bewegte ihre Hand und er schob seine nach oben, um das Ende des Rohrs zu finden. Er richtete das Teil mit dem Ventil am anderen Ende aus und drehte die Mutter, zog sie fest, bis er sie nicht mehr mit den Fingern drehen konnte. »Du kannst loslassen.« Er nahm einen Schraubenschlüssel und steckte ihn um die Mutter, um sie weiter festzuziehen.

»Du weißt, wohin der Rest davon gehört, oder?«

Er schaute zu ihr und sah, wie sie die Reihe von Teilen auf dem Tresen betrachtete. »Entspann dich, Mace. Ich weiß, was ich tue.«

»Hast du schon mal eine Espressomaschine repariert?«

»Ja.«

Ihre Augen schossen zu seinen. »Wann?«

»Neulich, als ich das Ventil für dich eingebaut habe.«

Sie lachte und brachte ihn zum Lächeln.

»Okay, das hab ich verdient. Aber im Ernst, du erinnerst dich, wohin das alles gehört?«

Er nickte. »Maschinen ergeben einfach für mich Sinn.« Er nahm ein weiteres Teil und die Schrauben, um es wieder zu befestigen. »Ich werde damit fertig sein, bis das Maisbrot aus dem Ofen kommt.«

»Wenn du meinst. Ich werde einen Tisch für uns decken. Oder brauchst du immer noch meine Hilfe?«

Brady betrachtete die Teile, die er wieder zusammenbauen musste. »Nein. Ich denke, das war der einzige knifflige Teil.« Ehrlich gesagt wäre er froh, wenn sie etwas anderes tun würde. Ihre Anwesenheit lenkte ihn ab.

»Okay, dann.« Sie stieß sich vom Tresen ab und ging weg.

Er richtete seine Aufmerksamkeit auf die Maschine und baute sie mit geschickten Händen wieder zusammen. Als sie den Tisch gedeckt hatte, komplett mit Essen, war er fertig.

»Du hast das Maisbrot nicht geschlagen,« sagte sie und stellte die letzte Schüssel auf den Tisch.

Ein Mundwinkel hob sich, und er zuckte mit den Schultern. »Ich war nah dran. Ich werde schnell meine Hände waschen und diese Werkzeuge wegräumen.«

»Ich helfe dir.«

Bevor er protestieren konnte, dass er es alleine schaffen würde, war sie neben ihm und legte Werkzeuge zurück in den Werkzeugkasten. Als sie vor ihm griff, um den letzten Schraubenschlüssel zu nehmen, musste er seinen Atem anhalten und einen Schritt zurück machen. Sie roch nach Blumen und Schokolade. Plötzlich wollte er mehr als das Chili und Maisbrot, das auf ihn wartete.

Er räusperte sich. »Warum bringst du das nicht zurück in dein Büro, während ich mich wasche?«

Sie nickte. Er beeilte sich, durch die Küchentür ins Badezimmer zu kommen. Als er seine Hände einseifte, starrte er sein Spiegelbild an. Er war ein verdammter Idiot, dass er als Gegenleistung für die Reparatur der Espressomaschine um ein Abendessen gebeten hatte. Er hätte um nichts bitten sollen. Einfach das Ding reparieren und abhauen. Jetzt saß er mit ihr am Tisch, während sie aßen. Allein.

Er stellte das Wasser ab und trocknete seine Hände, nachdem er so lange wie möglich herumgetrödelt hatte, dann machte er sich auf den Weg zurück zur Vorderseite des Cafés. Macy saß am Tisch und scrollte durch ihr Handy. Sie schaute auf, als er hereinkam.

»Bist du bereit zu essen?« Sie legte das Handy weg und nahm eine Schüssel.

»Ja.« Er setzte sich ihr gegenüber.

Sie füllte Chili in die Schüssel und reichte sie ihm. Er nahm die Tüte mit geriebenem Käse und streute etwas darüber. Sie gab ihm eine dicke Scheibe Maisbrot auf einem Teller, bevor sie Suppe in ihre eigene Schüssel füllte.

»Danke.« Er nahm sein Messer und etwas von der Butter auf dem Tisch und bestrich sein Maisbrot damit.

Sie lächelte ihn an. »Gern geschehen.«

Brady tauchte seinen Löffel in sein Chili und hielt seinen Kopf gesenkt, während er aß. Er wollte nur fertig werden und nach Hause gehen, bevor er den Mund öffnete und etwas Dummes sagte. Macy machte ihn regelmäßig sprachlos, wenn andere Leute in der Nähe waren. Er konnte sich nur vorstellen, was sie jetzt tun würde, da niemand anderes hier war, um das Gespräch zu führen.

»Hast du in letzter Zeit gute Bücher gelesen?«

Er hielt inne, den Löffel Zentimeter von seinem Mund entfernt, und schielte zu ihr. »Hm?« *Brillant, Brady. Einfach brillant.* Er klang wie ein verdammter Höhlenmensch.

»Bücher. Ich weiß, dass du viel liest. Hast du in letzter Zeit gute gelesen?«

»Ähm,« er räusperte sich. »Ja, ein paar.« Er steckte den Löffel in seinen Mund.

»Zum Beispiel?« Sie nahm einen Bissen von ihrem Maisbrot.

»Einige Kriegsbücher. Ich bin in letzter Zeit auf einem Bronze-zeit-Kriegstrip.«

»Waren es Romane?«

»Meistens. Ich habe ein paar Sachbücher gelesen, die mich neugierig auf Romane aus dieser Zeit gemacht haben.«

»Wir sprechen von der Stonehenge-Ära, richtig?«

Er nickte.

»Cool. Ich würde gerne dorthin gehen. Und zu den Pyrami-den. Sie sind technische Wunderwerke. Es ist so interessant zu denken, dass Menschen solche Strukturen ohne moderne Werkzeuge gebaut haben.«

»Der Mensch kann viel mit nur seinen Händen und seinem Gehirn tun.« Er tauchte sein Brot in das Chili und nahm einen Bissen.

»Das kannst du auf jeden Fall. Ich werde dich ab jetzt MacGyver nennen.«

»Ich hab mit deiner Espressomaschine nichts MacGyver-mäßiges gemacht. Ich habe nur ein Teil ersetzt.«

»Stimmt, aber du hast mit anderen Dingen viel improvisiert.«

Brady zuckte mit den Schultern, fühlte sich leicht verlegen. Er hasste es, wenn Leute ihm ein Kompliment machten. Er wusste nie, wie er darauf reagieren sollte.

Stille trat ein. Er konzentrierte sich auf den Rest seiner Mahl-zeit. Oder versuchte es zumindest. Er konnte ihre Augen auf sich spüren. Er weigerte sich jedoch, sie anzusehen, bis er fertig war. Diese blauen Augen würden ihn in einen stot-ternden Narren verwandeln.

»Brady, kann ich dich etwas fragen?«

Er nickte, starrte immer noch auf sein Essen.

»Warum gehst du nicht auf Dates?«

Der Brocken Maisbrot, den er gerade geschluckt hatte, blieb in seinem Hals stecken. Er nahm sein Wasserglas und trank mehrere herzhafte Schlucke, bevor er sie ansah.

»Das ist ziemlich persönlich.«

Sie zuckte mit den Schultern und starrte ihn an. Brady spürte, wie seine Wangen heiß wurden. *Verdammt.* Warum wurde er um diese Frau herum immer so verlegen?

»Warum interessierst du dich für mein Liebesleben?«

»Ich dachte an Denise und Dan, was mich dazu gebracht hat, über all die neuen Beziehungen um uns herum nachzudenken. Wir sind die Außenseiter. Also, warum datest du nicht?«

Er spielte mit seinem Löffel. »Ich habe keine Lust, das zu wiederholen, was mit meiner Ex-Frau passiert ist. Und ich fühle mich einfach nicht besonders wohl in der Nähe von Frauen.«

»Okay, das Erste verstehe ich, aber beim Zweiten rufe ich Bullshit.«

Seine Augen weiteten sich. »Was?«

»Ich habe dich flirten sehen. Du kommst gut zurecht.«

»Flirten ist etwas anderes. Es ist das Bedürfnis einer Frau, die ganze verdammte Zeit zu reden, das mich unwohl fühlen lässt.«

»Was, also willst du nur eine Fick-Freundin? Rein, raus, vielen Dank?«

Bradys Wangen wurden noch röter. »Jesus, Macy. So ist es nicht. Du lässt mich klingen wie einen Macker.« Er rutschte auf seinem Stuhl herum. »Ich mag einfach meine Ruhe, okay? Beziehungen nehmen das weg.«

»Wenn es mit der richtigen Frau ist, wird es dir egal sein.«

»Nun, dann habe ich wohl noch nicht die richtige Frau gedatet.«

»Hast du es versucht?«

Er löffelte einen weiteren Mundvoll Chili in seinen Mund und weigerte sich zu antworten. Um ehrlich zu sein, hatte er es nicht. Peytons Verrat hatte tief geschnitten. Er wollte sich nie wieder so fühlen. Wie Müll. Wie etwas Bequemes, das man wegwirft, sobald er keinen Nutzen mehr hat.

»Es spielt keine Rolle. Ich habe keine Lust auf eine Beziehung.« Er stopfte den Rest seines Maisbrots in seinen Mund und stand auf. »Sind diese Kekse hinten?«

Sie seufzte und nickte.

Er nahm seine Schüssel und ergriff hastig die Flucht. Seine Flucht war jedoch nur von kurzer Dauer. Macy folgte ihm eine Minute später mit ihrem eigenen leeren Geschirr.

»Wenn du eine Beziehung wolltest, was würdest du dir von einer Frau wünschen?«

Er schnappte sich einen Keks vom Backblech und biss hinein. Warum bestand sie darauf, dieses Gespräch zu führen?

»Warum interessiert dich das? Planst du, mich zu verkuppeln? Denn das wird nirgendwohin führen, und zwar schnell.«

Sie schlenderte näher, mit einem frechen Zug um ihre Lippen, der seine Abwehr noch verstärkte. Was hatte sie vor?

»Vielleicht bin ich einfach neugierig.« Sie nahm einen Keks und biss hinein.

Das war durchaus plausibel. Wenn Macy eine Katze wäre, hätte sie inzwischen mehrere ihrer neun Leben verbraucht. Aber der Blick in ihren Augen und die Haltung ihrer Schultern sagten, dass noch etwas anderes im Spiel war.

»Macy.« Seine Stimme enthielt eine Warnung.

Sie verdrehte die Augen. »Ich verstehe es einfach nicht. Du bist ein netter Kerl. Erfolgreich, witzig, schlau. Sexy. Du solltest draußen sein und nach Miss Right suchen und kleine Bradys machen.«

Er verschluckte sich an dem Bissen Keks. Verdammt, sie nahm kein Blatt vor den Mund. Hustend klopfte er sich auf die Brust und räusperte sich. »Du klingst wie Mama. Kleine Bradys zu machen steht nicht ganz oben auf meiner Prioritätenliste. Meine Geschwister kümmern sich gut genug um die nächste Generation der Archers.«

Sie aß einen weiteren Bissen von ihrem Keks, während sie ihn anstarrte. Ihre Zunge schnellte heraus, um ein bisschen überschüssige Schokolade wegzulecken. Er unterdrückte ein Stöhnen und rutschte hin und her, um den plötzlichen Druck in seiner Hose zu lindern.

Ein verschmitztes Grinsen breitete sich auf ihrem Gesicht aus, und seine Augen schossen zu ihren. Sie hatte ihn dabei erwischt, wie er auf ihren Mund starrte. *Verdammt!*

Sie trat einen Schritt näher. Nah genug, dass er sie berühren konnte.

»Ich bin nicht die Einzige mit Schokolade im Gesicht.« Sie streckte eine Hand aus und wischte über seine Unterlippe.

In dem Moment, als sie ihn berührte, schoss Elektrizität sein Rückgrat hinunter. Seine Muskeln erstarrten, als er sie anstarrte. Ihre Augen fixierten seine, ihre Pupillen groß. Sie ließ ihre Hand entlang seines Kiefers gleiten.

Seine Hand landete an ihrer Taille, und er rückte näher. Ihre Finger glitten in sein Haar am Hinterkopf, ihre Nägel kratzten die Haut darunter und sandten weitere Blitze durch ihn. Er wusste, dass es nicht klug war, aber er konnte sich nicht helfen. Er zog an ihrer Taille und ließ sie gegen seinen größeren Körper krachen.

Ihre Hände krallten sich in sein Hemd über seiner Brust. Seine schlangen sich um ihre Taille. Sie starrten einander an, Verlangen loderte auf. Wie ein Magnet, der ihn näher zog, beugte er sich hinunter und senkte seinen Mund auf ihren.

Bradys Herz stolperte beim Gefühl ihrer Lippen unter seinen. Alle seine Gründe, warum er Abstand halten wollte, flogen aus seinem Kopf, als er sie in sich aufsog. Sie schmeckte nach Schokolade mit einem Hauch von Gewürzen. Und nach etwas, das einzigartig Macy war. Sie schmeckte nach Himmel. Wie etwas, worauf er die Hoffnung aufgegeben hatte, jemals wieder zu finden, nachdem er entdeckt hatte, dass seine Frau ihn betrogen hatte und ihn nur wegen seines Geldes geheiratet hatte.

Dieser Gedanke trieb ihn aus ihren Armen. Nein. Er machte keine Beziehungen mehr. Nicht mehr.

»Es tut mir leid,« sagte er, seine Stimme tief. »Ich hätte das nicht tun sollen.«

Sie räusperte sich. »Ich beschwere mich nicht.«

Er auch nicht. Aber das bedeutete nicht, dass er es wieder tun würde. Egal wie verführerisch er sie fand. »Ich sollte gehen. Es wird spät, und ich muss früh aufstehen.«

»Ich erinnere mich,« murmelte sie unter ihrem Atem.

»Danke für das Abendessen und die Kekse.«

»Gern geschehen. Danke, dass du meine Espressomaschine repariert hast. Nimm ein paar davon mit.« Sie zeigte auf die Kekse.

Er nahm eine Serviette vom Regal hinter sich und wickelte mehrere darin ein. »Danke. Wir sehen uns später.« Er wartete nicht darauf, dass sie auf Wiedersehen sagte. Er ging einfach schnurstracks zur Cafétür. Er musste hier raus, bevor die Erinnerung an ihren Kuss ihn dazu verführte, mehr zu tun.

KAPITEL
Vier

Mit vollen Armen kickte Macy die Autotür zu und ging dann Taras und Jaces Auffahrt zur Haustür hinauf. Sie benutzte ihren Fuß zum Klopfen und wartete. Die Tür schwang auf. Jace, mit zerzausten Haaren und nur Socken an den Füßen, schenkte ihr ein müdes Lächeln.

»Macy. Hi, komm rein.«

Sie trat ein, und er schloss die Tür.

»Hier, lass mich das nehmen.« Er nahm ihr die Taschen und die Packung Windeln ab. »Was ist das alles?«

Macy zog ihren Mantel aus und hängte ihn auf. »Ich war einkaufen.« Sie hatte einen Ausflug nach Colorado Springs gemacht und eine Baby-Boutique gefunden. Taras und Jaces Zwillinge würden die bestgekleideten Babys in Silver Gap sein.

»Hast du überhaupt etwas im Laden gelassen?« Jace stellte die Taschen und Windeln auf den Esstisch zu ihrer Linken und schaute in die Tüten.

»Es waren noch ein paar Dinge übrig, als ich fertig war.« Sie lächelte und ging hinüber. »Ich weiß, dass ihr nicht viele Kleidung gekauft habt, da ihr nicht wusstet, was ihr bekommt.« Sie zuckte mit den Schultern. »Bei ihrer Babyparty hat sie auch nicht viel bekommen. Nur ein paar geschlechtsneutrale Strampler.« Sie grinste. »Jetzt sind sie komplett ausgestattet.«

Jace zog ein gerüschtes Kleid aus einer Tüte und lachte. »Oh, das ist großartig. Tara wird das lieben.«

»Wo ist sie überhaupt?«

»Im Zimmer der Babys, füttert sie. Es ist Schlafenszeit.«

Das Klingeln eines Telefons durchbrach die Stille. Jace griff in seine Tasche nach seinem Handy und schaute auf den Bildschirm. »Es ist Brady. Moment.« Er wischte, um anzunehmen. »Hallo?«

Sein Gesicht wechselte von der verbliebenen Belustigung zu Besorgnis und Resignation. »Natürlich hat er das. Okay. Ich bin unterwegs.«

»Was ist los?«, fragte sie, als er auflegte.

»Elbert ist über den Zaun gesprungen. Ich muss helfen, nach ihm zu suchen.« Er ging in die Küche und nahm seine Autoschlüssel von der Theke, bevor er zur Garagentür ging. »Sag Tara Bescheid, wohin ich gegangen bin? Ich bin bald zurück.«

»Jace.«

Er hielt mit der Hand am Türgriff inne und schaute zurück.

»Ich glaube, du vergisst etwas?«

Er runzelte die Stirn. »Was?«

Macy deutete auf seine Füße und versuchte, nicht zu lachen.

Er blickte nach unten und schnaubte dann. »Mist. Ich würde meinen Kopf vergessen, wenn er nicht angewachsen wäre.«

»Wie wäre es, wenn du hier bleibst und ein Nickerchen mit den Zwillingen machst? Ich gehe und helfe bei der Suche nach Elbert.«

Seine Augen wanderten zu den Schlafzimmern, Unentschlossenheit in seinem Blick. »Aber ich bin vielleicht der Einzige, zu dem er kommen würde.«

Mist. Daran hatte sie nicht gedacht. »Okay, dann. Wie wäre es, wenn ich fahre? Du ziehst dir Stiefel an, während ich Tara sage, was los ist.«

»Ich fahre nur zur Scheune. So weit kann ich auch in meinem schlafentzogenen Zustand fahren.« Er drehte sich zu dem Haufen Schuhe neben der Tür und fischte seine Stiefel heraus, selbst als er protestierte.

»Tu mir den Gefallen.« Sie drehte sich auf dem Absatz. »Ich bin gleich zurück.« Sie ging um die Ecke und den Flur hinunter, um den Kopf ins Kinderzimmer zu stecken.

Tara schaute vom Füttern eines der Zwillinge auf, als die Tür geöffnet wurde, und lächelte, als sie Macy sah. »Hi.« Ihre Stimme war kaum ein Flüstern.

»Brady hat angerufen«, flüsterte sie zurück. »Elbert ist ausgebrochen. Jace und ich helfen bei der Suche nach ihm.«

»Dieses verdammte Pferd. Manchmal denke ich, er macht mehr Ärger als er wert ist.«

»Wahrscheinlich. Wirst du hier allein klarkommen?«

»Ja.« Sie winkte ab. »Findet seinen störrischen Hintern.«

»Ich habe dir ein paar Sachen auf dem Esstisch gelassen. Babysachen. Wir sind bald zurück.« Macy winkte und schloss die Tür, kehrte in die Küche zurück.

Jace hatte seine Stiefel an und eine Jacke. Er hatte sich auch mit den Fingern durch die Haare gefahren.

»Du siehst menschlicher aus. Lass uns gehen.« Sie ging zur Haustür.

Er schnaubte. »Ich fühle mich nicht so. Ich hatte vergessen, wie es ist, ein Neugeborenes zu haben. Zweimal ist noch schlimmer.«

Macy lachte und stieg in ihr Auto. »Du würdest es aber für nichts eintauschen, oder?«

»Nein, würde ich nicht.« Er schnallte sich an, als Macy den Gang einlegte und aus der Einfahrt zurücksetzte.

»Wohin fahre ich?«

»Brady sagte, die Pferdescheune.«

Sie lenkte das Auto in diese Richtung, mit Schmetterlingen im Bauch. Sie hatte ein Hintergedanken, warum sie mitkommen wollte. Es war eine Woche her, seit Brady ihre Espressomaschine repariert und sie besinnungslos geküsst hatte. Sie hatte ihn seitdem weder gesehen noch von ihm gehört. Aber ein Treffen zwischen ihnen musste stattfinden. Je länger sie sich nicht sahen, desto sicherer war sie, dass er sich von ihr zurückziehen und die Dinge unangenehm werden würden. Um ihrer Freundschaft mit seinen Geschwistern und Verwandten willen konnte das nicht passieren.

Macy bog von dem Weg ab, der vor den Häusern verlief, und auf die Kiesauffahrt zur Scheune, hielt vor dem Eingang neben mehreren Trucks. Sie stiegen aus und gingen hinein. Als sich ihre Augen an das Innere gewöhnten, sah sie Brady mit Lee und einigen Rancharbeitern stehen.

Sie wusste genau, wann er sie mit Jace entdeckte. Seine Worte stockten und er versteifte sich. Er sah ihr für einen kurzen Moment in die Augen, bevor er wegschaute. Macys Mund verzog sich. Es sah so aus, als würde er einfach so tun, als wäre sie nicht da. Sie würden sehen, wie lange das anhielt. Sie würde dafür sorgen, dass es nicht sehr lange dauerte.

Jace ging zu der Gruppe, und Macy folgte. Sie verschränkte die Arme und stellte sicher, dass sie in seinem Blickfeld war. Seine Augen huschten wieder zu ihr, bevor er die Gruppe überblickte.

»Was ist der Plan?«, fragte Jace.

»Wir teilen uns in Zweierteams auf Pferden auf, um nach ihm zu suchen«, sagte Brady.

»Bist du sicher, dass er über den Zaun gesprungen ist?«

»Es sei denn, jemand hat sich auf die Ranch geschlichen und ihn gestohlen, ohne dass wir es bemerkt haben, ja. Aber er war heute Morgen hier. Ich habe ihn und die anderen auf die Weide gelassen, dann bin ich zu einigen Erledigungen gegangen. Dad hat in der Scheune angehalten, um sein Pferd zu holen, und bemerkt, dass Elbert fehlte. Es waren heute Morgen überall Leute, also bezweifle ich, dass ihn jemand mitgenommen hat. Wir hätten bemerkt, wenn ihn jemand weggeführt hätte. Falls sie überhaupt nah genug rankommen könnten, um das zu tun.«

»Okay. Wir sind acht, also vier Teams von je zwei? Ein Team in jede Richtung?«, sagte Jace.

Brady nickte.

Macy stellte sich neben Brady. »Ich reite mit dir.«

Er schaute zu ihr herunter, seine Augen weit. »Was? Nein. Du kannst mit Dad reiten.«

Sie warf einen Blick auf Lee, der ein amüsiertes Funkeln in den Augen hatte, dann zurück zu Brady. »So nett das auch wäre, du und ich müssen reden.«

»Nein, müssen wir nicht.«

»Doch, müssen wir. Es geht um meine Espressomaschine.«

Zwei Farbflecken blühten auf seinen Wangen über seinem Bart auf. Er räusperte sich. »Ich bin sicher, das kann warten. Wir haben ein Pferd zu finden.«

»Was jede Menge Reiten bedeuten wird. Wobei wir nichts Besseres zu tun haben, als zu reden, während wir suchen.« Sie wandte ihre Aufmerksamkeit den Rancharbeitern zu. »Sucht euch einen Partner und los geht's. Elbert entfernt sich nur immer weiter, je länger wir hier stehen.«

Sie starrten sie an, unsicher, ob sie Anweisungen von ihr entgegennehmen sollten. Lee klatschte in die Hände. »Ihr habt die Dame gehört. Schwingt euch aufs Pferd und los geht's. Jace, du kannst mit mir reiten. Jeder sollte sicherstellen, dass er ein Satellitentelefon mitnimmt.«

Macy lächelte ihm dankbar zu, als sich die Gruppe auflöste.

Lee ging an ihr vorbei, blieb stehen und neigte seinen Kopf nahe zu ihr. »Ich hoffe wirklich, du weißt, was du da tust.«

Sie klopfte auf seinen Arm. »Das tue ich.«

Er warf einen Blick zu seinem Sohn hinauf, dann ging er weg und ließ sie allein mit Brady. Sie schaute zu ihm hoch. Er starrte sie an, seine braunen Augen glitzerten im Licht der Scheune, während sein Kiefer unter seinem Bart arbeitete. Ohne ein Wort drehte er sich auf dem Absatz um und ging auf sein Pferd, Titan, zu.

Macy folgte. »Welches Pferd soll ich reiten?«

»Ist mir egal. Such dir eins aus. Triff mich im Gehege, wenn du es gesattelt hast.« Er öffnete die Stalltür, seine Worte knapp.

Sie verdrehte die Augen und wanderte den Gang hinunter, auf der Suche nach einem geeigneten Pferd zum Reiten. Taras kastanienbraune Stute, Brandywine, steckte ihren Kopf über die Stalltür und wieherte leise.

»Hey, Mädchen.« Sie rieb den Kopf des Pferdes und kratzte ihre Ohren. »Willst du ausreiten? Deinen störrischen, verrückten Freund finden?«

Brandywine schnaubte und wackelte mit dem Kopf. Macy kicherte. »Okay. Los geht's.« Sie griff nach einem Führstrick und dem Halfter des Pferdes vom Haken neben der Tür, dann öffnete sie den Stall. Während sie weiterging, murmelte sie mit dem Pferd, schob das Halfter auf, schnallte es zu, dann befestigte sie den Führstrick und führte Brandywine aus ihrem Stall in den Sattelraum.

Dankbar, dass sie und Tara fast die gleiche Größe hatten, fand sie Taras Sattel und Brandywines Zaumzeug und machte das Pferd fertig, wobei sie ein Auge auf Brady hatte, der direkt vor der Scheune stand und dasselbe mit Titan tat. Sie traute ihm durchaus zu, ohne sie loszureiten. Er wollte offensichtlich nicht reden.

Als sie fertig war mit dem Satteln ihres Pferdes, ging sie nach draußen, wo Brady an den Riemen von Titans Sattel fummelte und den Sitz immer wieder kontrollierte.

Er blickte zu ihr. »Wurde auch Zeit.«

Macy verengte ihre Augen. »Sei froh, dass ich mein eigenes Pferd satteln kann. Ich bin nur langsamer als du, weil ich es nicht jeden Tag mache.« Sie verdrehte wieder die Augen und wollte gerade ihren Fuß in den Steigbügel setzen, um aufzusteigen.

»Warte.«

Sie hielt inne und schaute ihn an. Er ging zu ihr und schob sie zurück.

»Ich will deinen Sattel überprüfen.«

Macy schnaubte. »Nur weil ich nicht so viel reite wie du, heißt das nicht, dass ich nicht weiß, wie man ein Pferd sattelt.«

»Tu mir den Gefallen.« Er warf ihr ihre eigenen Worte zurück.

Sie verschränkte die Arme und setzte eine Hüfte aus, während sie darauf wartete, dass er sie für bereit erklärte. »Mach nur.«

Er warf ihr einen Blick aus dem Augenwinkel zu, sagte aber nichts, während er am Bauchgurt zog und Brandywines Zaumzeug überprüfte.

»Sieht gut aus.«

»Na klar.« Sie nahm ihm die Zügel ab und stieg auf das Pferd, dankbar, dass sie Jeans und Turnschuhe zur Ranch getragen hatte. »Können wir jetzt los?«

»Hey, du bist diejenige, die sich selbst zu dieser Aktion eingeladen hat.« Er schwang sich in den Sattel.

Macys Mund wurde trocken. Brady am Boden war beeindruckend mit seiner Größe und seinem kräftigen, muskulösen Körperbau, aber auf dem Rücken eines Pferdes war er wie ein Gott, der auf seinem Streitross saß, bereit, in die Schlacht zu ziehen. Sie konnte ihn sich gut in Lederhosen, mit nacktem Oberkörper vorstellen, wie er über die Ebenen ritt.

Sie rutschte in ihrem Sattel und wendete ihr Pferd in Richtung der offenen Weide. »Also, wohin gehen wir?«

Er zeigte vor ihnen. »Den Weg zum Fluss.«

»Hast du ein Satellitentelefon dabei?«

»Es ist in meiner Satteltasche. Ich habe auch Wasser für uns dabei.«

»Super. Los geht's.« Sie drückte Brandywines Seiten, und das Pferd setzte sich in einem langsamen Galopp in Bewegung.

Sie ritten über die Weide und durch das hintere Tor, um den Pfad auf der anderen Seite hinaufzugehen. Macy hielt den Kopf in ständiger Bewegung, während sie weitergingen, auf der Suche nach jeglichem Anzeichen des silbernen Pferdes.

»Wie werden wir ihn finden? Er könnte überall sein.«

»Thomas hat die Drohne in die Luft geschickt. Wir sind weit verteilt, also ist hoffentlich niemand zu weit weg, sobald er ihn entdeckt. Wenn er ihn entdeckt. Es gibt viel bewaldetes Land auf der Broken Bow.«

Macy blickte sich um. »Ja, aber es ist weiter weg von den Gebäuden. Bevor du den Fluss überquerst, ist es offener.«

»Richtig. Ich sehe ihn trotzdem nicht.«

»Ich hoffe, er ist zum See hinaufgegangen. Jace und Tara gehen dort oft hin, also könnte er dorthin gehen. Ich habe Jace in diese Richtung geschickt.«

»Ist er schon mal über den Zaun gesprungen?«

»Früher ziemlich regelmäßig, aber er blieb in der Nähe. Er hat es nicht mehr gemacht, seit Jace angefangen hat, ihn zu reiten. Aber sie sind im letzten Monat nicht viel ausgeritten, und Jace war seit der Ankunft der Zwillinge überhaupt nicht mehr in der Scheune.«

»Also führt er sich auf, weil er seinen Herrn vermisst.«

»Im Grunde ja.«

Das machte Sinn. Elbert war an einem guten Tag schon eine Handvoll, und nur Jace konnte ihn in Schach halten. Er und das Pferd hatten eine einzigartige Verbindung.

Sie folgten weiter dem Weg zum Fluss, hielten hier und da an, um auf das Geräusch eines Pferdes zu lauschen, das durchs Unterholz bricht, aber es war ruhig. Nur Vögel, Wind und das gelegentliche Brüllen einer Kuh durchbrachen die Stille.

Die Spannung zwischen ihnen wurde dichter, während sie ritten. Macy warf ständig Blicke auf ihn, nur um festzustellen, dass er sein Möglichstes tat, um so zu tun, als wäre sie nicht da. Wenn er bemerkte, dass sie ihn beobachtete, würde er vorausreiten und sie ignorieren. Sie würde aufholen, und er würde es wieder tun. Schließlich hatte sie genug. Sie ritt nach vorne und lenkte Brandywine in seinen Weg, zwang ihn anzuhalten.

»Macy, was zum Teufel?«

»Hör auf, mich zu ignorieren.«

»Ich ignoriere dich nicht. Ich suche nach Elbert.«

»Quatsch. Du siehst mich nicht einmal an.«

»Weil du nicht Elbert bist. Kann das Pferd nicht finden, wenn ich dich anschaue.«

»Normale Menschen schauen sich beim Reden gegenseitig an.«

»Wir haben nicht geredet.«

»Genau.«

»Häh?« Er seufzte und kniff sich in den Nasenrücken. »Worüber redest du zum Teufel? Ich bin verwirrt.«

Macy verdrehte die Augen. »Männer«, murmelte sie unter ihrem Atem, dann seufzte sie. »Du redest nicht mit mir und du schaust mich nicht an. Warum? Und sag mir nicht, es ist, weil du nach Elbert suchst«, sagte sie, als er den Mund öffnete, um zu sprechen. »Hör auf, ihn als Ausrede zu benutzen.«

»Ich wollte von Anfang an nicht mit dir reiten. Warum sollte ich mit dir reden?«

Autsch. Das war hart.

»Du weichst mir aus. Du magst mich und willst es nicht zugeben. Na, rate mal? Ich mag dich auch, und ich habe keine Angst, das zu sagen.«

»Macy-«

»Wenn du es abstreiten willst, sag nichts.«

Er hielt einen Finger hoch. »Ich glaube, alles, was ich zu sagen habe, ist im Moment irrelevant, außer dem, was du hören willst. Das gesagt, werde ich nicht leugnen, dass ich dich attraktiv finde. Ich denke, unser Kuss neulich Abend hat das bewiesen. Aber es wird nicht weitergehen. Du kannst mich anschreien, bis dir Rauch aus den Ohren kommt; es wird meine Meinung nicht ändern.«

»Wirklich? Also, selbst wenn ich mich hier gleich nackt ausziehen würde, würdest du einfach weiterreiten?«

Hitze flackerte in seinen Augen auf, und sie grinste, wissend, dass sie zumindest eine gewisse Reaktion von Mr. Ich-Habe-Immer-Alles-Unter-Kontrolle bekommen hatte.

Er schluckte schwer und schaute für einen Moment weg. »Bitte nicht. Ich - verdammt. Ich kann einfach nicht, okay? Können wir es dabei belassen?«

Sie zog eine Augenbraue hoch. »Kannst nicht oder willst nicht? Das ist ein großer Unterschied.« Sie drehte Brandywine herum. »Ich glaube, es ist Letzteres.« Macy ließ das Pferd sie zum Fluss tragen, während Tränen drohten. Dummer, störrischer, ärgerlicher Mann. Warum konnte er sich nicht erlauben zu fühlen, was sein Herz und sein Körper fühlen wollten? Warum musste er Widerstand leisten? Wenn die Stärke ihrer eigenen Gefühle ein Maßstab war, könnten sie etwas Erstaunliches und Besonderes haben. Aber nein. Er musste ein Feigling sein.

Wütend und in ihren Gedanken gefangen, hätte sie fast den Haufen Pferdemist zu ihrer Rechten übersehen. Tatsächlich ritt sie direkt daran vorbei. Aber als sie vorbeikam, registrierte sie es, und sie brachte Brandywine zum Stehen.

»Brady, schau.« Sie zeigte auf den frischen Haufen.

Er zügelte Titan neben ihr. »Es sieht aus, als wäre er in diese Richtung gegangen. Da ist ein Hufabdruck. Und da.« Er zeigte auf den Schmutz, der von ihnen wegführte. »Komm.« Er schickte Titan in diese Richtung, den Boden nach weiteren Anzeichen des ausgerissenen Pferdes absuchend.

Sie ritten in einem gleichmäßigen Trab, gelegentlich einen Abdruck oder einen gebrochenen Zweig von Elberts Pfad sehend. Brady rief die anderen mit einer Aktualisierung und ihrem Standort an, in der Hoffnung, dass sie das Pferd aus der Luft mit der Drohne orten und einkesseln könnten.

»Wie weit vor uns glaubst du, ist er?«

»Eine Stunde? Vielleicht weniger? Er ist wahrscheinlich zum Fluss geschlendert und dann umgekehrt. Er geht jetzt den Berg hinauf, vermutlich auf dem Weg zum See. Er kann nicht so weit entfernt sein. Er hatte nur ein paar Stunden Vorsprung.«

Bradys Telefon trillerte aus seiner Satteltasche. Er fischte es heraus und antwortete.

»Ja?«

Macy starrte ihn an, während er zuhörte.

»Okay, wir gehen in diese Richtung.« Er legte auf.

»Nun?«

»Thomas hat ihn gefunden. Er sagte, er ist etwa eine Meile in dieser Richtung.« Er zeigte vor sich und nach links.

Macy wartete nicht. Sie trat mit den Fersen in Brandywines Seiten und preschte los. Brady und Titan hielten mit. Nach etwa fünf Minuten signalisierte er ihr, langsamer zu werden.

»Wir sind wahrscheinlich nahe dran. Lass mich Thomas zurückrufen und herausfinden, was er sieht.«

Macy nickte, schaute ihn aber nicht an, sondern suchte stattdessen zwischen den Bäumen. Ein silberner Blitz erregte ihre Aufmerksamkeit.

»Dort!« Sie wedelte mit einem Arm zu Brady, dann zeigte sie vor sich nach rechts. »Was ist das? Verdammt, es ist verschwunden.«

Er hielt mit dem Telefon in der Hand inne, um zu schauen, wohin sie zeigte. Beide hielten den Atem an, wartend, ob das, was sie gesehen hatte, zurückkam. Etwas Helles huschte durch das dichte Laub.

»Ich glaube, das ist er.« Brady steckte das Telefon weg und trieb Titan in einen schnellen Galopp.

Macy folgte. Als sie näher kamen, erhaschte sie einen Blick auf Elberts Kopf. Er war auf der Flucht, Richtung Süden zum Fluss.

»Scheiße. Wir müssen ihn abschneiden. Wir sind angestiegen und es gibt einen steilen Abhang zum Fluss. Ich bin nicht sicher, ob er bei dieser Geschwindigkeit herunterlaufen kann.« Er trieb Titan in einen vollen Galopp.

Macys Herz sprang ihr in den Hals. Sie würden niemals aufholen. Elbert war das schnellste Pferd auf der Ranch.

Titan war jedoch auch nicht schlecht. Er zog an ihr vorbei zu dem Punkt, an dem sie nur noch flüchtige Blicke von ihm und Brady erhaschte, während sie sich durch den dichten Wald bewegten. Sie hörte Brady rufen und das laute Wiehern eines Pferdes. Mit im Ohr donnerndem Herzen beugte sie sich tief und drängte Brandywine, schneller zu gehen. Als sie endlich aufholte, war es, um Brady am oberen Rand des Anstiegs zu sehen, ein Seil von seinem Sattelknauf zu etwas unten gespannt. Titan grub seine Hufe ein und ging rückwärts, machte aber wenig Fortschritt.

Sie hielt mehrere Meter entfernt neben ihm und schaute nach unten. Das Seil war um Elberts Hals, aber er kämpfte gegen Bradys Bemühungen, ihn wieder hochzuziehen.

Macy dachte nicht nach. Sie sprang von Brandywine, ließ ihre Zügel auf dem Boden schleifen, und rutschte die Böschung hinunter.

»Macy! Was zum Teufel machst du da?«

Sie antwortete ihm nicht. Stattdessen manövrierte sie sich zu dem Seil, das straff zwischen den Pferden gespannt war, und griff danach, es um ihren Unterarm wickelnd. »Lass das Seil los!«

»Was? Bist du verrückt? Er wird dich mitschleifen.«

»Nein, wird er nicht. Er kämpft gegen die Kontrolle. Lass los.« Sie schaute nach oben. »Vertraust du mir?«

Er schloss die Augen, murmelte zu sich selbst, dann öffnete er sie wieder. »Na gut.« Er wickelte das Seil von seinem Sattelknauf ab und ließ es aus seiner Hand gleiten.

Sie hielt ihre Hand offen und ließ es über ihren Arm gleiten, als Elbert mehrere Schritte zur Seite trat, als die Spannung nachließ, und griff erst wieder zu, als er an Ort und Stelle tanzte. Es glitt über ihre Handinnenfläche und hinterließ eine Seilverbrennung. Sie zischte und wünschte, sie hätte Handschuhe getragen, aber ließ nicht los. Elbert tanzte und warf seinen Kopf. Macy gab ihm ein wenig Spielraum, ging aber nach vorne und murmelte ihm zu, während sie weiterging. Seine hellblauen Augen waren weit. Schweiß glänzte auf seinem silbernen Fell, und er wieherte nervös.

»Schh. Es ist okay. Wir bringen dich zurück zum Stall. Ich wette, da wartet ein Apfel. Und Jace. Du willst deinen Kumpel sehen, oder nicht, du albernes Pferd?«

Elberts Ohren zuckten, aber er blieb stehen. Macy bewegte sich näher, ihre Hände am Seil entlang gleitend. Drei Fuß von seinem Kopf entfernt ließ er ein lautes Wiehern hören und schüttelte seinen Kopf. Sie erstarrte, da sie ihn nicht erschrecken wollte. Er streckte seinen Hals aus, um an ihr zu schnuppern, sein warmer Atem fächerte über ihr Gesicht. Sie streckte eine Hand aus, um seine Schnauze zu streicheln. Er ließ sie ihn berühren und trat näher.

Sie stieß einen Seufzer der Erleichterung aus und ging dazu über, seinen Hals zu streicheln. »Genau so, großer Kerl. Lass uns nach Hause gehen, ja?«

»Na sowas. Ich dachte, Jace wäre der Einzige, der das kann.«

Macy lächelte, behielt aber ihren Blick auf Elbert. »Ich bringe ihm heimlich Leckerbissen, wenn ich zu Besuch bin. Er hat Tara schließlich gerettet.«

»Natürlich tust du das. Okay, Pferdeflüsterin. Kannst du ihn hier rauf bringen?«

»Wir können es versuchen, oder, Elbie?« Sie rieb seinen Kopf und nahm das Seil nahe an seinem Hals, versuchte, ihn den Hügel hinaufzuführen. Er bockte, zog gegen das Seil. Sie gab ihm etwas Spielraum. »Okay, okay. Du willst nicht geführt werden. Wie wäre es mit einem Ritt? Wirst du mich reiten lassen?« Sie strich mit einer Hand über seinen Hals und über seinen Widerrist, legte ihre andere Hand auf seine Kruppe.

»Was machst du da? Frau, ich schwöre...«

»Pst. Es ist das hier oder wir warten auf Jace und hoffen, dass Elbert ihn reiten lässt, denn er will nichts mit diesem Seil zu tun haben.«

»Macy...«

Sie blickte zu ihm hoch. »Ich weiß, was ich tue. Tara und ich sind als Teenager ständig ohne Sattel geritten.«

»Ich erinnere mich. Aber du bist nie auf einem Pferd wie Elbert ohne Sattel geritten.«

»Für alles gibt es ein erstes Mal.« Sie bewegte ihre Hand nach vorne, um sich in Elberts Mähne zu verfangen, griff zu und zog, bereitete ihn darauf vor, dass sie sie als Hebel zum Aufsteigen und dann zum Festhalten benutzen würde. Er blieb stehen.

»Okay, du großer Klotz. Wirf mich bitte nicht ab.« Mit einem Gebet griff sie nach seiner Mähne und sprang, warf ihr rechtes Bein über ihn, während sie ihre linke Hand in seiner Mähne benutzte, um sich hochzuziehen. Er machte ein paar Schritte zur Seite und wieherte, aber stieg nicht. Sie wackelte in Position auf seinem Rücken und richtete sich auf, sodass sie gerade saß. »In Ordnung.« Ein strahlendes Lächeln erhellte ihr Gesicht und sie schaute Brady an. Er schüttelte den Kopf, aber ein Grinsen zupfte an einem Mundwinkel.

»Es ist wahrscheinlich zu steil für dich, um ihn ohne Sattel hier raufzureiten. Triff mich flussabwärts?«

Sie nickte. »Hast du Brandywine?«

»Ich binde sie an mich. Wir kommen klar.«

Macy drängte Elbert, sich zu drehen. Das Pferd reagierte auf ihr Antippen an seinem Hals und den Druck ihrer Schenkel, und sie machten sich auf den Weg, über den unebenen Boden am Fluss entlang. Mehrmals rutschte sie und fiel beinahe ins Wasser, als das Pferd sein Tempo erhöhte, aber sie schaffte es, durch Gottes Gnade festzuhalten. Sie schwor sich, nie wieder das Beintraining auszulassen.

MIT TITANS AUSRÜSTUNG BELADEN, TAT BRADY SEIN BESTES, UM Macys musikalisches Lachen zu ignorieren. Sie stand mit Jace in der Nähe von Elberts Stall. Er ging an ihnen vorbei zum Sattelraum, den Blick geradeaus gerichtet. Sie waren zurück auf der Ranch, Elbert wieder sicher in der Scheune. Er war zu seinem Stall getrabt und hatte sein Gesicht in seinen Getreideeimer gesteckt, als wäre nichts passiert. Verflixtes Pferd. Die Suche hatte ihn nicht nur von seinen anderen Aufgaben abgehalten - Aufgaben, die er noch erledigen musste -, sondern brachte ihn auch von Angesicht zu Angesicht mit Macy. Er hatte seit dem Abend, an dem er ihre Espressomaschine repariert und sich durch den Kuss mit ihr in die Bredouille gebracht hatte, einen verdammt guten Job gemacht, sie zu meiden. Es war eine Woche her und er konnte ihren Geschmack immer noch nicht aus dem Kopf bekommen.

Er stellte Titans Sattel mit etwas mehr Kraft als nötig auf das Gestell, und das gesamte Gerüst klapperte.

»Vorsicht, sonst schaffst du dir noch mehr Arbeit.«

Der Klang von Macys heiserem Alt versteifte seine Muskeln. »Es ist gerutscht.« Mit vorsichtigen Bewegungen hob er seine rechte Hand, um Titans Zaumzeug an seinen Haken zu hängen.

»Aha, klar.« Sie blieb neben ihm stehen, ihre Daumen in ihren Gürtelschlaufen eingehakt.

»Was willst du?«

»Weißt du was? Vergiss es.« Sie drehte sich um, um wegzugehen.

Bradys Gewissen meldete sich. Seine Hand schoss hervor, um ihren Arm zu packen, bevor sie weit kommen konnte. Überrascht schaute sie zurück zu ihm.

»Es tut mir leid. Das war unhöflich.« Und das war es. Seine Mutter würde ihm den Hintern versohlen, wenn sie ihn sich so benehmen sähe. Er ließ ihren Arm los. »Hast du etwas gebraucht?«

Sie beobachtete ihn für mehrere Momente, diese indigoblauen Augen studierten ihn. Er kämpfte gegen den Drang anzuwinden.

»Ich wollte nur fragen, ob du Hilfe bei deinen Aufgaben brauchst. Ich weiß, du bist jetzt im Rückstand.«

Scham über seine Unhöflichkeit überschwemmte ihn. Er verdiente ihre Freundlichkeit nicht. »Es ist nicht das erste Mal, dass ein Tier mich in Verzug bringt. Es wird nicht das letzte Mal sein. Ich schaffe das schon.«

»Ich bin sicher, das kannst du, aber ich sage nur, dass du es nicht musst.« Sie hielt ihre Hände hin. »Ich habe heute Abend nichts zu tun. Ich wollte nur Tara und die Zwillinge besuchen, aber das kann ich jederzeit machen. Setz mich ein.«

Sein erster Instinkt war, ihr nein zu sagen. Aber dann erinnerte er sich an die Ranchbücher, die auf ihn warteten. Macy war großartig mit Zahlen. »Hast du Lust, die Ranchbücher zu führen? Ich hasse es, das zu machen, und Mom und Dad auch.«

»Klar. Wo ist alles?«

»In meinem Haus. Komm mit. Ich fahre dich rüber.«

»Ich kann laufen. Gib mir einfach deinen Hausschlüssel.«

»Bist du sicher? Es dauert nur ein paar Minuten, dich hinüber zu bringen.«

»Ich bin sicher. Du hast hier andere Dinge zu tun.« Sie hielt eine Hand hin, Handfläche nach oben. »Schlüssel, bitte.«

Er nahm seine Schlüssel aus der Tasche und fand den Hausschlüssel, nahm ihn vom Ring. »Der ist für die Haustür. Ich weiß nicht, wann ich zurück bin. Schließ ab und lass den hier auf der Küchentheke, wenn ich nicht zu Hause bin, bevor du fertig bist. Die Quittungen und Rechnungen sind alle auf meinem Schreibtisch. Wir benutzen eine Tabelle, um Ausgaben zu verfolgen. Sie ist auf meinem Computer.«

»Okay. Gibt es etwas, das ich wissen sollte?«

»Einige der Rechnungen müssen bezahlt werden. Kannst du die Schecks ausstellen und sie für mich zum Unterschreiben bereitlegen?«

»Ja.«

»Danke, Macy. Das hilft wirklich sehr.«

Sie schenkte ihm ein sanftes Lächeln. »Gern geschehen. Wir sehen uns später.«

Er nickte und winkte, als sie sich umdrehte und aus dem Sattelraum schlenderte. Als sie aus dem Blickfeld verschwunden war, fuhr er sich mit den Händen übers Gesicht und stöhnte. Was zum Teufel sollte er mit ihr machen? Sie zu ignorieren, funktionierte nicht. Er hatte keinerlei Verlangen, eine andere Frau zu finden. Er wollte keine Beziehung, aber gelegentlicher Sex mit ihr war keine Option. Er war sicher, dass es sowieso nach hinten losgehen würde. Sex mit Macy versprach, episch zu sein. Eine kurze Affäre würde nie reichen.

Aber was blieb ihm damit übrig?

»Ein verdammtes Durcheinander, das ist es.« Er stöhnte wieder und ging aus dem Sattelraum, um seine Aufgaben zu beenden. Vielleicht, wenn er sich Zeit ließ, wäre sie weg, wenn er nach Hause käme.

KAPITEL
Fünf

Das Schloss an Bradys Haustür klickte, als Macy sich hineinließ. Es war nicht das erste Mal, dass sie allein dort war. Es fühlte sich jetzt genauso seltsam an wie zuvor. Die ganze Zeit, als sie bei ihm wohnte, nachdem sie hierher gezogen war, um Schutz zu suchen, fühlte sie sich wie ein Eindringling. Er brummte und murrte sie an, wann immer sie versuchte, mit ihm zu reden, und zog sich dann mit einem Buch in sein Schlafzimmer zurück. Nichts hatte sich wirklich geändert.

Sie schloss die Tür hinter sich ab und ging dann den Flur hinunter zu seinem Büro. Sie trat ein und setzte sich in den Ledersessel hinter dem großen Mahagonischreibtisch. Ein Blick auf die Oberfläche ließ sie seufzen. Überall lagen Stapel. Sie war sicher, dass er wusste, was das alles war, aber sie hatte keine Ahnung.

Nun, nichts zu machen als anzufangen. Sie zog den ersten Stapel zu sich heran und begann, ihn durchzusehen.

Sein Organisationssystem war eigentlich ziemlich übersichtlich. Sie hatte keine Schwierigkeiten, es zu verstehen, nachdem sie alles durchgegangen war. Sie machte sich eine gedankliche Notiz, ihm eine dieser stapelbaren Papierablagen zu besorgen. Für einen Mann, der in allem anderen so organisiert war, wusste sie nicht, warum er keine hatte.

Sie brauchte etwas mehr als eine Stunde, um Schecks zu schreiben, Rechnungen in die Buchhaltungstabelle der Ranch einzugeben und sicherzustellen, dass alles ausgeglichen war. Als sie fertig war, schob sie sich vom Schreibtisch weg und stand auf, um sich zu strecken. Dabei scannte sie den Raum und bemerkte die Staubschicht auf den Regalen. Es sah aus, als hätte er seit einer Weile nicht geputzt.

Sie ging aus dem Büro zum Schrank in der Küche, wo er seine Putzmittel aufbewahrte, und holte einen Lappen und das Staubspray, um zurück ins Büro zu gehen und es aufzufrischen. Das führte sie ins Wohnzimmer, das genauso staubig war, und dann in den Rest des Hauses.

Als sie fertig war, hatte sie sich ins Schwitzen gebracht und beschloss, weiterzumachen. Sie holte den Bodenwischer heraus und fegte alle Böden, dann wischte sie sie, wobei sie den Teppich als letztes staubsaugte.

Während sie von Raum zu Raum ging, bemerkte sie den vollen Wäschekorb in seinem Schlafzimmer und startete eine Ladung Wäsche, dann landete sie schließlich in der Küche, wo sie die Spülmaschine ausräumte und eine weitere Ladung startete, bevor sie den Gefrierschrank öffnete, um zu sehen, was sie zum Abendessen machen könnte. Es war vor ein paar Stunden dunkel geworden, und sie war am Verhungern. Eingewickelte Fleischpakete begrüßten sie. Sie wühlte durch, um sich mit dem Angebot vertraut zu machen, und ging dann in die Speisekammer.

»Volltreffer.« Sie griff nach einem Glas Salsa, Taco-Gewürz und einer Packung Tortillas, dann ging sie zurück zum Gefrierschrank, um das Hackfleisch zu holen, das sie gesehen hatte. Sie würde Tacos machen.

Während das Fleisch in der Mikrowelle auftaute, nahm sie einen Kopf Butterkopfsalat aus dem Kühlschrank und wusch und würfelte ihn, um ihn für später beiseite zu legen. Zu diesem Zeitpunkt war das Fleisch genug aufgetaut, um es zu kochen, also gab sie es in eine Pfanne und zündete den Herd an, wobei sie die Flamme etwas über mittlerer Hitze einstellte. Der Duft des kochenden Fleisches erfüllte bald die Küche. Sie hatte gerade das Gewürz hinzugefügt, als sich die Tür von der Garage zum Waschraum öffnete und Brady hereinkam.

»Hi. Ich hoffe, du hast Hunger.« Sie schaute durch die Küchentür und lächelte ihn an.

Er pausierte einen Moment in der Türöffnung und starrte sie an, bevor er vortrat, um die Tür zu schließen. »Hab ich. Du hättest nicht für mich kochen müssen.« Er streifte seine Stiefel ab und kam herein.

Sie zuckte mit den Schultern und rührte das Fleisch um. »Nachdem ich mit deiner Buchhaltung fertig war, habe ich etwas geputzt. Dieses Haus war ein Chaos. Putzt du nie? Das Einzige, was nicht völlig dreckig war, war dein Badezimmer. Jedenfalls habe ich mir Appetit erarbeitet, also habe ich Zutaten für Tacos gefunden.«

»Du hast mein Haus geputzt?«

Sie nickte. »Holst du ein paar Teller raus? Das ist fertig.«

Er bewegte sich in die Küche und nahm zwei Teller herunter. »Du hättest nicht mehr putzen müssen als du kochen musstest.«

Sie zuckte wieder mit den Schultern. »Wie gesagt, es war ein Chaos. Du brauchst eine Haushälterin.«

»Ja, nun, vergib mir, wenn ich nach all dem seltsamen Mist, der im letzten Jahr passiert ist, ein wenig zurückhaltend bin, einen Fremden in mein Haus einzuladen.«

»Stimmt. Wie viele Tacos möchtest du?«

»Drei oder vier. So viele, wie wir Fleisch für haben.«

Sie reichte ihm vier Tortillas und nahm zwei für sich, füllte sie mit dem Taco-Fleisch und ging dann aus seinem Weg. »Du kannst den Rest haben.« Sie fügte Toppings zu ihren Tacos hinzu und stellte dann ihren Teller auf den Tisch, bevor sie zurückging, um eine Flasche Wasser zu holen.

»Möchtest du auch?« Sie hielt eine Flasche hoch. Er nickte, also nahm sie eine zweite aus dem Kühlschrank und ging zurück zum Tisch.

Er beendete die Zubereitung seiner Tacos und faltete seinen langen Körper in einen Sitz ihr gegenüber. »Danke für das Abendessen.«

»Gern geschehen.« Sie nahm einen Bissen von ihrem Taco und versuchte, ihn nicht anzustarren, während sie aß. Er hatte seinen Hut an einem Haken im Waschraum gelassen und fuhr sich mit der Hand durch die Haare. Es war ein zerzaustes Durcheinander, aber verdammt sexy. Dunkle Locken mit ein paar Strähnen Silber fielen ihm über die Stirn und umspielten den Kragen seines Hemdes. Macy wollte mit ihren Fingern hindurchkämmen.

»Hat die Buchhaltung gestimmt?«

Sie schluckte das Essen in ihrem Mund und nickte. »Ja. Alles war in Ordnung.«

»Gut.«

Sie beendeten das Essen schweigend. Das Kratzen der Beine ihres Stuhls auf dem Fliesenboden fühlte sich unnatürlich laut an, als sie aufstand, um ihren Teller in die Spülmaschine zu stellen. Er folgte ihr mit seinem eigenen. Macy trat zurück, um ihm Zugang zur Maschine zu geben. Er stellte seinen Teller neben ihren, schloss dann die Tür und richtete sich auf.

»Nochmals danke für das Abendessen. Es war gut.«

»Gern geschehen. Ich sollte wahrscheinlich gehen. Es ist spät und wir haben beide einen frühen Morgen.«

»Ja. Du hast, ähm, etwas...« Er berührte die Seite seines Mundes.

Macy wischte über ihre Wange. Sie hatte Essen im Gesicht? Natürlich hatte sie das. Nichts lief jemals reibungslos in der Nähe von Brady. »Hab ich's erwischt?«

Er schüttelte den Kopf. »Nein, es ist weiter links.«

Sie versuchte es erneut.

Er lächelte. »Das andere Links. Hier, lass mich.« Er streckte die Hand aus und berührte ihre Wange mit seinem Daumen.

Macy erstarrte, als er Kontakt aufnahm. Seine Hand verweilte, seine Finger streiften ihr Gesicht. Ihr stockte der Atem, als er sie mit seinem Blick gefangen nahm. In den dunklen Tiefen kämpfte Sehnsucht mit seinem Wunsch, wegzugehen. Er schloss sie für einen kurzen Moment und stieß einen Fluch aus, bevor er vortrat, ihr Gesicht in seine Hände nahm und sie küsste.

Sie ballte ihre Fäuste in sein Hemd und hielt sich mit aller Macht fest, während er ihren Mund plünderte und ihr den Atem raubte. Als seine Hände nach Süden wanderten, um ihre Taille zu umschließen, ließ sie los und tat, was sie während des ganzen Abendessens tun wollte. Sein Haar war kühl und seidig unter ihren Fingern.

Der Raum drehte sich, als er sie von den Füßen hob und gegen die Wand drückte. Sein Mund verließ ihren, um Feuer entlang ihres Kiefers und ihren Hals hinunter zu hinterlassen.

Sie sog etwas dringend benötigte Luft ein. Sie war voll von seinem moschusartigen Duft und verstärkte nur das Vergnügen, das er schuf, als er ihren Hals hinunterküsste. Als er ihre Brust durch ihr Shirt umfasste, stöhnte sie.

Es war der Katalysator, den er brauchte, um die Zügel loszulassen, die sein Verlangen zurückhielten. Seine Hände zogen ihr Shirt an ihrem Oberkörper hoch und rissen es über ihren Kopf, um ihre spitzenbedeckten Brüste zu entblößen. Mit geschickten Fingern öffnete er den Verschluss ihres BHs, und das Material fiel weg. Sein Mund nahm dessen Platz ein.

Macy grub ihre Finger in sein dickes Haar. Ihr Kopf knallte gegen die Wand, tiefes Verlangen stieg in ihr auf, als er ihre Brüste mit seinem Mund küsste und leckte. Als sie spürte, wie die Zügel ihrer Kontrolle nachließen, zog sie ihn zurück zu ihren Lippen und hielt fest, gab so gut wie sie bekam. Er umfasste ihren Hintern mit seinen großen Händen und zog sie an seinen Schritt. Sie stöhnte in seinen Mund und rieb sich an ihm, bevor sie sein Hemd aufknöpfte und es aus seiner Jeans zog. Die weiche Baumwolle seines Unterhemd traf ihre Fingerspitzen. Sie löste sich, um zu knurren.

»Du trägst zu viele Kleider.«

»Du auch.« Mit einem Handgelenksdreh öffnete er ihre Hose und ließ seine Hände unter den Stoff gleiten, um sie und ihren Slip ihre Beine hinunterzustreifen. Sie stieg heraus und kickte sie weg.

Macy zog an seinem Hemd. Er zog es über seinen Kopf und warf es beiseite. Ihr lief das Wasser im Mund zusammen, als sie einen Blick auf seine muskulöse Brust und tätowierten Arme erhaschte. Sie fuhr mit ihren Händen durch seine federnden Brusthaare. Seine Arme schlangen sich um ihre Taille und fingen sie gegen ihn ein. Das grobe Haar kitzelte ihre nackten Brüste und ließ feurige Ranken der Hitze durch ihren Körper schießen.

Sie wackelte, schob ihre Arme zwischen sie, um an seinen Hosenschlitz zu gelangen, während er ihren Mund nahm, seine Zunge jeden Winkel kostend. Als ihre Hand den harten Grat hinter dem Denim streifte, spannten sich seine Muskeln für einen Sekundenbruchteil an, bevor sie sich an der Wand hochgehoben fand, ihre Füße fünfzehn Zentimeter über dem Boden. Er zog ihre Beine um seine Taille, dann befreite er sich aus der Enge seiner Hose.

Sein heißer Schaft neckte ihren Eingang. Eine Welle der Lust schoss durch sie.

Er stöhnte. »Brauche ein Kondom.«

»Ich nehme die Pille.« Sie bewegte ihre Hüften und nahm seine Spitze in sich auf.

»Verdammt.« Sein Kopf rollte zurück und entblößte die Sehnen seines Halses.

Macy lehnte sich vor und knabberte an ihnen. »Ja, bitte.«

Er wiegte ihre Hüften in seinen Händen und glitt tiefer. Sie zischte, als er sie dehnte.

»Mehr, Brady.«

Er stieß vor und versenkte sich. »Ich hoffe, du willst es nicht langsam, denn das wird nicht passieren.«

»Tu dein Schlimmstes.« Sie brachte seinen Mund zu ihrem. Ihre Zungen duellierten sich, als er sich zurückzog und dann nach Hause fuhr. Eingeklemmt zwischen ihm und der Wand, ritt sie ihn hart, wobei der Winkel alle richtigen Stellen traf, um sie über die Klippe zu schicken. Sie schrie seinen Namen, als sie kam und in helle Splitter intensiver Hitze und Licht zerflog.

Während das Vergnügen über sie rollte, stieß er weiter in ihren Körper, auf der Suche nach seiner eigenen Erlösung.

Macy fühlte, wie ein weiterer Orgasmus aus der Asche des ersten aufbaute. Sie verstärkte den Druck ihrer Beine um ihn und drückte ihre inneren Muskeln zusammen. Er vergrub sein Gesicht in ihrem Hals und biss in die Verbindung ihrer Schulter, während er schneller pumpte. Ihr zweiter Höhepunkt traf auf den Fersen seines eigenen und brachte sie beide in die Stratosphäre.

Knochen wurden flüssig, ihre Beine fielen herab, und sie rutschte an seinem Körper hinunter, nur seine Hände an ihren Hüften verhinderten, dass sie in einem Haufen Befriedigung zu Boden sank. Sie klammerte sich an seine Bizeps, lehnte ihr Gesicht gegen seine muskulöse Brust und lächelte.

»Ich bin mir nicht sicher, ob ich laufen kann. Du musst mich vielleicht ins Bett tragen.«

Wenn sie einen Eimer Eiswasser über seinen Kopf geschüttet hätte, hätte sie keine stärkere Reaktion bekommen können. Er ließ sie so schnell los, dass sie ihre Knie durchdrücken musste, um aufrecht zu bleiben. Das hielt sie lange genug davon ab zu fallen, um sich an die Wand zu lehnen.

Er trat zurück, zog seine Hose hoch und fuhr sich mit der Hand durch die Haare, wobei Bedauern in seinen dunklen Augen schimmerte.

Macys Euphorie starb und brachte die Stärke in ihren Körper zurück. Sie stieß sich von der Wand ab.

»Was? Ich bin gut genug, um gegen die Wand gevögelt zu werden, aber nicht gut genug, um in dein Bett gebracht zu werden?«

Er schloss die Augen und atmete tief ein. »Macy-«

»Spar es dir.« Sie bückte sich, um ihre Kleidungsstücke zu sammeln. Wut machte ihre Bewegungen ruckartig. Als sie alles hatte, richtete sie sich auf, um ihn mit einem Blick zu fixieren. »Ich bin nicht an leeren Floskeln und Ausreden interessiert. Eines Tages wirst du es bereuen, mich heute Nacht gehen zu lassen. Ich hoffe, es kann dich in deinem riesigen Bett warm halten.« Sie ging um ihn herum, um das Badezimmer zu finden und sich anzuziehen. »Gute Nacht, Brady.«

Sechs

Das Klingeln von Macys Handy holte sie vom Toaster und dem Bagel weg, auf den sie wartete. Neugierig, wer sie um sechs Uhr morgens anrufen würde, drehte sie das Gerät auf der Arbeitsplatte um und sah Declans Gesicht auf dem Bildschirm. Besorgt nahm sie ab und antwortete.

»Hey, ist alles okay?«

»Nicht wirklich«, krächzte er.

Macy zog das Handy weg und starrte es an. Seine Stimme war eine Oktave tiefer als normal und kratzig. Ihr Bagel sprang hoch, also stellte sie ihn auf Lautsprecher und öffnete den Frischkäse. »Du klingst krank. Bist du krank?«

»Wie ein Hund. Ich glaube, ich habe die Grippe.« Er unterstrich seine Worte mit einem quälenden Husten.

Sie lehnte sich gegen die Arbeitsplatte. Nun, das brachte die Dinge durcheinander. »Verdammt. Ich schätze, wir müssen unseren Campingausflug verschieben.« Sie sollten morgen mit ihren jüngeren Schwestern aufbrechen.

»Ich hasse es, das zu tun. Vielleicht kannst du einen von Maggies Brüdern dazu bringen mitzukommen.«

Ein Bild von Brady, wie sie ihn das letzte Mal gesehen hatte, schwebte durch ihren Kopf. Es war fast eine Woche her. Fünf Tage, seit er ihre Welt an der Küchenwand erschüttert und dann ihr Herz gebrochen hatte, indem er sie ansah, als wünschte er, er hätte sie nie berührt. »Vielleicht. Ich bin mir nicht sicher, ob einer von ihnen mit so kurzfristiger Ankündigung wegkommen kann.«

»Versuch es einfach. Ich möchte die Mädchen nicht enttäuschen. Sie haben seit Wochen über nichts anderes als diesen Ausflug gesprochen.«

Macy wusste, dass das die Wahrheit war. Denise kam gestern glücklich zur Arbeit, nur damit sie ihnen nicht zum millionsten Mal zuhören musste, wie sie über das Schlafen in ihren brandneuen Schlafsäcken und darüber, welche Tiere sie sehen würden, redeten.

»Ich werde rumtelefonieren. Aber wenn keiner von ihnen wegkommen kann, müssen wir es ein anderes Mal machen.«

»Okay. Ja, ich denke definitiv nicht, dass es eine gute Idee ist, wenn ihr drei allein in der Wildnis seid.«

Das dachte sie auch nicht. Sie wusste, dass sie allein mit ihnen campen könnte, aber sie würde sich sicherer und wohler fühlen, wenn ein anderer Erwachsener dabei wäre, der mehr Wildniserfahrung hatte als sie.

»Ich auch. Okay, werd du wieder gesund, und wenn du heute irgendetwas brauchst, lass es mich wissen.«

»Ich glaube, Maggie hat alles im Griff, aber ich geb's weiter. Lass mich wissen, wofür du dich entscheidest.«

»Werde ich. Gute Besserung, Deck.« Sie sagte auf Wiedersehen und legte auf.

»Na toll.« Sie ließ den Kopf hängen und überlegte, was zu tun sei. Von den drei Archer-Brüdern war Brady der einzige, der möglicherweise mitkommen könnte. Thomas hatte eine Praxis mit einem vollen Terminkalender, und Seb hatte eine Grafschaft zu führen, plus eine schwangere Frau. Das ließ Brady übrig. Aber er würde genauso wahrscheinlich ja sagen, wie ihr ein drittes Auge wachsen würde.

Sie stieß ein leises Knurren aus. Mit ihm zu reden stand nicht gerade hoch auf ihrer Liste. Eine Woche mit ihm in der Wildnis zu verbringen stand noch tiefer, aber sie würde alles tun, um ihre Schwestern glücklich zu machen. Sie weigerte sich, sie oder Denise zu enttäuschen, weil Brady ihr das Gehirn rausvögelte und sie dann auf dem Trockenen ließ.

Macy strich Frischkäse auf ihren Bagel und schob das Unvermeidliche auf. Würde er überhaupt antworten, wenn sie anrufen würde? Vielleicht sollte sie rausfahren und persönlich fragen. Das könnte besser sein. Er konnte nicht einfach auflegen, wenn er ihr ins Gesicht sah.

Plan gefasst, aß sie ihren Bagel und fuhr dann zum Café, um zu öffnen. Sobald Denise ankam, würde sie ihr mitteilen, was los war, und dann zur Broken Bow rausfahren und Brady finden.

Eine leichte Brise wehte und zerzauste Bradys verschwitzte Haare, während er am Zaun zog, um ihn am Pfosten zu befestigen. Das Geräusch von Pferdehufen, die über den Boden donnerten, ließ ihn aufblicken. Seine Finger rutschten vom Draht ab, als ihm klar wurde, dass es Macy war, und er schlug mit der Hand gegen den Pfosten. Fluchend zog er seinen Handschuh aus, um seine Hand zu inspizieren, und schüttelte sie, um den Schmerz zu vertreiben.

Sie hielt neben ihm an, ihr Pferd schnaubte, als sie zum Stehen kamen.

»Was machst du hier draußen?«

»Hi, Brady. Es ist auch schön, dich zu sehen. Ist schon eine Weile her.« Sie stieg ab und stellte sich neben ihn.

Er richtete sich zu seiner vollen Größe auf, in der Hoffnung, sie einzuschüchtern, damit sie wieder auf ihr Pferd steigt und wegreitet. Das tat sie jedoch nicht. Sie lächelte ihn einfach an. Er unterdrückte ein Knurren. Er hatte sein Möglichstes getan, um den anderen Abend zu vergessen. Er war sogar vor ein paar Nächten nach Colorado Springs gefahren, in der Hoffnung, eine Frau zu finden, die die Erinnerung an Macys Beine, die um ihn geschlungen waren, während er sie beide in einen Zustand euphorischer Verrücktheit getrieben hatte, auslöschen würde. Es hatte nicht funktioniert. Er verließ die Wohnung der Frau, bevor sein Hemd auskam, weil er wusste, dass sie – oder jede andere Frau – ein schlechter Ersatz für die war, die er wirklich wollte. Aber Macy konnte niemals nur ein Abenteuer sein, und er wollte keine Beziehung. Es tat zu weh, wenn es schiefging. Also ging er nach Hause und kümmerte sich um sich selbst, mit Macys vollen Brüsten, hübschem Gesicht und sexy Gang im Kopf, während er duschte.

»Klar. Hi. Was machst du hier draußen?«

Sie schnaubte. »Ich brauche deine Hilfe.«

Er kauerte sich hin und griff wieder nach dem Zaun, weil er etwas Abstand zwischen ihnen brauchte. »Ist deine Maschine wieder kaputt? Wie wäre es, wenn ich dir einfach eine neue kaufe und uns beiden den Ärger erspare?«

»Es ist nicht meine Espressomaschine. Declan ist krank.«

Er schaute auf. »Krank? Wie krank?«

»Er hat die Grippe.«

»Solltet ihr nicht-«

»Morgen unseren Campingausflug machen, ja.«

Er stand auf. »Also, wobei brauchst du meine Hilfe?« Er hatte eine leise Ahnung, was sie sagen würde, aber betete, dass es alles andere war.

»Gibt es irgendeine Möglichkeit, dass du von der Ranch wegkommen und mit uns fahren kannst?«

Das war es, was er hoffte, dass sie nicht sagen würde. Er schaute weg und blickte auf die Landschaft.

»Bitte, Brady? Ich würde nicht fragen, wenn ich irgendeine andere Möglichkeit hätte. Hannah und Jessie freuen sich seit Wochen darauf.«

Brady runzelte die Stirn. Warum tat sie ihm das an? Nicht nur wollte er diese Mädchen nicht enttäuschen, es störte ihn auch kein Ende, dass sie das Gefühl hatte, er sei ein letzter Ausweg. Sie sollte mit allem jederzeit zu ihm kommen können. Ihre Anziehung zueinander hatte die Dinge wirklich vermasselt.

Seine Schuldgefühle trieben ihn jedoch zu seiner Entscheidung. »Lass mich mit Dad reden, aber es sollte kein Problem sein.«

Ihr Gesicht hellte sich auf. »Wirklich?«

»Ja.«

Sie quietschte und warf ihre Arme um ihn. Brady fing sie auf, um zu verhindern, dass sie beide bei ihrem Überschwang umfielen.

»Danke!« Sie sah zu ihm auf, und ihr Lächeln erstarb. Bewusstsein leuchtete in ihren Augen auf.

Er schluckte und ließ sie los, trat zurück. »Ich muss diesen Zaun fertig machen. Ich werde mit Dad reden, wenn ich fertig bin.«

Sie steckte eine Strähne dieses herrlichen Haares hinter ihr Ohr und warf die Zügel über den Kopf ihres Pferdes. »Ich werde bei Declan und Maggie sein und Campingausrüstung holen.« Sie deutete mit einem schnellen Nicken in Richtung der Häuser in der Ferne. Ihr Bruder war Anfang des Jahres in Maggies Haus gezogen und hatte sein eigenes verkauft, da beide die ruhigere Ranch-Atmosphäre bevorzugten.

Er nickte. »Ich komme dich suchen.«

Sie schwang sich in den Sattel. »Danke nochmal, Brady.«

»Klar.« Er bot ihr einen kurzen Winker an, und sie ritt davon.

Er beobachtete sie einen Moment lang, dann legte er seinen Kopf auf seine Hände am Zaunpfosten und stöhnte. Wenn er es durch die Woche schaffte, ohne wieder mit ihr zu schlafen, wäre es ein Wunder.

Macy lächelte, als sie dem Geplapper ihrer Schwestern auf dem Rücksitz des Autos lauschte, während sie und Brady ihren SUV fertig bepackten. Ihre Energie war ansteckend und half, ihren Mangel an Koffein heute Morgen auszugleichen. Sie hatte nur Zeit für eine Tasse gehabt.

Brady schob eine Plastikwanne voller Lebensmittel in den Kofferraum und schloss die Heckklappe.

»Ist das alles?«, fragte sie.

»Ich denke schon.« Er starrte auf das Auto, ein Finger tippte. Sie konnte erkennen, dass er eine mentale Liste durchging. Er blickte zu ihr. »Wir sind fertig.«

»Okay. Lasst uns losfahren.« Sie ging zur Beifahrertür und stieg ein, wohl wissend, dass er fahren wollen würde. Sie war zufrieden damit, ihn zu lassen.

»Fahren wir los?«, fragte Jessie.

»Jep«, antwortete Macy.

Beide Mädchen jubelten.

Macy kicherte und wandte sich Brady zu. »Ich glaube, sie sind aufgeregt.«

Er blitzte ein Lächeln und fuhr aus ihrer Nachbarschaft. Sie verließen die Stadt und wanden sich hoch in die Hügel, vorbei an der Ranch. Sie und Declan hatten darüber nachgedacht, auf der Ranch zu campen, aber sie wollten etabliertere Wanderwege, weil sie wussten, dass es für die Mädchen einfacher sein würde. Und Macy wollte Zugang zu Duschen. Sie war kein raues Naturmädchen. Zelten überschritt wirklich ihre Grenzen.

Sie führten Smalltalk und hörten Hannah und Jessie zu, wie sie zum Radio mitsangen und auf interessante Dinge hinwiesen, die sie sahen. Nach ein paar Stunden bog Brady auf den Campingplatz ein. Macy lief ins Büro, um sie anzumelden, und kam ein paar Minuten später mit einer Karte zurück.

»Lass mich sehen.« Brady hielt seine Hand aus, und sie gab ihm die Karte. Er studierte sie einen Moment. »Wir sind in der Nähe des Flusses. Zum Glück ist es kühl. Der Standort wäre im Sommer wirklich mückig.« Er blickte sie an, gab ihr die Karte zurück und legte den Gang ein. »Du wirst allerdings einen Weg zu den Duschen haben. Zum Glück gibt es eine Toilette nicht weit weg, aber sie ist weit genug, dass ich wahrscheinlich im Wald pinkeln werde.«

»Ich will im Wald pinkeln!«, sagte Jessie, was sie zum Lachen brachte.

»Ich benutze lieber das Badezimmer, danke«, sagte Hannah.

»Ich auch.« Macy lächelte sie an.

»Memmen.« Bradys Augen tanzten vor Belustigung.

»Nein. Praktisch. Ohne Toilette zu pinkeln ist als Mädchen nicht einfach. Ich würde lieber keinen Urin in meinen Schuhen haben.«

»Igitt! Vergiss es. Ich will nicht mehr im Wald pinkeln.«

Brady schaute Jessie im Rückspiegel an. »Oh, komm schon. Ich dachte, du wärst meine Verbündete.«

»Bin ich auch. Aber ich benutze die Toilette.« Jessie hob die Hände und zuckte mit den Schultern.

Macys Mund zuckte, als Brady dem Mädchen ein gespieltes Stirnrunzeln gab.

»Was habe ich getan, um von Mädchen umgeben zu sein?«

Macy lachte. »Du wirst überleben.« Sie tätschelte seine Schulter.

»Aber werde ich unversehrt daraus hervorgehen?« Er hob eine Augenbraue. »Wir sind da.« Er fuhr in die kurze Einfahrt zu ihrem Campingplatz und stellte den Motor ab.

Die Mädchen sprangen heraus. Hannah öffnete die Heckklappe, und sie nahmen jede etwas.

»Whoa, whoa, whoa.« Brady hielt eine Hand hoch. »Lasst uns vorsichtig sein, wohin wir die Dinge stellen. Das Essen muss im Fahrzeug bleiben, also stellt es neben das Auto, bis wir das andere Zeug ausgeladen haben.«

Beide Mädchen ließen ihre Ladungen neben dem Rad fallen. Er reichte ihnen Schlafsäcke. »Geht und legt die auf den Picknicktisch.«

Sie rannten los.

»Nun, sie sollten heute Abend direkt einschlafen«, sagte er, während er ihnen nachschaute.

Macy kicherte und schnappte sich die Campingstühle. »Auf jeden Fall.«

Zu viert entluden sie das Auto in wenigen Minuten. Die Mädchen öffneten die Stühle und stellten den Tisch und das Vordach auf, das sie mitgebracht hatten, während Macy und Brady am Zelt arbeiteten.

»Ich bin froh, dass du groß bist. Das Ding ist riesig.« Sie schob eine Stange durch den Schlitz, und er streckte einen langen Arm aus, um sie zu greifen und auf seine Seite zu ziehen.

»Ich wusste nicht mal, dass wir dieses Zelt haben.«

»Habt ihr auch nicht. Ich habe es für diesen Ausflug gekauft. Ich wollte, dass wir viel Platz haben, damit wir unsere Stühle reinstellen können, wenn es zu kalt ist.«

»Nun, du hast dein Ziel erreicht. Ich glaube, du hast eines der größten Zelte auf dem Markt gekauft.«

Sie schob eine weitere Stange durch. Er nahm sie und befestigte sie auf der anderen Seite. Das Zelt war nun halb aufgerichtet.

»Heiliger Strohsack!« Jessie lief neben sie. »Es ist wie ein Haus!« Sie wirbelte herum. »Hannah! Siehst du dieses Ding?«

Hannah kicherte. »Ich sehe es.«

»Das ist so cool!«

»Habt ihr beiden den Tisch und das Vordach fertig aufgestellt?«, fragte Macy.

Sie nickten.

»Jep!«, sagte Jessie.

»Wie wäre es, wenn ihr dann Feuerholz sammelt?«

»Bleibt in der Nähe«, sagte Brady. »Ihr wollt euch nicht verirren.«

»Okay!« Das kleine Mädchen rannte zum Rand ihres Campingplatzes, ihre ältere Schwester auf den Fersen.

Macy schüttelte den Kopf. »Ich wünschte, ich hätte ein Zehntel ihrer Energie.«

Er lachte. »Was meinst du? Die hast du.«

»Nein, hab ich nicht.«

»Doch, hast du. Du bist immer munter.«

Sie wedelte mit einer Hand. »Das ist nur meine Persönlichkeit. Ich bin sprudelnd.«

»Sprudelnd?«

»Wie würdest du es nennen?«

»Hyperaktiv.«

Macy neigte den Kopf. »Ja. Das kann ich verstehen.« Sie lächelte ihn an. »Nochmals danke, dass du mit mir kommst.« Sie schätzte wirklich, dass er alles fallen ließ, um mit ihr und ihren Schwestern zu kommen. Sie war auch Lee und den Rancharbeitern dankbar, dass sie den Slack aufnahmen, damit er kommen konnte. Macy machte sich eine mentale Notiz, einige Geschenkkarten zur Ranch für sie alle mitzubringen, wenn sie zurückkamen.

Er erwiderte ihr Lächeln. »Gern geschehen.«

Während sie das Zelt fertig aufstellten, sammelten die Mädchen einen Stapel Feuerholz, der eine ganze Weile reichen würde. Macy war froh. Die Nächte würden kalt sein.

Sie war nur froh, dass in den nächsten Tagen kein Schnee vorhergesagt war. Es sollte jedoch regnen. Sie hoffte, nicht zu viel. Das Modell, das sie heute Morgen vor ihrer Abreise gesehen hatte, zeigte für morgen einige Schauer mit örtlich stärkeren Niederschlägen.

Brady setzte die letzte Zeltstange, hämmerte den Pflock mit einem Gummihammer ein und richtete sich auf. »Trautes Heim, Glück allein.«

Jessie tauchte durch die Tür, Hannah direkt hinter ihr.

»Dieses Ding hat Zimmer! Ich nehme dieses!«, sagte Jessie.

»Ihr beide müsst teilen. Wir haben nicht genug Luftmatratzen – oder Zimmer – damit ihr eure eigenen bekommt«, sagte Macy.

Jessies Kopf tauchte auf. »Heißt das, du und Brady teilt auch?«

Macy wusste, dass ihre Wangen knallrot waren, aber sie konnte die Röte nicht aufhalten, als Gedanken an ihre Küchenbegegnung ihren Kopf überfluteten. Sie würde gerne eine Wiederholung haben, aber sie wusste, dass er froh war, die beiden jungen Aufpasser in der Nähe zu haben, die schliefen. Sie räusperte sich. »Nein. Ich werde ein Zimmer mit dir teilen. Brady bekommt sein eigenes.«

»Das bedeutet, wir bekommen das größere«, sagte Hannah, die hinter ihrer Schwester aufgetaucht war. »Komm schon, Jess. Lass uns unsere Sachen holen und aufbauen.«

Die beiden huschten aus dem Zelt.

»Nehmt die Einzelmatratze und eine der Queensize-Matratzen in unser Zimmer. Brady bekommt die andere Queensize.« Sie unterdrückte ihr Bedürfnis, über Brady herzufallen, und warf ihm einen amüsierten Blick zu, während die Kinder mit ihren Sachen ins Zelt ein- und ausliefen. »Wir sollten ihnen wahrscheinlich helfen, diese Matratzen aufzublasen.«

»Wahrscheinlich.« Brady starrte in die Tür. »Sind wir sicher, dass wir ihre Höhle betreten wollen?«

Macy lachte. »Nein. Aber ich möchte kein halb aufgeblasenes Bett.« Sie duckte sich durch den Türeingang und hörte ihn ihr folgen.

Die Mädchen schnatterten, während sie arbeiteten, was die banale Aufgabe des Campaufbaus weniger langweilig machte. Mit den vier von ihnen hatten sie die Dinge in einer halben Stunde so organisiert, wie sie es wollten.

»Was sollten wir jetzt tun?«, fragte Macy und trat aus dem Zelt.

»Erkunden, klar.«

Macy tippte Jessie auf die Nase. »Frech.« Sie grinste. »Okay. Lasst uns erkunden.« Sie drehte sich zu Brady. »Oh, Herr Chef-Führer, Sir, wohin sollen wir gehen?« Sie machte einen tiefen Knicks, was die Mädchen zum Kichern brachte.

»Macht dich das zu meiner Dame?« Er errötete, als ihm klar wurde, wie das klang, und schaute zu den Kindern. »Wie wäre es, wenn wir den Gipfelweg nehmen, da das Wetter heute schön ist?«

»Ja! Mama hat uns eine Digitalkamera gegeben. Wir können von dort oben tolle Bilder machen«, sagte Hannah.

»In Ordnung, dann. Holt eure Jacken und geht auf die Toilette«, sagte Brady. »Und zur Warnung, ihr müsstet vielleicht im Wald pinkeln.«

Beide machten ein Gesicht. Eines, von dem Macy sicher war, dass sie es auch machte. Er lachte und drehte sich um, um zurück ins Zelt zu gehen.

»Ich werde einen Rucksack mit Vorräten für uns packen. Mace, du solltest auch einen nehmen, nur für den Fall, dass mit meinem etwas passiert.« Er kam mit seinem leeren Rucksack, der an einem Aluminiumrahmen befestigt war, und einem kleineren Rucksack wieder heraus, den er ihr reichte. »Nimm ein Erste-Hilfe-Set, etwas Wasser, und eine Handvoll Proteinriegel und andere Snacks. Du hast auch eine Nasstasche, richtig?«

Sie nickte und nahm den Rucksack von ihm.

»Gut. Wirf ein paar trockene Socken und ein langärmliges Shirt für jeden rein.«

»Okay. Mädels, holt mir ein Paar Socken und ein Shirt, während wir Essen und Wasser aus dem Auto holen.«

Sie tauchten ins Zelt ein, und Macy schüttelte den Kopf. »Wie stehen die Chancen, dass wir sie später ins Camp zurücktragen?«

Er grinste. »Ziemlich gut. Hoffe, du hast trainiert. Jessie ist klein, aber sie ist solide.«

Macy klimperte mit den Augen und lächelte zurück. »Was? Ein Macho wie du kann nicht beide tragen?« Sie machte sich auf den Weg zum Auto.

»Nur wenn ich morgen nicht wie ein normaler Mensch laufen will.« Er folgte ihr.

Sie kicherte. »Das wäre lustig. Ich werde dir einen Wanderstock schnitzen. Wie wäre das?«

Er lachte und öffnete die Rückseite des Fahrzeugs. »Ich würde dich das gerne sehen. Du wärst wie Oma Clampett.«

»Nö. Ich bin ganz und gar Elly May.« Sie gab ihm ein freches Lächeln und grub dann in der Essensbox nach Proteinriegeln.

»Du bist nicht genug Hohlkopf, um Elly May zu sein.« Er nahm die Proteinriegel und Käsekräcker, die sie ihm anbot.

»Nicht genug? Das heißt, ich bin es etwas?« Sie blickte ihn aus dem Augenwinkel an. Seine Wangen röteten sich und seine Lippen verzogen sich.

»Das habe ich nicht gemeint. Ich meinte – verdammt, du weißt, was ich meinte.«

Sie kicherte. »Ich weiß. Ich necke dich nur.« Sie reichte ihm etwas Trailmix, legte dann mehrere Päckchen in ihren Rucksack, bevor sie den Deckel wieder auf die Wanne setzte. Sie fügte ihrem Rucksack etwas Wasser hinzu und stellte sicher, dass sie ein Erste-Hilfe-Set und ein Bärenspray hatte, dann schnallte sie ihn um.

»Sind wir bereit?«, fragte er.

»Ich muss nur noch meine Jacke holen.«

»Ich auch.« Sie gingen zum Zelt, wo beide Mädchen ihre Jacken um die Taille gebunden hatten. Sie hielten Macys und Bradys Jacken ihnen entgegen.

»Danke.« Macy nahm ihre und schlang sie um ihre Taille.

Brady nickte Hannah zu, als er seine annahm, band sie unter seinem Rucksack um. »Alles klar, los geht's.«

Sie machten sich durch die Bäume auf den Weg, Brady führte an. Die Mädchen plapperten wie Eichhörnchen, während sie liefen, zeigten auf Vögel und Tierspuren. Macy nahm einen Atemzug der kühlen, sauberen Bergluft, während sie ihnen zuhörte. Sie hatte nicht erkannt, wie sehr sie diese Reise brauchte, bis jetzt. Sie fühlte sich leichter, glücklicher, hier draußen ohne den Druck, ihr Café zu führen. Geschäftsinhaberin zu sein war großartig; sie liebte es, aber es zehrte mental viel mehr an ihr, als ihr bewusst gewesen war.

Etwa auf halbem Weg hielten sie an, um das Mittagessen zu essen, das Brady in seinem Rucksack verstaut hatte. Erdnussbutter-und-Marmelade-Sandwiches, Äpfel und einige der Kekse, die London speziell für sie gemacht hatte. Macy wünschte, es wäre ein Macaron, aber sie beschwerte sich nicht über doppelte Schokoladenstückchen.

»Brady?«, sagte Hannah.

Er schaute sie an.

»Warum konnten wir keine Pferde mitbringen und reiten? Das wäre auf einem Pferd schneller.«

Er gab ihr ein sanftes Lächeln. »Wirst du müde?«

Sie nickte. »Hauptsächlich meine Füße.«

»Ich bin nicht müde«, warf Jessie ein. »Meine Füße fühlen sich großartig an!«

Brady lächelte sie an und zerzauste ihr blondes Haar. »Das ist, weil ich nicht glaube, dass deine Füße den Boden berührt haben. Du bist den ganzen Weg gehüpft.« Er schaute zu Hannah. »Pferde machen viel Arbeit und man muss sich im Sattel über lange Zeiträume wohl fühlen, um sie zum Campen mitzunehmen. Ihr beide braucht mehr Unterricht. Vielleicht können wir nächsten Sommer Pferde-Camping machen.«

»Wirst du mitkommen?«, fragte Hannah ihre ältere Schwester.

»Klar. Ich liebe das Reiten.« Als Teenager verbrachte sie viele Tage im Sattel mit Tara, Rayna und London, sowie Thomas und Declan. Es gab Tage, an denen sie die Ranch auch alleine erkundete. Wenn sie aus dem Haus und weg von ihrer Mutter kommen musste. Jenny und Lee verstanden immer. Sie wusste es nie sicher, aber sie hatte das Gefühl, dass einer von ihnen ihr folgte, wenn sie allein ging, nur um sicherzustellen, dass sie in Sicherheit war.

»Das klingt nach Spaß. Kann ich Elbert reiten?«, fragte Jessie.

Brady lachte. »Nein. Ich denke, er ist ein bisschen zu viel Pferd für dich. Wir überlassen ihn Jace.«

Sie schmollte, dann zuckte sie mit den Schultern. »Na gut. Ich schätze, Winnie wird es tun. Ich mag sie. Sie ist süß.«

»Das ist sie. Und sie wird dich sicher halten.«

»Das bedeutet, sie ist langsam«, flüsterte Hannah ihrer Schwester zu laut zu.

Jessie rümpfte ihre Nase. »Aber ich fahre gerne schnell.«

»Nicht bei einem Ausritt den Berg hinauf«, sagte Macy. »Die sind dafür da, langsam zu sein. Damit du es genießen kannst.«

Das kleine Mädchen studierte sie. »Ich schätze, das macht Sinn. Okay.« Ein Streifenhörnchen huschte über ihren Weg, und das Mädchen rannte darauf zu, ausreichend vom Thema Pferde abgelenkt.

Macy beendete ihren Keks und sammelte ihren Müll sowie den von Hannah und Jessie ein und verstaute ihn in einem Ziploc-Beutel, dann stopfte sie ihn ganz nach unten in ihren Rucksack.

»Bist du bereit?«, fragte Brady.

Sie nickte, und er ließ einen scharfen Pfiff ertönen, um die Aufmerksamkeit der Kinder zu bekommen. Sie kamen zurückgerannt, und die vier machten sich wieder auf den Weg den Pfad hinauf. Wie zu erwarten, hüpfte Jessie voraus. Macy wusste nicht, wie sie immer noch so viel Energie hatte. Sie machte sich eine mentale Notiz, Denise zu fragen, ob sie ihr heute Morgen Kaffee gegeben hatte, bevor sie sie absetzte. Sie bemitleidete die Lehrerin des Mädchens.

KAPITEL
Sieben

Brady blickte zu Macy zurück und sah, wie sie nahe bei Hannah ging, ihre Köpfe im Gespräch zueinander geneigt. Sie waren jetzt nah am Waldrand, fast auf dem Gipfel des Berges. Er war stolz auf Jessie und besonders auf Hannah, dass sie so weit gewandert waren. Jessie schwebte förmlich den Pfad hinauf, während die etwas weniger energiegeladene Hannah dicht bei ihrer älteren Schwester blieb und sich behutsam über das felsige Gelände bewegte.

Ein Geräusch lenkte seine Aufmerksamkeit nach vorne, und er drehte sich um, um eine schwarze Gestalt zu sehen, die durch die Bäume zu ihrer Rechten streifte. Seine gute Laune verflog, als er die Form eines Bären erkannte. Er pfiff, um Jessies Aufmerksamkeit zu erregen. Sie drehte sich um.

»Bleib, wo du bist«, rief er. »Beweg dich nicht.« Er zeigte zu ihrer Rechten. »Da ist ein Bär. Es ist sehr wichtig, dass du stehen bleibst.«

Ihre Augen wurden groß, und sie drehte langsam den Kopf, um in die Richtung zu schauen, in die er zeigte. Brady bewegte sich vorsichtig näher, in der Hoffnung, den Bären durch seine Bewegung in dessen Richtung nicht zu erschrecken, aber er würde Jessie auf keinen Fall allein lassen. Mit einem Auge auf dem Bären und dem anderen auf dem Mädchen bewegte er sich auf sie zu. Zehn Fuß von ihr entfernt stellte sich der Bär auf und schnupperte in der Luft. Brady erstarrte.

»Brady.« Jessies ängstliches Flüstern trug der Wind zu ihm.

»Es ist okay. Wir sind okay. Ich möchte, dass du jetzt langsam zu mir zurückkommst. Der Bär will nicht, dass ich näher komme.« Der Bär brummte ihn an, also ging er einige Schritte zurück. Er drehte seinen Kopf gerade genug, um Macy aus dem Augenwinkel zu sehen. Sie und Hannah standen zwanzig Fuß hinter ihm wie versteinert. »Macy, halt dein Bärenspray bereit.« Er wartete nicht ab, ob sie seiner Anweisung folgte, und griff nach seinem eigenen. Er drehte sich wieder zu Jessie um, die ihm ein paar Schritte näher gekommen war, aber nicht so nah, wie er es gerne hätte.

Der Bär schnupperte erneut in der Luft und ließ ein kurzes Grummeln hören. Jessie wimmerte, während Tränen über ihr Gesicht liefen. Als das Tier auf alle Viere fiel und auf sie zutrottete, machte Brady zwei große Schritte nach vorne und hob Jessie hoch. Sie vergrub ihr Gesicht an seinem Hals und schlang ihre Beine so gut es ging um ihn herum, trotz des Rucksacks, den er trug. Der Bär brach durch das Unterholz, blieb wenige Meter entfernt stehen und brüllte.

Brady wedelte mit seinem freien Arm, um sich größer erscheinen zu lassen. Der dürre schwarze Bär grunzte erneut und musterte ihn mit seinen winzigen Augen. »Verschwinde, Bär!« Er wedelte wieder mit dem Arm, während er auf Macy und Hannah zurückwich. Der Bär ließ ein weiteres Brüllen hören, blieb aber stehen, als er weiter zurückwich.

Er erreichte die anderen und schob Macy zurück. »Geht rückwärts. Lasst den Bären nicht aus den Augen, aber geht weiter.«

Sie hielten ein gleichmäßiges Tempo, den Pfad hinab, bis der Bär außer Sicht war. Brady drehte sie alle um, und sie gingen weitere hundert Meter, bevor er sie anhalten ließ. Er löste Jessie von sich und setzte ihre Füße auf den Boden. Sie klammerte sich an seinen Arm.

»Es ist jetzt okay, Schätzchen.« Er hockte sich vor sie und strich ihre blonden Ponyfransen aus ihrem Gesicht. »Er ist weg.«

Sie sah sich um und schniefte. »Ich will jetzt nicht mehr zum Gipfel. Ich will zurück zum Lager.«

Er schaute zu Macy hoch, die zustimmend nickte.

»Okay. Wir gehen zurück. Das ist wahrscheinlich eine gute Idee. Bis wir einen anderen Weg nach oben gefunden hätten und dann zurückgekommen wären, wäre es schon dunkel geworden. Wir werden ein leckeres Abendessen am Feuer machen und das morgige Abenteuer planen, okay?« Das Mädchen nickte. Brady stand auf und ging bergab, eine gedämpftere Jessie hielt immer noch seine Hand.

Der Abstieg dauerte weniger Zeit als der Aufstieg, und sie schafften es in etwas mehr als der Hälfte der Zeit zurück. Jessie und Hannah zogen sich ins Zelt zurück, während Macy und Brady zum Auto gingen, um das Essen aus ihren Rucksäcken zu verstauen.

»Kannst du mit dem Abendessen anfangen? Ich werde mit den Kindern über Sicherheit in der Wildnis sprechen. Das hätten wir tun sollen, bevor wir losgegangen sind.«

Macy nickte. »Versuch ihnen klarzumachen, dass so etwas nicht typisch ist. Ich möchte nicht, dass sie die ganze Zeit, die wir hier sind, Angst haben.«

Er nickte. »Das werde ich.«

Sie nahm ihm seinen Rucksack ab, und er ging zum Zelt, schob die Klappe beiseite, um hineinzugelangen.

»Klopf, klopf.« Mit einem Finger hob er die Klappe zum Zimmer der Mädchen. Sie schauten von dort, wo sie saßen, zu ihm auf, ihre Arme um ihre angewinkelten Beine geschlungen. Er ließ sich vor ihnen auf die Knie fallen und setzte sich auf die Kante von Macys Matratze.

»Geht es euch gut?«

Sie nickten, aber er konnte in ihren Augen sehen, dass sie immer noch verängstigt waren.

»Ich weiß, was passiert ist, war beängstigend, aber Bären zu sehen ist nicht üblich. Sie meiden normalerweise Menschen. Wir sind für sie genauso beängstigend wie sie für uns.«

»Wirklich?« sagte Hannah.

»Wirklich. Und ich möchte mich entschuldigen. Ich hätte euch auf die Möglichkeit vorbereiten sollen, einen Bären oder ein anderes großes, beängstigendes Tier zu sehen. Aber das werden wir jetzt nachholen und einige Sicherheitsregeln für die Wildnis durchgehen. Okay?«

Sie nickten wieder.

»Okay. Als Erstes: Wenn ihr einen Bären seht, erstarrt. Geht nicht näher ran. Versucht, größer auszusehen. Wenn er nicht wegläuft, beginnt langsam zurückzugehen. Dreht ihm nicht den Rücken zu, bis ihr ihn nicht mehr sehen könnt. Wenn er auf euch zustürmt, werft Sachen in seine Richtung. Stöcke, Steine, was auch immer ihr finden könnt. Wenn er euch tatsächlich angreift – und das ist ein großes Was-wäre-wenn – kämpft mit allem, was ihr habt. Stellt euch nicht tot. Die verwundbarsten Stellen bei jedem Tier sind die Augen, Ohren und die Kehle. Das gilt auch für Menschen.«

Zwei Paar ernste Augen starrten ihn an.

»Wenn es ein Puma ist, macht euch so groß wie möglich. Bückt euch nicht, um etwas aufzuheben, es sei denn, er greift euch bereits an. Wenn ihr etwas braucht, um es zu werfen oder damit zu wedeln, reißt einen Ast von einem Baum oder hebt einen Stein von einem Felsen auf, wenn einer in der Nähe ist. Vor allem, seid laut. Und auch hier gilt: Wenn er angreift, kämpft zurück.«

Sie nickten.

»Ich will euch nicht erschrecken, aber ihr müsst euch der Gefahren des Waldes bewusst sein. Colorado hat einige große Raubtiere. Ich möchte jedoch, dass ihr Spaß habt und keine Angst habt, voranzugehen und Spaß zu haben. Wir werden wahrscheinlich während der gesamten Reise keinen weiteren Bären so nah sehen, okay?«

Er bekam erneut Nicken als Antwort.

»Okay. Wer will sehen, ob wir Macy zu S'mores zum Nachtisch überreden können?«

Hände schossen nach oben.

»Ich!« sagte Jessie.

Er stand auf und stieß prompt mit dem Kopf gegen die Zeltdecke. Das brachte sie zum Kichern. Er lachte mit ihnen.

»Ich schätze, ich muss ein paar Zentimeter schrumpfen.« Er bückte sich und verließ den Raum. Die Kinder folgten ihm nach draußen, und sie fanden Macy, wie sie Holz zu dem kleinen Feuer hinzufügte, das sie in ihrer Feuerstelle entzündet hatte. Sie schaute auf.

»Worüber lacht ihr?«

»Brady hat seinen Kopf an der Zeltdecke gestoßen«, sagte Hannah.

»Wirklich? Dieses riesige Ding ist zu niedrig für dich?«

Er zuckte mit den Schultern und hob ein Holzscheit auf, das er zum Feuer hinzufügte. »Da hinten war es das.«

»Wie groß bist du eigentlich?« fragte Jessie.

»Zwei Meter.«

Ihre Augen wurden tellergroß. »Wow.«

Macy kicherte. »Und deshalb stößt er seinen Kopf an Zeltdecken.«

»Und niedrigen Türrahmen.« Er lächelte. »Ich hab mir schon ein paar Mal ganz schön weh getan. Mittlerweile denke ich meistens daran, mich zu ducken.«

»Das ist gut so.« Sie zeigte hinter ihn. »Kannst du den Rost über das Feuer legen? Ich glaube, wir können das Hühnchen jetzt auflegen.«

Er nahm den Metallrost und legte ihn auf die Steine um das Feuer. Macy holte mehrere vorgewürzte Hühnerbrüste heraus und legte sie darauf. Sie wischte ihre Hände mit einem Küchentuch ab und spülte sie mit etwas Wasser ab, dann legte sie mehrere in Folie gewickelte Maiskolben auf den Rost.

Jessie stupste ihn an. Als er sie ansah, krümmte sie einen Finger und bat ihn, sich zu beugen, was er auch tat.

»Frag nach den S'mores«, flüsterte sie ihm ins Ohr.

Er gab ihr ein feierliches Nicken und richtete sich auf. »Also, was gibt's zum Nachtisch?«

Macy schenkte ihm ein amüsiertes Lächeln, ihr Blick wanderte zu ihren Schwestern, bevor sie sich wieder auf ihn richtete. »Wir haben noch nicht einmal zu Abend gegessen und du fragst schon nach dem Nachtisch?«

»Na ja, klar. Das ist der wichtigste Teil der Mahlzeit.«

Sie kicherte. »Da kann ich nicht widersprechen.« Sie schaute die Mädchen an. »Was wollt ihr denn?«

»S'mores!« sagten sie wie aus einem Mund.

»Aber nicht irgendwelche S'mores«, sagte Brady. »Lagerfeuer-S'mores. Mit Erdbeeren.«

»Kann man das machen?« fragte Jessie, Ehrfurcht in ihrer Stimme und auf ihrem jungen Gesicht.

Macy lachte. »Du kannst mit S'mores alles machen, was du willst. Sogar Streusel draufmachen.«

Wenn möglich, wuchs die Ehrfurcht noch. Der Mund des Mädchens klappte auf. Hannah kicherte und gab ihr einen Stoß gegen die Schulter.

»Wow.« Jessies Gesicht leuchtete auf, als ihr etwas einfiel, und sie rannte zurück ins Zelt, tauchte einen Moment später wieder auf, bevor sie wirklich überlegen konnten, was sie vorhatte. Sie hielt ein Uno-Kartenspiel hoch. »Wer will sich in den Hintern treten lassen, während wir auf das Abendessen warten?«

»Oh, das sind Kampfansagen, kleine Dame.« Brady nahm die Karten von ihr und ging zum Picknicktisch. »Ich spiele mit dir um den ersten S'more.«

»Abgemacht!« Sie setzte sich ihm gegenüber, Hannah kam, um sich neben sie zu setzen.

Brady teilte die Karten aus, bereit, sich den ersten Anspruch auf den Nachtisch zu sichern.

Mit einem Seufzer ließ sich Macy neben Brady in den Hütten-sessel vor dem Feuer sinken.

»Kinder alle fertig?«

Sie zog ihre Jacke enger und nickte. Ein Gähnen ließ ihren Kiefer knacken. »Mann, ich sollte mich ihnen anschließen. Ich muss aber erst den Zucker etwas abbauen lassen. Warum hast du mich diesen letzten S'more essen lassen?«

Er zuckte mit den Schultern. »Du schienst ihn zu genießen.«

Oh, das hatte sie. Es war gut, dass sie in den nächsten Tagen so viel wandern würden. Trotz ihrer Proteste plante sie, so viele S'mores zu essen, wie sie verdammt nochmal wollte.

»Also«, sie gähnte wieder, »was machen wir morgen?«

»Das Wetter soll wechselhaft sein, also dachte ich, wir könnten zum nahe gelegenen See gehen und vom Ufer aus angeln. Wenn die Mädchen mithelfen, können wir unsere Campingstühle und den Sonnenschutz mitnehmen.«

Sie kicherte. »Ich kann es kaum erwarten, Jessies Reaktion aufs Angeln zu sehen. Sie wird wie verrückt herumhüpfen, begierig darauf, einen zu fangen, dann wird ihr beim Warten langweilig, dann wird sie wie eine Springbohne hüpfen, wenn sie endlich einen hat.«

Er lachte. »Das stimmt. Sie ist ein Wirbelwind. Das wird ihr aber gut dienen, wenn sie älter wird.«

»Oh, da stimme ich zu. Niemand wird sie dazu bringen, etwas zu tun, was sie nicht tun will. Ich glaube, ich werde mit Maggie darüber sprechen, ihr Jiu-Jitsu beizubringen. Beiden Mädchen eigentlich. Es wird ihnen nicht nur eine wertvolle Fähigkeit geben, sondern auch helfen, etwas von ihrer Energie zu fokussieren, besonders für Jessie.«

»Die Jungen in ihrer Klasse haben keine Chance.«

»Nein.«

Sie lachten, dann fielen sie in ein angenehmes Schweigen, als sie am Feuer saßen und seine Wärme genossen. Macys Körper sank mit jeder verstreichenden Minute tiefer in den Stuhl, während die Anspannung aus ihren Muskeln wich und der Schlaf sich anschlich. Sie gähnte und streckte sich.

»Ich sollte mich umziehen und ins Bett gehen. Es war ein langer Tag.«

»Ja, und morgen wird auch einer sein.« Er stand auf und bot ihr eine Hand an.

Macy nahm sie, und er zog sie aus dem Stuhl. Einmal auf den Füßen, ließ er nicht los. Sie schaute zu ihm auf und verfing sich in seinem dunklen Blick. Eine Hitze, heißer als das Feuer hinter ihm, flammte zwischen ihnen auf. Sie räusperte sich, schaute aber nicht weg.

»Du warst, äh, wirklich toll mit den Kindern heute. Ein Naturtalent«, sagte sie.

Er hob eine Schulter. »Sie sind gute Kinder. Und ich hatte in letzter Zeit etwas Übung mit den Kindern, die Mama und Papa betreuen.«

Sie versuchte, sich auf seine Worte zu konzentrieren, aber er fuhr mit dem Daumen über ihre Knöchel und lenkte sie ab. »Trotzdem, wie du Jessie geholfen hast, über ihre Angst hinwegzukommen – ich bin froh, dass du hier warst. Froh, dass du hier bist.«

»Ja?« Er rückte näher.

Macys Atmung beschleunigte sich. »Ja.«

Der Wind blies eine Haarsträhne über ihr Gesicht. Er hob seine freie Hand und steckte sie hinter ihr Ohr, rückte dabei näher.

»Stoppe mich, Macy. Wir sollten das nicht tun. Es wird die Dinge nur verkomplizieren. Mehr als sie es schon sind.«

»Ich will dich nicht stoppen.« Und das wollte sie nicht. Sie wollte die Sache absolut kompliziert machen.

Also tat sie es. Sie stellte sich auf die Zehenspitzen und presste ihren Mund auf seinen. Er ließ ein leises Grunzen der Überraschung hören, zog sich aber nicht zurück. Mutig geworden, fuhr sie mit ihrer Zunge entlang der Naht seiner Lippen. Er ließ ihre Hand los und zog sie an seinen Körper, übernahm den Kuss und drang in ihren Mund ein. Macy erwiderte den Gefallen. Sie fuhr mit ihren Händen seine Schultern hinauf in sein Haar, dann hinunter, um durch seinen dicken Bart zu fahren. Sie liebte sein Gefühl unter ihren Fingerspitzen. Er war so weich.

Er löste sich von ihr, um sie anzusehen, atmete schwer. »Warum tust du mir das an?« Er gab ihr keine Chance zu antworten und küsste sie wieder. Seine Hände tauchten unter ihre Jacke, um über ihren Rücken zu streichen. Sie waren heiß auf ihrer nackten Haut. Sie ließ ein Stöhnen hören und grub ihre Finger in seine Kopfhaut. Er stöhnte und zog ihre Unterlippe in seinen Mund, biss hinein und linderte dann den Schmerz mit seiner Zunge. Macy glaubte, davonzuschweben, als die Lust sie hochfliegen ließ. Die Welt drehte sich, während er sie weiter küsste.

Mit einem Knurren zog er sich zurück. »Wir müssen aufhören. Du – ich –« er brach ab und knurrte wieder, schluckte schwer, bevor er fortfuhr. »Wir können das nicht tun.«

Macy seufzte und ließ ihre Hände zu seiner Brust gleiten. »Nein. Nicht hier.« Sie stellte sich auf die Zehenspitzen und knabberte an seiner Unterlippe. »Aber denk nicht eine Sekunde lang, dass ich dich davonkommen lasse, wenn wir zurück in der Zivilisation sind. Nicht dieses Mal. Du hast die Bestie geweckt, Freundchen, und sie will mehr.« Sie trat aus

seinen Armen und ging um ihn herum ins Zelt, ohne zurück-
zublicken. Ein Lächeln zog sich in ihre Mundwinkel. Er
wollte sie und konnte es nicht leugnen. Sie musste ihn nur
überzeugen, dass sie das Risiko wert waren. Dass sie
gemeinsam besser waren als sein ungebundenes Leben.

Spiel an, Brady. Spiel an.

»Ich hab einen!« Hannah stand von ihrem Stuhl auf und holte ihre Schnur ein. Das Ende der Rute wippte, während sie mit dem Fisch am Ende kämpfte. »Heilige Scheiße!«

»Unfair«, jammerte Jessie. »Jeder hat einen gefangen außer mir.«

»Geduld, Grashüpfer«, sagte Macy. »Gib dir Zeit.« Sie strich über den blonden Pferdeschwanz des Mädchens und lächelte, dann wandte sie ihre Aufmerksamkeit Hannah zu. Brady hatte das Netz bereit, um den Fisch einzufangen, sobald sie ihn nahe ans Ufer gebracht hatte. Der Fisch platschte, als er die Oberfläche durchbrach, und Brady beugte sich vor, um ihn aus dem Wasser zu holen.

»Das ist ein schöner Barsch, Hannah. Gut gemacht.« Brady befreite den Fisch aus dem Netz.

Sie strahlte ihn an. »Danke.«

»Noch ein paar mehr davon und wir haben heute Abend ein schönes Abendessen.« Er entfernte den Haken aus dem Maul des Fisches und ließ ihn in den Eimer neben seinem Stuhl fallen, wo er mit den anderen beiden schwamm, die sie gefangen hatten.

Jessie holte ihre Schnur ein und schwang ihren Arm zurück, um erneut auszuwerfen. Sie schaffte es nur ein paar Meter ins Wasser, was ein Teil ihres Problems war.

Brady ging zu ihr und hockte sich neben sie. »Lass mich mal die Angel sehen.«

Sie reichte sie ihm. Er holte die Schnur ein und stand auf. »Lass uns sie weiter rausbringen. Ich glaube, du wirst mehr Glück haben.« Er holte mit dem Arm aus und ließ die Schnur fliegen.

»Wow! Das ist ja fast bis in die Mitte des Sees.«

Er lachte. »Nicht ganz, aber da draußen sind wahrscheinlich ein paar größere Fische. Hier.« Er gab ihr die Angel zurück. »Hol sie schön langsam ein.«

Macy lächelte, als sie ihnen zusah, dann warf sie ihre eigene Schnur in den See. Sie behielt ihre Leine im Auge und beobachtete gleichzeitig Jessie. Das junge Mädchen hatte die Zunge herausgestreckt und die Stirn gerunzelt, während sie ins Wasser starrte und einen Fisch beschwor, ihren Köder zu nehmen. Ihre Schnur spannte sich, und ihr Gesicht verwandelte sich in Erstaunen. »Oh! Ich hab einen!«

»Nicht an der Schnur reißen«, sagte Brady und bückte sich, um ihr zu helfen. »Kurbel sie gleichmäßig ein.«

Sie nickte. »Der ist groß.« Ihre Rute tauchte tief ins Wasser, und sie zog sie hoch.

»Sehr gut. Weiter einholen.« Er stand auf, um das Netz zu holen, und trat ans Wasser.

Macys Schnur zuckte, und ihr wurde klar, dass sie auch einen Fisch hatte. »Ich hab noch einen. Wir werden heute Abend gut essen.« Sie drehte an der Rolle und bemühte sich, auch Jessie im Auge zu behalten. Sie wollte den Fisch des Mädchens sehen.

Brady beugte sich herunter und hielt das Netz ins Wasser, um den an der Oberfläche planschenden Fisch herauszuholen. »Du hast einen Barsch gefangen.« Er nahm ihn aus dem Netz und hielt ihn hoch. »Das ist ein guter.«

Das kleine Mädchen jubelte. Er entfernte den Haken und legte den Fisch in den Eimer.

Macy zog ihren Fisch komplett ein. Sie fing die schwingende Leine ab und packte das zappelnde Geschöpf. »Ich hab auch einen Barsch. Lecker.« Sie nahm ihn von der Leine und tat ihn in den Eimer zu den anderen.

»Lass uns noch ein paar fangen und dann aufhören für heute. Wir nehmen sie mit zum Lager und bereiten sie zu«, sagte Brady.

»Wie reinigt man einen Fisch? Ist er nicht schon sauber, weil er im Wasser war?« fragte Jessie.

»Nicht sauber im Sinne von waschen, sondern sauber im Sinne von Schuppen, Innereien und Gräten entfernen, damit wir ihn essen können«, erklärte er ihr.

Ihre Nase kräuselte sich. »Oh, igitt!«

»So schlimm ist es nicht«, sagte Macy und warf ihre Leine wieder aus. »Und glaub mir, es ist besser als beim Essen eine Schuppe oder eine kleine Gräte im Mund zu bekommen.«

»Auf jeden Fall.« Brady nahm Jessies Angel und warf die Leine ins Wasser, bevor er sie zurückgab.

Sie verbrachten die nächste halbe Stunde mit Angeln und fingen drei weitere Fische. Jessie fing zwei davon. Als sie fertig waren, tötete Brady die Fische und nahm sie aus, dann hängte er sie an einen Stringer, um sie auf dem Rückweg zum Lager leichter transportieren zu können. Hannah und Jessie sahen mit einer Mischung aus Faszination und Ekel zu. Als er fertig war und sie ihre gesamte Ausrüstung zusammengepackt hatten, machten sie sich auf den Rückweg durch den Wald.

Macy begann zu singen, um Jessies Energie etwas zu bändigen. Das Mädchen wollte trotz ihrer Begegnung mit dem Bären vorauslaufen. Sie wählte ein Lied, das gerade im Radio lief und das die Mädchen kannten. Jessie verlangsamte ihre Schritte, um zuzuhören. Zu ihrer Überraschung stimmte Brady mit ein, sein tiefer Bass ein wunderschöner Kontrast zu ihrem Mezzosopran.

Nach ein paar Takten schlossen sich beide Kinder an. Sie sangen auf ihrem Rückweg zum Lager ein Potpourri von Liedern.

»Ich wünschte, du hättest deine Gitarre mitgebracht«, sagte Macy zu Brady, als sie ihr Lager erreichten.

»Ich auch. Aber im Auto war kein Platz mehr dafür.«

»Du spielst Gitarre?« sagte Jessie.

»Könntest du uns das beibringen?« fragte Hannah. »Ich wollte immer lernen, aber Mama meinte, Unterricht sei zu teuer.«

Er tauschte einen Blick mit Macy und zuckte mit den Schultern. »Klar. Wir könnten uns ein paar Mal die Woche abends treffen, wenn es für eure Mutter okay ist.«

»Juhu!« Hannah hüpfte auf und ab und klatschte in die Hände. »Ich freu mich.«

Er lächelte. »Gut. Bewahre diese Begeisterung für das Säubern dieser Fische auf.« Er hielt den Stringer hoch.

Ihr Gesichtsausdruck fiel. Sie blies ihre blonden Ponyfransen aus dem Gesicht und verdrehte die Augen. »Na gut. Was müssen wir tun?«

Macy lachte und tätschelte Bradys Arm. »Und damit überlasse ich sie dir. Ich werde ein Feuer machen, damit wir diese Lieblinge kochen können, sobald du sie gereinigt hast.«

Er nickte. »Klingt gut.«

Macy ging zum Zelt, um ihre Ausrüstung zu verstauen, und nahm die Essensverpackungen und zusätzliche Lebensmittel heraus, um sie ins Auto zurückzulegen. Brady gab ihr, was er in seinem Rucksack hatte, und sie legte es in ihre Müll- und Essenskisten im Fahrzeug, dann holte sie Salz, Pfeffer und eine Tüte Chips. Sie stellte sie auf den Picknicktisch, dann sammelte sie etwas Kleinholz. Während sie das Feuer aufbaute, hörte sie gelegentlich Ekelschreie von einer ihrer Schwestern, gefolgt von Bradys tiefem Lachen.

Nachdem sie das Feuer zum Lodern gebracht hatte, fand sie die Alufolie in ihren Vorräten und ging zum Plastiktisch, wo sie mit dem Reinigen der Fische fast fertig waren. Sie riss mehrere Stücke Folie ab und legte sie aus, legte Fischfilets darauf. Hannah nahm das Salz und den Pfeffer und würzte jedes Filet, dann faltete Macy die Folie darüber. Sie legten sie auf den Rost über dem Feuer und setzten sich hin, um zu warten.

Ein kühler Wind blies durchs Lager und ließ Macy erschauern. Sie blickte zum Himmel und bemerkte, dass es bedeckt geworden war. Sie war überrascht, dass es noch nicht regnete. Die Vorhersage hatte für den ganzen Tag Regen angekündigt, aber sie hatten noch keinen Tropfen gesehen. Er war in den höheren Lagen geblieben. Aber es schien, als sei er endlich unterwegs.

~

Das Rauschen des Wassers außerhalb des Zeltes weckte Brady aus tiefem Schlaf. Er gähnte und drückte den Knopf an seiner Uhr, um das Zifferblatt zu beleuchten. Es war 3:20 Uhr morgens.

Er stieß seinen Schlafsack von sich, zog seine Jeans an und streifte Socken und Stiefel über. Er schnappte sich seine Jacke und eine Taschenlampe und machte sich auf den Weg zur Vordertür des Zeltes. Der Reißverschluss des anderen Zimmers öffnete sich, und er blickte zurück. Macy stolperte heraus, verschlafen und mit zerzaustem Haar. Sie schob die Haarmasse aus ihrem Gesicht und starrte ihn im Dunkeln an.

»Was ist los? Warum stehst du auf?«

»Ich will den Fluss überprüfen. Es regnet stark genug, dass wir mit Überflutungen rechnen müssen. Besonders wenn das so weitergeht.«

Sie runzelte die Stirn, ihre verschlafene Verwirrung war niedlich. »Soll ich die Kinder wecken und anfangen zu packen?«

»Noch nicht. Lass mich den Wasserstand prüfen. Wir sollten hoch genug sein, aber ich bin mir nicht sicher, wie viel Regen schon höher am Berg gefallen ist. Wir hatten dieses Jahr eine ordentliche Schneemenge, also wenn es dort oben heute geregnet hat statt geschneit, könnten wir Probleme bekommen. Ich sollte das Satellitentelefon benutzen und zu Hause anrufen. Mal sehen, ob ich einen Wetterbericht bekommen kann.«

Sie unterdrückte ein Gähnen und nickte. »Okay.«

Er schlüpfte hinaus, bevor er in Versuchung geriet, all das herrliche Haar selbst zu bändigen. Der Regen durchnässte ihn, bevor er seine Jacke anziehen konnte. Das eisige Wasser rann ihm den Nacken hinunter und ließ ihn erschauern. Verdammt, es war nicht weit davon entfernt, in Schnee überzugehen.

Mit der Taschenlampe auf den Boden leuchtend, verließ er das Lager in Richtung des Flusses, der fünfzig Meter entfernt durch die Bäume floss. Er konnte das Wasser rauschen hören, bevor er es sah. Es floss über die Ufer und durch die Bäume in der Nähe. Der Lichtstrahl seiner Lampe spiegelte sich im Wasser, als er zusah, wie es vorbeirauschte. Das war eine Menge Wasser. Es mussten weiter oben am Berg mehrere Zentimeter geregnet haben.

Er drehte sich um und eilte zurück zum Lager. Er musste einen Wetterbericht bekommen.

Wasser tropfte von ihm auf den Zeltboden, als er durch die Tür trat. Macy saß im Dunkeln in einem Stuhl und wartete.

»Kannst du das Satellitentelefon holen? Es ist in meiner Tasche.« Er deutete in Richtung seines Zimmers. »Der Fluss steht hoch. Höher als ich aufgrund des Regens, den wir hier bisher abbekommen haben, erwartet hätte.«

Sie nickte und stand auf, ging in sein Zimmer, um in seiner Tasche zu wühlen, und kam mit dem Gerät heraus.

Er nahm es ihr ab und schaltete es ein, rief Seb an, wissend, dass er weniger beunruhigt über einen Anruf mitten in der Nacht sein würde als die anderen.

Es klingelte viermal, bevor die verschlafene Stimme seines Bruders zu hören war.

»Archer.«

»Seb, hier ist Brady. Ich weiß, es ist mitten in der Nacht, aber kannst du dir das Wetterradar für unsere Gegend ansehen? Es gießt, und der Fluss steigt. Schnell.«

»Ja, warte mal.« Er hörte ein Rascheln, als Seb aus dem Bett stieg. »Okay, lass uns sehen, was los ist. Hier regnet es, aber nicht zu stark. Ich höre den Regen bei dir. Es klingt, als würde es in Strömen gießen.«

»Das tut es.«

Seb gähnte. »Tut mir leid. Ähm, das Radar zeigt starken Regen für deine Gegend. Und es sieht nicht aus, als würde es in naher Zukunft nachlassen.«

Großartig. »Gibt es irgendwo eine Niederschlagsschätzung?«

»Lass mich die Universitätswebsite checken.«

Brady nahm das Handtuch, das Macy ihm anbot, und wischte etwas Wasser von seinem Haar und seiner Jacke, während er wartete.

»Knapp fünf Zentimeter bisher westlich von euch. Zwei einhalb Zentimeter bei euch. Die Regenrate beträgt stellenweise fünf Zentimeter pro Stunde im System. Es heißt, die Gesamtniederschlagsmenge könnte zwölf einhalb Zentimeter überschreiten.«

Seine Augen weiteten sich. »Sagt es etwas über die aktuellen Mengen in den höheren Lagen?«

»Lass mich sehen... Ja, hier haben wir's. Über 1.500 Meter in deiner Gegend sind seit gestern zehn Zentimeter gefallen. Da liegt auch noch ein großer Regenfleck über den Bergen.«

Brady stieß einen entnervten Seufzer aus. »Was zur Hölle ist aus vereinzelten Schauern mit der *Chance* auf lokal stärkere Regenfälle geworden?«

Seb gähnte wieder. »Anscheinend hat sich die Vorhersage geändert. Alles okay bei dir? Kann ich wieder ins Bett gehen?«

»Ja, alles gut. Wir kommen nach Hause. Danke. Tschüss.« Er legte auf und sah Macy an. »Wir müssen weg. Der Zeltplatz liegt wahrscheinlich außerhalb der normalen Überflutungsebene, aber ich bin mir nicht sicher, ob es bei diesem System weit genug ist. Ich möchte es lieber nicht riskieren.« Er gab ihr die Vorhersage weiter.

Ihre Augen weiteten sich. »Ich wecke die Kinder.« Sie drehte sich um.

Brady ließ das Handtuch fallen und ging nach draußen, um das Auto näher heranzufahren. Er setzte zurück bis nahe an die Tür, dann eilte er zum Vordach und baute den Tisch ab, dann das Vordach selbst. Macy hatte die Mädchen geweckt, und die drei waren dabei, Gepäck in den Kofferraum zu legen.

»Alles, was noch bleibt, ist das Zelt«, sagte Macy und scheuchte die Kinder auf den Rücksitz, wo es trocken war.

»Beeilen wir uns. Wir werden trotzdem durchnässt, aber ich möchte eine Unterkühlung vermeiden. Lass die Heringe bis zum Schluss drin, damit es nicht so sehr vom Wind erfasst wird.«

Sie nickte und rannte zum ersten Zeltstab, zog ihn aus seiner Halterung und riss ihn aus der Hülle. Brady stürzte auf die andere Seite und nahm den anderen Querstab heraus. Sie bekamen das Zelt flach und alle Stangen heraus, dann gingen sie zu den Zeltheringen über. Als sie die Ecken anhoben, um es zu falten, frischte der Wind auf und ließ es wie ein Segel wirken. Es riss Macy von den Füßen, und sie landete mit einem Platsch im Matsch. Er fing eine andere der Leinen, um zu verhindern, dass das Zelt wegflog, und lief hinüber, um ihr aufzuhelfen.

»Alles okay?«

Sie nickte. »Ja. Lass uns dieses Biest ins Auto verfrachten und von hier verschwinden.« Sie lief zum Rand, stellte sich darauf, damit Brady das Material falten konnte. Zu zweit bändigten sie den im Wind flatternden Stoff und stopften ihn gut genug in seinen Beutel, um ihn ins Auto zu laden. Brady drückte den Knopf, um die Heckklappe zu schließen, und lief herum, um auf den Fahrersitz zu gelangen. Er schüttelte den Kopf, um die Wassertropfen aus seinen Augen zu bekommen.

»Lass uns campen gehen, sagte sie. Es wird Spaß machen, sagte sie.« Er wischte sich übers Gesicht und startete dann das Auto.

Macy lachte. »Nun, das war es auch, bis jemand Zeus verärgert hat.«

Er hob eine Hand. »Das war nicht ich.«

»Es war wahrscheinlich eines seiner Kinder. Sie testen immer Papis Grenzen.«

Er lachte.

»Ihr zwei seid seltsam«, sagte Hannah vom Rücksitz mit einem Kichern.

»Da gibt's nichts zu widersprechen«, sagte Macy.

»Nö«, stimmte Brady zu. Er lenkte das Auto auf die Hauptstraße aus dem Campingplatz. »Tut mir leid, Kinder. Sieht aus, als müssten wir unseren Ausflug abkürzen.« Er blickte zurück und sah, wie sie aus ihren Fenstern auf den strömenden Regen starrten.

»Das ist okay«, sagte Jessie. »Ich vermisse mein Bett.«

»Es ist erst eine Nacht her«, sagte Hannah.

»Ich weiß, aber ich habe all diese Kissen und diese flauschige Bettdecke.« Sie seufzte.

»Ich sollte wahrscheinlich Denise anrufen und ihr sagen, dass wir auf dem Weg nach Hause sind«, sagte Macy zu ihm.

Er stöhnte. »Ich habe das Satellitentelefon hinten im Auto gelassen.«

Sie seufzte. »Vergiss es.«

»Tut mir leid.«

»Ist schon gut. Ich wollte ihr nur Bescheid geben. Es ist wahrscheinlich besser so, damit sie nicht wach bleibt und sich Sorgen macht. Wir wecken sie sowieso nicht viel früher als ihr normaler Wecker.« Sie blickte hinaus in den Regen. »Obwohl, in dem Tempo, in dem wir unterwegs sind, wird es nach ihrem Weckerklingeln sein.«

»Ja. Ich kann nichts sehen. Wie konnten sie die Vorhersage so falsch einschätzen?« Er beugte sich vor, die Augen auf die Straße geheftet. Die Scheibenwischer liefen so schnell sie konnten, und er kroch vorwärts, konnte aber immer noch kaum erkennen, wohin sie fuhren.

»Es blieb wahrscheinlich an den Bergen hängen und schüttet nun über uns.«

»Nun, was auch immer der Grund ist, wir müssen von diesem Berg runter und über die Brücke am Fuße, bevor der Fluss sie überflutet. Ich denke, einiges von diesem Überschusswasser ist Schneeschmelze aus höheren Lagen.«

Er steuerte sie um die scharfen Kurven, betend, dass keine anderen Autos auf der Straße waren. Sie näherten sich dem Fuße des Berges, als ein tiefes Grollen seine Aufmerksamkeit erregte.

»Was ist das?« fragte Macy.

Kleine Steine prallten gegen das Auto. »Scheiße, das ist ein Erdrutsch. Festhalten.« Er trat aufs Gaspedal, in der Hoffnung, sie aus dem Schuttkegel herauszubringen. Größere Steine schlugen in die Seite des Fahrzeugs, und mehrere softballgroße prallten von der Motorhaube ab. Jessie und Hannah kreischten auf dem Rücksitz und kauerten sich zusammen.

Ohne Vorwarnung rutschte das Auto, und Brady erkannte, dass sie im Schlammstrom gefangen waren. Das Fahrzeug brach aus, konnte keine Traktion finden. Macys Fenster zerbrach, als ein baseballgroßer Stein hindurchkrachte. Sie schrie auf, ihr Schrei mischte sich mit denen der Kinder, und sie lehnte sich zu ihm. Er lenkte in die Rutschung hinein und betete, dass nichts Größeres das Auto traf und sie die Rutschpartie den Hang hinunter ohne Überschlag überstehen würden.

Macy klammerte sich an seinen Arm, als das Auto kippte. »Brady!«

»Ich weiß, Mace. Ich versuche es.« Er kämpfte mit dem Auto, das umkippen wollte, während sie den Berg hinunterrutschten. Der Strom drückte sie gegen einen Baum, der sie stabilisierte. Der Schutt über ihnen drückte sie auf den Baum, was Brady jede Kontrolle nahm. Angst packte ihn, wissend, dass er nichts tun konnte, um einzugreifen. Er bedeckte Macys Hand mit seiner und beobachtete, wie sie rutschten, betend, härter als je zuvor.

Nach ein paar Sekunden, die sich wie Minuten anfühlten, kamen sie zum Halten. Kleine Kieselsteine prallten weiter gegen das Auto, während sich der Schlamm setzte. Mit zitternden Händen blickte Brady zurück. »Alles okay bei euch beiden?«

Noch immer schluchzend nickten sie.

Er sah Macy an, um ihr dieselbe Frage zu stellen, und bemerkte den Blutschimmer auf ihrem Gesicht im Licht des Armaturenbretts. »Mace, du blutest.«

Sie berührte ihre Stirn und zuckte zusammen. »Ja. Das ist vom Fenster, als es zerbrach. Ich glaube nicht, dass es so tief ist. Wir müssen hier raus.«

Er beugte sich vor, um sich ihren Schnitt genauer anzusehen. Als er sah, dass sie recht hatte und es nicht ernst war, lehnte er sich zurück und öffnete seinen Sicherheitsgurt. »Ich kann nicht durch meine Tür raus. Sie klemmt am Baum, den wir getroffen haben. Geht deine auf?«

Sie versuchte es, aber auch ihre klemmte.

»Wie sieht's bei dir aus, Jessie? Geht deine auf?« Er wusste, dass Hannahs wegen des Baumes nicht aufgehen würde.

Das kleine Mädchen zog an ihrem Türgriff und drückte gegen die Tür. Sie öffnete sich einen Spalt, aber nicht mehr als ein paar Zentimeter.

»Okay, dann das Fenster. Macy, du musst zuerst raus.«

Sie bewegte sich bereits, während er sprach, öffnete ihren Sicherheitsgurt und zog sich durch das Fenster, um auf dem Sims zu sitzen.

»Da ist eine Menge Wasser hier draußen, Brady.« Sie schwang ein Bein hinaus und ließ sich dann fallen. Er hörte ein Platschen, als sie unten ankam.

»Nicht zu ändern. Wir können nicht hier bleiben.« Er sah die Kinder an. »Jess, du bist dran. Kletter hier hoch, Süße.«

Das kleine Mädchen schniefte kräftig, schluchzte auf und quetschte sich zwischen den Vordersitzen durch. Brady half ihr durch das Fenster, wo Macy sie packte und auf den Boden stellte.

»Du bist dran, Hannah.« Er winkte das ältere Mädchen nach vorne.

Sie kletterte nach vorne, und er half ihr, das Gleichgewicht zu halten, als sie hinauskroch und Macys Hand ergriff, während sie ihre Beine durch das Fenster schwang.

Brady schaltete das Auto aus und folgte ihnen nach draußen, wobei er einige komplizierte Manöver durchführen musste, um seinen 2-Meter-Körper durch das Fenster zu quetschen. Wasser bedeckte seine Stiefel, als er endlich mit den Füßen auf dem Boden stand. Er konnte es direkt unter ihnen rauschen hören. »Wir sind wirklich nah am Fluss.«

»Ja, und das Wasser steigt«, sagte Macy. »Ich kann spüren, wie es an meinen Schuhen hochkriecht, je länger wir hier stehen.«

»Holen wir ein paar Sachen aus dem Kofferraum und verschwinden wir hier.« Er watete zur Rückseite, betend, dass er die Heckklappe öffnen konnte. Er war aber auch bereit, das Glas einzuschlagen, um hineinzukommen. Er zog am Verschluss, und die Tür schwang nach oben. Der Beutel mit den Zeltstangen rollte heraus. Er ließ sie dort liegen und nahm die Essens- und Müllkisten heraus, um an ihre Ruck-säcke zu kommen.

»Hast du noch trockene Kleidung und die nachfüllbaren Wasserflaschen in deinem Rucksack?« Er blickte um die Ecke des Autos zu Macy. Sie nickte. Er duckte sich wieder unter die Klappe und nutzte sie als Schutz, um mehr Lebensmittel und Notfallausrüstung in seinen Rucksack zu packen. Er packte auch Sachen in Macys Rucksack, bevor er die Heckklappe schloss und zu ihr zurückwatete.

»Ich habe mehr Essen und ein paar Wasserreinigungstabletten eingepackt.«

Sie nahm den Rucksack und zog ihn an. Brady schnallte seinen um, dann drückte er den Einschaltknopf seiner Taschenlampe und leuchtete in Richtung des fließenden Wassers. Das starke Licht beleuchtete durch den Regen den reißenden Fluss, nur fünfzehn Meter entfernt.

»Verdammt.« Er trat vom Auto weg und leuchtete die Böschung hinauf. Ein Durcheinander von entwurzelten Bäumen und Felsbrocken bot sich seinem Blick. Er bewegte den Lichtstrahl von einer Seite zur anderen und blickte den Hang hinunter, aber in der Dunkelheit war es schwer zu erkennen, wo es sicher war.

Macy trat an seine Seite. »Wohin gehen wir, Brady?«

Er sah zu ihr hinunter, dann zurück zu den Kindern, die sich am Auto zusammenkauerten, ihre Gesichter vor Schock ausdruckslos. »Nach oben. Ich denke, wir müssen nach oben. Aber nicht auf diesem Weg.« Er deutete auf die Böschung, wo sie heruntergerutscht waren. »Wir müssen am Ufer entlang gehen und einen sichereren Ort zum Hochklettern finden, dann irgendwo unterkommen bis zum Tageslicht. Es ist zu gefährlich, im Dunkeln weit zu gehen.«

Sie nickte.

»Kommt, Mädels.« Brady winkte die Kinder zu sich. »Wir werden ein Stück in diese Richtung gehen und versuchen, zurück zur Straße zu gelangen.« Er zeigte flussaufwärts. »Jessie, du bleibst bei mir, okay? Bleib zu meiner Linken, weg vom Fluss.«

Sie eilte um ihn herum, um zu seiner Linken zu stehen, und schlüpfte mit ihrer kleinen Hand in seine. Entschlossenheit traf Brady mit voller Wucht. Er würde dieses Kind nicht im Stich lassen und würde sie und ihre Schwester in Sicherheit bringen.

Sie machten sich auf den Weg durch die Bäume und nutzten sie, um auf dem durchweichten Boden Halt zu finden. Mehr als einmal rutschten Bradys Füße im Morast aus. Jessie und Hannah hatten es leichter, ihr geringeres Gewicht verhinderte, dass sie einsanken.

»Sollten wir versuchen, zurück zum Lager zu kommen?« fragte Macy.

»Nein. Es ist zu weit weg, und das meiste davon steht wahrscheinlich schon unter Wasser.« Der Regen hatte in der letzten Stunde, die sie auf der Straße waren, nicht nachgelassen. »Unsere beste Chance ist, zur Straße hochzukommen und ein anderes Auto anzuhalten. Wir können nicht die Einzigen sein, die den Campingplatz verlassen haben.«

»Was ist mit dem Satellitentelefon?«

»Ich werde anrufen, wenn wir niemanden anhalten können, sobald wir die Straße erreichen. Niemand wird zu uns durchkommen können, bis dieser Regen nachlässt, jedenfalls.«

Hannah stieß einen überraschten Schrei aus. Brady schwenkte das Licht in ihre Richtung und sah, wie sie die Böschung zum Fluss hinunterrutschte.

»Halt dich an einem Baum fest!«

Sie erwischte einen Ast, was ihren Abstieg stoppte.

Brady sah Jessie an. »Du bleibst hier. Ich hole deine Schwester.« Er sah, dass Macy auf sie zukam, und stellte sicher, dass Jessie einen Ast festhielt, bevor er den steilen Hang hinunterging, von Baum zu Baum rutschend.

»Bist du okay?« fragte er, als er das Mädchen erreichte.

Sie nickte ruckartig. »Ja. Müssen wir noch viel weiter gehen? Meine Hände und Füße sind taub.«

»Ich weiß nicht. Ich habe nach einem Überhang gesucht. Wenn wir einen finden, suchen wir uns darunter einen Platz bis zum Morgen. Gib mir deine Hand.«

Sie streckte ihre Hand aus. Sie war eiskalt in seiner. Er zog sie vom Baum weg und legte einen Arm um ihre Taille, wobei er seine freie Hand benutzte, um sie Baum für Baum die

Böschung hinaufzuziehen. Seine Stiefel waren mit Schlamm bedeckt, als er Macy erreichte.

Ohne ein Wort nahm sie Jessies Hand, und sie machten sich erneut auf den Weg über den Hang, wobei sie darauf achteten, sich an Ästen festzuhalten, während sie sich bewegten, damit niemand wieder nach unten rutschte.

»Da oben.« Bradys Licht streifte einige Felsen. Sie ragten über dem Hang heraus und bildeten einen Überhang.

»Oh, Gott sei Dank«, sagte Hannah und eilte zum Felsvorsprung.

Sie kletterten über den Boden, begierig, aus dem Regen zu kommen. Einmal darunter, ließen sich beide Kinder nieder und kauerten zusammen gegen den Fels. Der Bereich war groß genug, dass es darunter eine anständige trockene Stelle gab. Er und Macy schnallten ihre Rucksäcke ab und stellten sie hin. Er öffnete seinen und suchte nach dem Vorrat an Handwärmern, die er eingepackt hatte.

»Alle ziehen ihre Stiefel aus. Wir müssen unsere Füße warm und trocken bekommen.«

»Ich kann meine nicht aufbinden«, sagte Hannah mit tränenerstickter Stimme. »Meine Finger sind zu taub.«

»Ich mach das, Schätzchen«, sagte Macy und ging zu den Füßen des Mädchens. »Du entspann dich einfach, okay?«

Hannah nickte und schniefte.

Brady fand die Wärmer und setzte sich mit ihnen hin. Er aktivierte die Päckchen und reichte sie Macy. »Lass sie die zwischen ihren Mänteln und ihrer Kleidung anbringen. Unter den Armen und auf ihren Bäuchen.«

Sie nahm sie, während er sie aktivierte, half den Mädchen, sie zu platzieren, und zog dann Hannahs Stiefel und Socken aus.

Sie holte die trockenen Socken aus ihrer nassen Tasche in ihrem Rucksack und zog sie über die Füße des Mädchens, krempelte ihre nassen Hosenbeine hoch, um die Socken trocken zu halten, bevor sie zu Jessie ging und ihr half, dasselbe zu tun.

Brady gab jedem einen Proteinriegel. »Esst. Es wird euch helfen, euch aufzuwärmen.«

Sie wickelten die Riegel aus, während er und Macy ihre Schuhe auszogen und in trockene Socken wechselten. Sie steckten sich ebenfalls Wärmer unter die Jacken. Er gab ihr einen Riegel und nahm einen für sich selbst, bevor er zurückging, um sich gegen die Felswand zu lehnen. Sie rutschte neben ihn. Jessie saß auf ihrem Schoß, während Hannah sich an Macys Seite schmiegte.

»Ich will nach Hause«, sagte Jessie.

Macy küsste ihren Scheitel. »Ich weiß. Und wir werden nach Hause gehen. Aber wir müssen jetzt hier bleiben. Es ist zu gefährlich, im Moment weiterzugehen.« Sie tätschelte den Rücken des Mädchens. »Versuch zu schlafen.«

Das kleine Mädchen kuschelte sich tiefer an Macys Brust. Hannah legte ihren Arm um Macys Arm und ihren Kopf auf deren Schulter.

Bradys Gedanken arbeiteten auf Hochtouren, während er die Schwere ihrer Situation abwog. Wenn sie heute Nacht warm bleiben könnten – und der Regen aufhörte – könnten sie am Morgen zur Straße hochwandern und Hilfe finden.

Macy sackte gegen ihn. Er hob einen Arm und legte ihn um sie, zog sie und die Mädchen näher, dann lehnte er seinen Kopf gegen die Felsen hinter ihm. Der Regen prasselte weiter um sie herum und ließ sie fühlen, als wären sie die einzigen Menschen auf der Welt. In dieser Ecke davon waren sie es. Bei diesem Gedanken hielt er Macy ein wenig fester.

KAPITEL

Neun

Das Zwitschern der Vögel weckte Macy. Ihre Augen flatterten auf, und sie kniff sie gegen das helle Morgenlicht zusammen. Es war immer noch bewölkt, aber der Regen hatte aufgehört. Sie richtete sich auf, wobei ihr Rücken und ihre Knie wegen des harten Bodens und der langen Zeit in derselben Position schmerzten.

Brady holte tief Luft und wachte auf. Er gähnte und sah sie an.

»Morgen.« Seine tiefe Stimme klang vom Schlaf noch tiefer.

»Morgen.« Sie bewegte Jessie und ließ das Mädchen zwischen ihnen auf den Boden gleiten. Sie murmelte etwas, wachte aber nicht auf. Hannah wurde wach und sah sie mit verschlafenen Augen an.

»Du kannst dich wieder zu deiner Schwester legen, wenn du willst. Ich muss mal pinkeln.« Macy rutschte nach vorne, um ihre Schuhe anzuziehen und aufzustehen. Hannah sank nieder, um sich an Jessie zu kuscheln.

»Hast du Klopapier eingepackt, als du Sachen in deine Tasche geworfen hast?« Sie schaute zu Brady hinunter.

Er gähnte wieder und stand auf. »Ja. In deiner Tasche ist auch eine Rolle.«

»Großartig.« Sie nahm ihren Rucksack und ging unter dem Überhang hervor. Das würde echt beschissen werden. Nicht nur hasste sie es, im Wald zu pinkeln, es lag auch eine gewisse Kälte in der Luft. Ihr Hintern würde einfrieren.

Sie fand ein dichtes Wäldchen junger Bäume, hinter denen sie ihr Geschäft erledigen konnte. Mit einem Stock grub sie ein Loch, um ihr Toilettenpapier zu vergraben, als sie fertig war. Mit einem Hintern, der sowohl von der Kälte als auch vom Sitzen auf dem harten Boden taub war, ging sie zurück zum Überhang.

Die Kinder waren jetzt beide wach und mussten auf die Toilette. Sie brachte sie zu ihrem Baumbestand und erklärte ihnen den Vorgang. Nachdem beide fertig waren, kehrten sie zu ihrem felsigen Lager zurück, wo Brady eine Karte und einen Kompass ausgebreitet hatte.

»Wo sind wir?«, fragte Macy und stellte sich neben ihn, um auf die Karte zu schauen.

Er zeigte auf eine Stelle. Der Fluss verlief auf der einen Seite, die Bergkette auf der anderen.

»Wie kommen wir hier raus?«

Er faltete die Karte zusammen, um sie wegzulegen. »Wir finden die Straße. Wenn wir kein Auto anhalten können, rufe ich Seb an.« Er schaute zu den Kindern. »Seid ihr zwei bereit zu gehen?«

Sie nickten und standen auf.

»Gehen wir. Passt auf, wo ihr hintretet. Der Boden ist noch matschig.«

Sie bahnten sich ihren Weg über den unebenen, schlammigen Boden und nutzten wieder die Bäume, um nicht auszurutschen. Der Hang wurde steiler, je weiter sie gingen. Macy hielt an, um sich an einen Baum zu lehnen. »Wenn es noch steiler wird, müssen wir umkehren.«

Er betrachtete den Hang über ihnen. Macy blickte nach oben. In der Nähe der Straße wurde er fast senkrecht. Sie konnten unmöglich siebzig Fuß eine Klippe hinaufklettern ohne Sicherheitsausrüstung. Sie schaute nach unten. Sie waren nur etwa dreißig Fuß vom Flussufer aufgestiegen, da der Winkel zu steil wurde. Sie konnte das Wasser unten rauschen sehen. Die ersten Anzeichen von Panik krochen in sie, als das Gefühl, gefangen zu sein, sie überkam. Sie atmete tief durch und wandte den Blick vom Fluss ab, um sich auf Brady zu konzentrieren. Seine ruhige Art half ihr, nicht die Fassung zu verlieren.

»Ihr drei bleibt hier. Ich gehe ein Stück voraus und schaue, ob es flacher wird.«

Macy nickte. »Kommt, Mädels. Setzen wir uns mit dem Rücken an Bäume, damit wir nicht den Hügel hinunterrutschen, und gönnen unseren Beinen eine Pause.« Sie kamen zu ihr, und die drei kauerten sich über einem kleinen Baumhaufen zusammen, während Brady durch das Laub verschwand.

»Kann ich noch einen Proteinriegel haben?«, fragte Jessie. »Ich habe Hunger.«

»Wie wäre es mit etwas Studentenfutter?« Sie mussten mit ihrer proteinreichen Nahrung haushalten, nur für den Fall.

»Okay.«

Macy nahm ihren Rucksack ab und wühlte darin. »Hannah, willst du auch etwas?«

»Gerne.«

Sie gab beiden Mädchen ein Päckchen Studentenfutter und ihre Wasserflaschen. Da sie keinen Hunger hatte, verzichtete Macy auf das Essen, nahm aber einen Schluck.

»Wie lange, denkst du, werden wir hier draußen festsitzen?«, fragte Hannah.

»Ich bin mir nicht sicher. Hoffentlich nur noch ein paar Stunden. Sobald wir zur Straße kommen, ist es nur eine Frage der Zeit, bis wir ein Auto treffen oder Brady Sebastian erreicht.« Allerdings würde das Hinaufkommen das Problem sein. Sie begann zu überlegen, ob sie nicht einfach hier warten und Seb anrufen sollten, damit er ein Rettungsteam schickt.

»Mir ist kalt«, sagte Jessie.

Macy zog das Mädchen auf ihren Schoß und schlang die Arme um sie. »Wenn wir uns wieder bewegen, wirst du warm.« Sie hoffte, dass Brady bald zurückkäme. Das Stillsitzen ließ auch sie frieren.

Sie kuschelten sich aneinander, um warm zu bleiben, während sie warteten, und plauderten darüber, was sie tun würden, sobald sie zu Hause ankämen. Ein heißes Bad stand bei allen ganz oben auf der Liste. Macy konnte es kaum erwarten, in ihre Wanne zu sinken. Sie würde sie mit Schaum füllen, Musik anmachen und ein großes Glas Wein trinken. Es klang himmlisch.

Als Brady fünfzehn Minuten später zurückkehrte, hatten sie einen kompletten Plan für ihre Rückkehr in die Zivilisation.

»Und? Wird es besser?«

»Ein bisschen. Der Hang flacht ein paar Minuten entfernt genug ab, dass wir zur Straße hinaufklettern können.«

Macy hob Jessie von ihrem Schoß. »Dann lass uns gehen. Ich bin bereit für mein Schaumbad.«

»Was?« Er runzelte die Stirn.

Die Kinder kicherten.

»Insider-Witz«, sagte sie zu ihm. »Geh voran, damit wir nach Hause können.«

Er schüttelte den Kopf, drehte sich aber um und ging weiter. Sie folgten ihm und gaben ihr Bestes, um aufrecht zu bleiben. Während sie auf ihre Schritte achtete, hörte sie ein Knacken. Jessie schrie auf. Macy wirbelte herum und sah, wie das Mädchen seitwärts den Hügel hinunterpurzelte, als der Ast, an dem sie sich festhielt, abbrach.

»Jessie!« Sie machte zwei Schritte auf das Mädchen zu, aber Brady rauschte an ihr vorbei, seitwärts den Hügel hinunter dem Kind hinterher.

»Hannah, bleib, wo du bist«, sagte Macy. Sie zeigte auf einen Baum. »Halt dich fest und bleib hier.« Sie stürmte den Hang hinunter, Brady hinterher. Jessie purzelte immer noch hinunter. Wie das Mädchen nicht gegen einen Baum prallte, wusste Macy nicht. Als sie durch den Schlamm und die Blätter rutschte, sah sie mit Entsetzen, wie Jessie in den Fluss rollte und ihr kleiner Körper von der reißenden Strömung verschluckt wurde. Hannah schrie.

»Nein!« Bradys Schrei hallte über den Hang.

Der Kopf des Mädchens tauchte flussabwärts über dem Wasser auf.

»Dort!« Macy zeigte darauf.

»Ich sehe sie.« Er rannte das Ufer hinunter, warf seinen Rucksack und seine Jacke ab.

Macys Augen weiteten sich. *Lieber Gott. Er würde ihr hinterher-springen.*

Das eisige Wasser raubte Brady den Atem, als er in den Fluss sprang, Jessie hinterher. Er nahm sich einen Moment, um sich zu sammeln, und ließ sich vom Wasser tragen. Sobald er atmen konnte, ohne zu keuchen, begann er zu schwimmen und stieß sich in Richtung des Mädchens ab. Sie ging immer wieder unter, während die Strömung sie flussab-wärts zog. Kurz bevor er sie erreichte, verschwand sie und tauchte nicht wieder auf. Er setzte alles in seine letzten Schwimmzüge, tauchte dann unter die Oberfläche und tastete verzweifelt nach dem Mädchen.

Seine Hand fuhr durch eine Wolke aus Haaren. Erleichte-rung durchströmte ihn. Er stieß sich kräftiger ab, um weiter nach unten zu greifen, und suchte nach ihrem Kragen. Als er ihn fand, krallte er seine Finger darum und zog, dann schoss er zur Oberfläche. Er holte tief Luft. Jessie hustete und würgte, spuckte Flusswasser aus. Er nahm sie in einen Rettungsgriff und schwamm seitwärts zum nächsten Ufer, das gegenüber von dem lag, wo sie hineingegangen waren. Seine kräftigen Beine kämpften gegen die Strömung an und brachten sie näher an die Sicherheit. Als seine Ferse den Boden berührte, stieß er sich ab, stand auf und hob Jessie in seine Arme, während er durch das knietiefe Wasser zum Ufer watete.

Vom Fluss befreit, legte er das Mädchen auf den Schlamm. Sie schluchzte zwischen Hustenanfällen, ihre Lungen stießen das Wasser aus, das sie eingeatmet hatte.

»Du bist okay.« Er streichelte ihre Stirn und drückte sie dann an seine Brust. Tränen stiegen in seinen Augen auf, als ihm klar wurde, wie knapp sie dem Ertrinken entgangen war. »Du bist jetzt sicher. Es ist alles gut.« Er murmelte ihr zu, bis sie sich etwas beruhigte.

»Tut irgendwas weh?« Er löste sich von ihr, um ihr Gesicht zu sehen.

Sie hielt ihren linken Arm hoch. »Mein Handgelenk.« Brady konnte einige Blutergüsse und Schwellungen an der Daumenseite sehen. »Und mein Kopf.« Sie zeigte mit der anderen Hand auf ihre Stirn. Eine Schürfwunde und eine Beule in der Größe eines Quarters verunstalteten einen Bereich nahe ihrem Haaransatz.

Ihre Lippe zitterte, was ihm signalisierte, dass sie wieder in Tränen ausbrechen würde. Er lächelte sie an. »Ist das alles? Nach dem Sturz, den du gemacht hast? Ich habe Schlimmeres erlebt, als ich vom Pferd gefallen bin.«

Das kleine Lächeln, das Brady provozieren wollte, breitete sich auf ihrem Gesicht aus.

»Brady!«

Er schaute auf, als er Macys Ruf hörte. Sie und Hannah standen auf der anderen Seite des Flusses.

»Ist sie okay?«

»Ja. Uns geht's gut.«

»Was machen wir jetzt?« Sie deutete auf den Fluss zwischen ihnen.

»Hol das Satellitentelefon aus meinem Rucksack und ruf Seb an.«

Sie ging in die Hocke, öffnete seine Tasche, die sie auf ihrem Weg das Flussufer hinunter aufgehoben hatte, und suchte darin, bis sie das Telefon fand.

»Nein. Nein, nein, nein!«

»Was? Was ist los?«

»Es geht nicht an. Es muss nass geworden sein.«

Er stöhnte und kniff sich in den Nasenrücken. Okay, neuer Plan. Er ging die Karte, die er sich früher angesehen hatte, im Kopf durch und versuchte zu entscheiden, wohin sie gehen sollten. Jessie würde es nie zurück über den Fluss schaffen. Auf dieser Seite hatten sie jedoch einen klaren Weg aus dem Flusstal in die nächste Stadt. Er stand auf und schaute fluss-aufwärts und -abwärts. Zu seiner Linken verengte es sich etwas.

»Ihr müsst überqueren.«

»Was?«

Selbst aus der Entfernung konnte er den verwirrten Blick in ihrem Gesicht sehen.

»In meinem Rucksack sind ein paar Seile, und der Fluss verengt sich dort unten. Wenn wir eines davon auf beiden Seiten des Flusses befestigen, könnt ihr euch daran festhalten und überqueren. Das ist unsere einzige Option, es sei denn, wir trennen uns, und das will ich nicht.«

»Vielleicht könnten Hannah und ich es die Böschung hinauf zur Straße schaffen. Du hast gesagt, sie flacht etwas ab.«

»Ja, aber nicht viel. Nach dem, was passiert ist, bin ich nicht geneigt, euch zwei diesen Hang ohne Kletterausrüstung riskieren zu lassen. Holt das Seil und trefft uns dort unten.« Er zeigte flussabwärts. »Von dieser Seite des Flusses haben wir einen klaren Weg in die Stadt.«

Ihre Schultern sackten herab, aber sie nickte.

Brady drehte sich zu Jessie um und bückte sich, um sie hoch-zuheben. Sie schlang ihren gesunden Arm um seinen Hals und zitterte. Er beschleunigte sein Tempo. Je schneller er ihre

Schwestern über den Fluss bringen konnte, desto schneller konnte er ein Feuer machen und sie alle wärmen.

Er fand die Stelle, wo es für sie am einfachsten sein würde, zu überqueren, und setzte Jessie weit weg vom Wasser ab.

»Wie soll ich dir das Seil bringen?«, fragte Macy.

»Binde es um einen Stein und wirf ihn. Such dir einfach einen aus, von dem du weißt, dass du ihn so weit werfen kannst.«

Sie bat Hannah, ihr zu helfen, einen geeigneten Stein zu finden.

»Ich bin wirklich froh, dass du mir beigebracht hast, einen anständigen Knoten zu binden.« Sie schlang das Seil um den Stein und sicherte es.

Das war er auch. Es würde nicht funktionieren, wenn der Stein sich vom Seil lösen würde. Das Nylonseil war zu leicht, um sehr weit zu tragen.

»Okay. Ich glaube, ich bin bereit.«

»Binde das andere Ende an einen starken Baum.«

Sie eilte das Ufer hinauf, fand einen geeigneten Baumstamm und tat, wie er gesagt hatte.

»Feuer frei, Schätzchen.«

Er konnte sehen, wie sie vor sich hin murmelte, als sie ihren Arm zurückzog, und er konnte sich ein Zucken seiner Lippen nicht verkneifen. Sie sagte ihm wahrscheinlich, er solle sie nicht Schätzchen nennen.

Sie ließ den Stein fliegen, das Seil streckte sich dahinter. Es platschte ins Wasser, zwei Fuß vom Ufer entfernt. Er eilte nach vorne, um es zu greifen, bevor die Strömung es fortriss, und ging das Ufer hinauf zu den Bäumen, um es festzubinden. Er zog es straff, sicherte es und ging dann zurück zum

Flussufer. »Okay, es ist gesichert. Hannah, du kommst zuerst. Macy wird direkt hinter dir sein.«

Das Mädchen bewegte sich zum Wasser hin und trug Macys Rucksack. Macy, die seinen Rucksack und seine Jacke trug, gab ihr eine ermutigende Drücken auf die Schulter und sagte etwas zu ihr. Er sah zu, wie sie tief durchatmete und einen Moment die Augen schloss, bevor sie ins Wasser watete und das Seil ergriff.

»Wickle einen Arm darum«, sagte er ihr. »Falls deine Hände taub werden.« Das Wasser war von der Schneeschmelze, die hineinfloss, kühl.

Sie tat, wie er sagte, wickelte es um ihren Arm und zog sich mit dem anderen vorwärts. Er schüttelte bewundernd den Kopf, als sie näher kam. Die James-Schwestern waren einige der härtesten Kinder, die er kannte.

Er watete so weit ins Wasser, wie er es wagte, und streckte die Hand aus, um ihr ans Ufer zu helfen. Sie watete an ihm vorbei und fiel erschöpft auf die Knie am Ufer. Er vergewisserte sich, dass sie weit genug vom Rand des Flusses entfernt war, und drehte sich dann um, um Macy zu helfen. Als sie nah genug war, nahm sie seine ausgestreckte Hand, und er zog sie zu sich. Sie klammerte sich an ihn und holte Atem.

»Alles okay?« Er zog sich zurück, um ihr Gesicht zu sehen.

Sie nickte. »Ja.« Sie trat aus seinen Armen und ging zu Jessie, ließ sich vor dem Mädchen auf die Knie fallen.

»Bist du in Ordnung?«

Jessie nickte, ihre Lippe zitterte wieder. »Es geht mir gut.«

Tränen liefen über Macys Wangen. »Ich bin so froh.« Sie zog das Mädchen in ihre Arme für eine Umarmung.

Brady räusperte sich, Gefühle verstopften seine Kehle. »Sie hat sich wahrscheinlich das Handgelenk gebrochen. Wir müssen es schienen und trockenes Brennholz finden, um ein Feuer zu machen.«

Macy schniefte und schaute zu ihm zurück. »Gibt es nicht einige Höhlen auf dieser Seite des Flusses? Ich glaube, ich erinnere mich, dass ich etwas darüber gelesen habe, als Deck und ich diese Reise planten. Wir sprachen darüber, sie zu suchen, entschieden aber, dass es zu schwierig sein würde, den Fluss zu durchqueren.« Sie verdrehte die Augen. »Wenn wir das gewusst hätten...«

Er lächelte sie an. »Ja. Und ich glaube, du hast recht. Lass uns sehen, ob wir eine finden können. Hol nochmal die Karte heraus.« Er war dankbar für die wasserdichten Beutel, die sie trugen. Er wünschte nur, er hätte das Satellitentelefon in einen gelegt. Vergraben unter all den anderen Sachen in seinem Rucksack, dachte er nicht, dass es nass genug werden würde, um es zu ruinieren. Er hatte sich geirrt, und er hoffte, dass es sie nicht ihr Leben kosten würde.

Sie nahm seinen Rucksack ab und grub den wasserdichten Beutel heraus, fand die Karte und reichte sie ihm. Er nahm sie mit tauben Fingern entgegen, faltete sie auseinander, um nach ihrem Standort zu suchen.

Hannah kam herüber, um zu schauen, und wippte auf den Fußballen, um warm zu bleiben. »Die Karte zeigt dir, wo die Höhlen sind?«

»Sie zeigt mir Höhenveränderungen.« Er fuhr mit dem Finger die Linien nach, um ihr zu zeigen, was er meinte. »Die Höhlen, die wir suchen, werden in der Nähe des Fußes der Hügel sein.« Er schaute auf und blickte durch den Wald, bevor er die Karte an Macy zurückgab. »Okay. Lass uns Jessies Handgelenk schienen, dann gehen wir in diese Richtung.« Er nickte vor sich hin, tiefer in den Wald.

»Gibt es eine Schiene im Erste-Hilfe-Set?«, fragte Macy.

»Nicht für ein Handgelenk. Es gibt aber eine Ace-Bandage. Kannst du die rausholen, während ich ein paar Stöcke suche?«

Sie nickte. Er ging ein paar Meter weg und schaute auf den Boden. Hannah kam mit ihm. Er hob einen geeigneten Stock auf und zeigte ihn ihr. »Wir brauchen mehrere wie diesen.«

»Okay.«

Zwischen ihnen beiden fanden sie, was sie brauchten. Brady nahm die Zweige und die Bandage und kniete sich neben Jessie, die an einen Baumstamm gelehnt saß. Er hob ihren Arm, und sie zuckte zusammen.

»Es tut mir leid, Schätzchen. Sobald ich ihn eingewickelt habe, wird es sich besser anfühlen.«

Sie nickte, Entschlossenheit in ihren braunen Augen. »Ich weiß. Ich kann das aushalten.«

Er lächelte sie an. »Ich weiß, dass du das kannst. Du bist ein zähes Kerlchen.«

Macy bückte sich auf ihrer anderen Seite und hielt die Stöcke an Ort und Stelle, während er die Hand und den Arm des Mädchens umwickelte. Er sicherte die Bandage, dann half er dem Mädchen auf die Füße und schob sie in Richtung des Waldes.

»Lasst uns eine Höhle finden.«

Zehn

Macys Füße waren taub. Und ihre Hände. Ihre Beine fühlten sich an wie Eis am Stiel, der Stoff ihrer isolierten Leggings klebte wie nasse Frischhaltefolie.

Sie warf einen Blick auf Hannah, die neben ihr ging. Dunkle Ringe färbten die Haut unter ihren Augen, ihr Gesicht war blass, aber sie beschwerte sich nicht. Sie stapfte einfach vorwärts, während sie weiter nach einem Unterschlupf suchten.

Jessie hatte das Laufen schon vor langer Zeit aufgegeben. Brady trug sie jetzt. Erschöpfung zeichnete Linien um seine Augen, während er einen Fuß vor den anderen setzte und sich vorwärts bewegte.

Sie waren aus dem Flusstal geklettert und über einige niedrige Hügel gestiegen, ohne den dichten Wald zu verlassen. In der Ferne konnte sie sehen, wie der Boden steil anstieg. Der Gedanke, dass sie bald eine Höhle finden könnten, spornte sie an, und sie beschleunigte ihren Schritt. In wenigen Minuten standen sie am Fuß einer weiteren Klippe.

»Toll. Wie kommen wir da vorbei?«, fragte Hannah.

»Gar nicht. Wir gehen daran entlang, bis wir einen Weg nach oben oder eine Höhle finden.« Brady schaute zu Macy. »Kann ich noch mal die Karte sehen?«

Sie streifte ihren Rucksack ab und kramte die Karte heraus.

Er setzte Jessie auf ihre Füße und nahm die Karte. Mit einem Blick darauf verfolgte er den Fluss. »Ich glaube, wir sind hier.« Er zeigte auf einen Punkt.

»Okay. Dann sind wir am richtigen Ort. Hier ist das Gebiet mit dem Höhlensystem.«

Er schaute in beide Richtungen, dann wieder auf die Karte. »Ich weiß nicht, wo sie sein könnten, aber wir müssen in diese Richtung gehen.« Er zeigte nach rechts. »Die Stadt liegt in dieser Richtung und das Gelände wird flacher.« Er faltete die Karte zusammen und gab sie ihr zurück.

Sie verstaute sie in der Nässeschutztasche und schulterte den Rucksack wieder. Er hob Jessie auf, und sie machten sich parallel zur Klippe auf den Weg. Macy scannte die Felswand, suchte nach irgendeinem Anzeichen eines Eingangs in der Wand.

»Da!« Hannah zeigte nach oben. »Was ist das?«

Sie hielten an, um in die angezeigte Richtung zu schauen.

»Es sieht tatsächlich wie ein Höhleneingang aus«, sagte Brady. »Aber ich weiß nicht, ob wir da hochkommen. Es ist ziemlich weit oben.«

»Ich glaube, wir können da hochklettern. So weit ist das nicht«, sagte Macy. »Zwanzig Fuß? Dreißig?« Ihr Blick wanderte über die Felsen. »Und ich sehe einen vernünftigen Kletterweg mit vielen Hand- und Fußgriffen.« Sie sah ihn an. »Denkst du, du schaffst es mit ihr?« Sie deutete auf Jessie.

Er neigte den Kopf und schaute das Mädchen an. »Glaubst du, du kannst dich wie ein Äffchen mit deinem gesunden Arm an meinem Rücken festhalten?«

Sie nickte. »Das bedeutet, dass wir ein Feuer machen können, wenn wir da oben sind, oder?«

»Hoffentlich, ja.«

»Dann los.«

Brady blickte auf die Felswand. »Okay. Versuchen wir's. Macy, du gehst zuerst. Für dich ist es leichter, lockere Steine zu erkennen, damit ich sie vermeiden kann. Hannah, du folgst ihr und trittst genau dorthin, wo sie tritt.«

Das Mädchen nickte.

Macy drehte sich um und starrte auf die Klippe, studierte sie einen Moment, bevor sie ihre ersten Schritte die Seite hinauf wagte. Es gab ziemlich viele natürliche Vorsprünge, die es mehr wie eine seltsame Treppe als eine Klippe erscheinen ließen. Etwa auf halbem Weg nach oben blickte sie zurück und bedeutete Hannah, ihr zu folgen. Das Mädchen holte tief Luft, um ihre Nerven zu beruhigen, dann trat sie auf die Felswand.

Als Macy den Höhleneingang erreichte, spähte sie hinein. Schwärze begrüßte sie.

»Wird es funktionieren?« Hannah zog sich in die Höhlenöffnung hoch.

»Ich denke schon.«

Brady fluchte, und Macy hörte eine Kaskade kleiner Steine, die auf den Waldboden hinunter polterten. Sie drehte sich um und schaute nach unten. Er war ein paar Fuß vom Vorsprung entfernt, lehnte an der Wand und versicherte Jessie, dass sie okay waren.

»Alles in Ordnung?«

Er blickte nach oben und nickte. »Ja. Mein Fuß ist weggerutscht.« Er begann wieder zu klettern und erreichte sie in wenigen Augenblicken.

Macy ergriff Jessies gesunden Arm und half ihr von seinem Rücken, zog sie in die Höhle, während Brady den Vorsprung erreichte. Er stand auf, musste sich aber bücken, um nicht an die niedrige Decke zu stoßen.

»Seid ihr schon tiefer vorgedrungen?«

Sie schüttelte den Kopf. »Nein. Ich wollte erst sichergehen, dass wir alle es geschafft haben.«

»Na ja, keine Zeit wie die Gegenwart. Wo sind die Taschenlampen?«

Macy und Hannah nahmen ihre Rucksäcke ab, lehnten sie an die Höhlenwand und wühlten darin, um die Lampen zu finden.

»Ihr zwei bleibt hier«, sagte Brady zu den Kindern. »Zieht eure nassen Klamotten aus, während ihr wartet, und zieht die trockenen Sachen aus der Nässeschutztasche an. Wenn wir nicht zurück sind, bis ihr fertig seid, sammelt Blätter, Gras und kleine Zweige für Zunder. Davon ist wahrscheinlich einiges in die Höhle geweht worden.«

Hannah nickte und ging zu ihrer Schwester. »Komm, Jessie. Ich helfe dir beim Ausziehen.«

Macy schaltete ihre Lampe ein. »Bist du bereit?«

»Jep.« Er schaltete seine Taschenlampe ein und trat tiefer in die Höhle. »Meine Schultern und mein Nacken werden mich später hassen.« Er richtete seine Lampe auf die niedrige Decke, dann wieder vor sich.

»Wenn meine Hände jemals auftauen, werde ich sie für dich massieren.«

»Schauen wir mal, was hier drin ist. Du bist nicht die Einzige, die auftauen möchte.«

Sie bewegten sich weiter in die Höhle hinein und stellten fest, dass sie viel weiter zurückging, als sie erwartet hatten. Sie sahen Spuren von kleinen Säugetieren, aber keine großen Raubtiere. Nach fünfzig Yards verengte sie sich so weit, dass sie kriechen müssten, wenn sie tiefer hineinschauen wollten.

»Ich bin zufrieden, dass uns nichts fressen wird.« Macy drehte sich um. »Lass uns ein Feuer machen. Ich muss aus dieser Hose raus.«

Er hustete. Macy errötete, als ihr klar wurde, wie das klang. Sie hielt die Lampe auf den Boden gerichtet und ihre Augen auf das Licht, vermied seinen Blick und ging weiter. Auf dem Weg zurück zum Höhleneingang sammelten sie kleine Äste und andere Dinge für ein Feuer. Sie fügten es dem Stapel hinzu, den die Kinder begonnen hatten.

Brady schob ihn näher an den Eingang und ordnete ihn ein wenig neu an, dann zündete er ihn mit den Streichhölzern an, die er aus dem Überlebenspaket in seinem Rucksack holte. »Hoffentlich zieht der Rauch nicht zu sehr nach innen.«

Die Mädchen rückten näher, mit dem Rücken zur Höhle, während sie sich zusammenkauerten. Macy ging zu ihrem Rucksack, um ihre trockenen Klamotten zu holen. »Ich werde mich umziehen.«

»Ich auch.« Er wühlte in seinem eigenen Rucksack und zog ein sauberes Hemd und eine Hose heraus.

Macy beäugte ihn, dann die dunklen Tiefen der Höhle und versuchte zu entscheiden, ob sie die Energie aufbringen sollte, sich im Privaten umzuziehen. Es war ja nicht so, als hätte er sie nicht schon nackt gesehen, und am Ende siegte die Erschöpfung. Sie zog ihren durchnässten Mantel aus und riss ihr Shirt über den Kopf. Bradys Gesicht war unbezahlbar. Diese tiefen, dunklen Augen wurden weit, das Weiße zeigte sich rundherum. Sein Mund öffnete sich ganz leicht.

Er stieß ein ersticktes Stöhnen aus und drehte sich um. »Warn einen Kerl das nächste Mal vor, ja?« Mit ruckartigen Bewegungen zog er sein Shirt über den Kopf.

Jetzt war Macy an der Reihe zu starren. Muskeln kräuselten sich über seinen breiten Rücken. Tattoos wanden sich um seine Arme und schmückten seine Schulterblätter.

Dreh dich um! Sie wollte seinen ganzen kraftvollen Oberkörper sehen.

Aber er hielt ihr den Rücken zugewandt. Sie beschwerte sich jedoch nicht. Während sie versuchte, ihre Muskeln zum Arbeiten zu bringen, damit sie sich anziehen konnte, öffnete er seine Hose und pellte sie an seinen dicken Oberschenkeln herunter. Seine nasse Boxershorts klebte an seinem Hintern. Er hatte den großartigsten Hintern. Die straffen Muskeln bewegten sich unter dem feuchten Stoff, als er erst auf einem Fuß, dann auf dem anderen stand, um seine Hose auszuziehen.

Macys Mund wurde trocken, alle Feuchtigkeit in ihrem Körper floss nach unten. Sie war nicht mehr so kalt.

Er schaute zurück und erstarrte, als er merkte, dass sie sich nicht bewegt hatte. In seinen Augen loderte Hitze als Antwort auf das, was sicherlich in ihren zu sehen war.

Der Wind drehte sich und blies in die Höhle, sandte kühle, rauchige Luft zu ihnen. Gänsehaut breitete sich auf ihren Armen aus und ein Schauer lief ihr den Rücken hinunter, was sie motivierte, mit dem Starren aufzuhören und ihr Shirt anzuziehen. Sie zog die weiche Baumwolle über ihren

Kopf und schlüpfte mit den Armen in die Ärmel. Als Nächstes kam ihre Hose herunter, und sie zog schnell eine trockene an. Brady zog sich an, während sie es tat. Barfuß gingen sie mit ihrer nassen Kleidung zum Feuer. Macy nahm Jessies und Hannahs Sachen und legte sie neben ihre zum Trocknen aus, dann setzte sie sich auf den harten Boden und zog ein Paar Socken an. Brady stellte ihre Stiefel so nah ans Feuer, wie er es wagte, dann nahm er seinen Rucksack, bevor er sich neben sie setzte. Er bedeckte seine eigenen Füße mit dicken Wollsocken und wühlte dann in seiner Tasche, holte Proteinriegel und Studentenfutter heraus.

Jessie verzog das Gesicht, als sie das Essen nahm. »Ich mag diese Dinger nicht. Ich will einen Cheeseburger.«

»Ich auch«, sagte Brady. »Aber wir müssen bei Kräften bleiben.« Er nahm den Riegel, riss die Verpackung auf und gab ihn ihr zurück.

Mit gerümpfter Nase biss sie hinein.

»Was machen wir jetzt?«, fragte Hannah.

»Nun, wir werden für die Nacht hier bleiben. Trocknen und aufwärmen. Morgen werde ich auf den Grat klettern und sehen, was ich sehen kann. Wir müssen in Richtung Stadt gehen, aber ich weiß nicht, was überflutet ist, und das Letzte, was wir brauchen, ist, wieder im Wasser zu landen.«

»Also sitzen wir jetzt einfach hier rum?«

Er nickte.

Ihre Schultern fielen.

»Wie wäre es, wenn wir ein Spiel spielen?«, sagte Macy in der Hoffnung, sie aufzumuntern.

»Was für ein Spiel?«

Macy überlegte. »Das, bei dem man an etwas denken muss, das mit dem letzten Buchstaben des vorherigen Wortes beginnt? Also, wenn wir mit dem Buchstaben A anfangen und ich Apfel sage, musst du etwas sagen, das mit dem Buchstaben L beginnt.«

Sie biss sich auf die Lippe. »Okay. Löwe.«

Macy schaute zu Jessie.

»Ähm, Ente.«

Alle schauten zu Brady.

»Oh, ich bin dran? Richtig. Ähm, Elch.«

Das brachte die Kinder zum Kichern. Macy bewegte ihre Finger, während sie lächelte, etwas Gefühl kam zurück. Sie könnte sich schlimmere Orte vorstellen, an denen man festsitzen könnte, und schlimmere Menschen, mit denen man festsitzen könnte. Wenn nicht ihre Situation wäre, wäre es einfach eine weitere Nacht im Lager.

BRADY ERWACHTE MIT DEM GEFÜHL EINES WARMEN GEWICHTS auf seiner Brust. Im vordämmernden Licht konnte er Macys Kopf ausmachen, der sich mit jedem Atemzug, den er nahm, hob und senkte. Er hob eine Hand und vergrub seine Finger in ihrem seidigen Haar, die kupferfarbenen Strähnen flossen in kühlen Wellen über seine Hand. Ein Schmerz breitete sich in seiner Brust aus. Er begehrte diese Frau auf die schlimmste Art und Weise. Aber er wusste, wenn sie diesen Weg wieder beschritten, würde sie die Dinge nicht locker lassen. Er war sich nicht sicher, ob er mehr tun könnte, egal wie sehr sie ihn in Versuchung führte. Nicht nach all dem Schmerz, den seine Ex-Frau ihm zugefügt hatte. Aber verdammt, er wollte sie trotzdem.

Neben ihr aufzuwachen war schön. Mehr noch, als er es sich vorgestellt hatte.

Macy bewegte sich, ihre hübschen blauen Augen flatterten auf. Sie gähnte und streckte sich, setzte sich auf. »Tut mir leid. Ich wollte dich nicht als Kissen benutzen.« Sie hielt ihre Stimme leise. Die Kinder schliefen noch.

»Schon okay. Wir haben uns gegenseitig warmgehalten.«

Sie nickte. Er blickte zu ihrem nun erloschenen Feuer.

»Apropos, wir sollten es wieder zum Laufen bringen.« Er stand auf, brauchte etwas Abstand, und begann mehr von den kleinen Ästen zu sammeln, die sie gestern gesammelt hatten, um sie über die Asche zu legen. Macy brachte ihm die Streichhölzer, und er zündete das Feuer an. Es knisterte zum Leben und brachte etwas Wärme zurück in die Höhle.

Er fand seine Stiefel und stopfte seine Füße hinein. »Ich werde auf die Spitze dieser Klippe klettern und sehen, was uns erwartet.«

»Was? Jetzt? Die Sonne ist kaum aufgegangen.«

»Ich weiß, aber ich möchte, dass wir in Bewegung bleiben. Seb sucht wahrscheinlich nach uns, aber unsere beste Chance ist immer noch, hier rauszuwandern.«

Ihr Mund wurde flach. »Okay. Aber sei vorsichtig. Da ist viel lockeres Gestein.«

Er nickte. »Werde ich sein. Komm angerannt, wenn du einen Haufen Steine fallen hörst.«

Sie schlug ihm auf die Schulter. »Das ist nicht lustig!«

»Tut mir leid, ich konnte nicht widerstehen.« Er lächelte und ging zu seinem Rucksack, fand sein Fernglas und das andere Seil, das er eingepackt hatte. Sobald er die Spitze der Klippe erreicht hätte, würde er einen Platz finden, um es zu befestigen, damit er wieder herunterkommen und den Kindern und Macy beim Hochklettern helfen könnte.

»Ich bin bald zurück.« Er warf sich das Seil über Hals und Schulter, dann duckte er sich hinaus und machte seine ersten Schritte die Felswand hinauf.

Wie bei dem Aufstieg zur Höhle gab es eine Reihe von schmalen Vorsprüngen, die aus der Wand ragten. Mit langsamen, methodischen Schritten kletterte er von Vorsprung zu Vorsprung, bis er die vierzig Fuß bis zur Spitze geschafft hatte. Von dort aus konnte er den steilen Hang bis zum Grat hochkrabbeln.

Wind wirbelte um ihn herum, zerzauste sein Haar und rissige seine Wangen auf, während er über das Tal starrte. Der Fluss war weit über seine Ufer getreten und machte eine Wanderung durch das flachere Gelände unmöglich. Er hob das Fernglas, scannte den Berghang und sah mehrere kürzliche Erdrutsche; er war sicher, dass es mehr gab, die er nicht sehen konnte.

In der Ferne verschwanden die Flutwasser um eine Biegung zwischen zwei Bergen. Die Stadt, die er auf der Karte gesehen hatte, lag auf der anderen Seite dieser Hügel. Sie würden nach Norden wandern und sich an den Hang halten müssen, um die Überschwemmung zu umgehen. Es würde mindestens noch eine Nacht dauern, bis sie hier rauskamen, es sei denn, Seb fand sie zuerst.

Es war nicht das, was er sehen wollte, aber auch nicht unerwartet. Er schaute zurück in die Richtung, aus der sie gekommen waren, und sah Ausschnitte der Straße über den Bäumen. Weitere Erdrutsche verdeckten Abschnitte des Asphalts. Er war froh, dass sie diesen Weg genommen hatten. Niemand würde diese Straße in nächster Zeit überqueren.

Nachdem er ihren Weg aus den Bergen eingeschätzt hatte, drehte er sich um und machte sich auf den Weg zurück zur Höhle. Er fand einen passenden Baum nahe der Kante und band das Seil darum, dann kletterte er hinunter, wobei kleine Kieselsteine auf den Boden rutschten.

Macy streckte ihren Kopf aus der Höhle. »Alles okay?«

»Ja. Nur etwas lockeres Gestein.« Er setzte seinen Abstieg die Felswand hinunter fort, bis er die Höhle erreichte.

»Was hast du gefunden?« Sie trat zurück, als er hereinkam.

»Nichts Unerwartetes. Wir haben jedoch noch eine Nacht hier draußen vor uns. Wir müssen uns an die Hänge halten. Es gibt zu viele Überschwemmungen im Tal, um einen direkten Weg zur nächsten Stadt zu nehmen. Wir müssen uns auch in Bewegung setzen. Es sieht so aus, als könnte es wieder regnen.«

Ihr Gesicht verzog sich zu einer Grimasse. »Okay. Ich hole die Kinder und sage ihnen, dass wir aufbrechen.«

Er schaute sich um und bemerkte, dass sie nirgends zu sehen waren. »Wo sind sie überhaupt?«

»Sie wollten die Höhle erkunden. Sie wurden gelangweilt vom Alphabetspiel.« Sie drehte sich um. »Ich hole sie.«

Während sie davonging, kniete er sich neben seinen Rucksack und verstaute sein Fernglas, dann nahm er einen Energieriegel heraus. Er würde die Dinge genauso satt haben wie Jessie, bis sie die Zivilisation erreichten.

»Brady!«

Er stand auf und starrte in die Dunkelheit beim Klang von Macys Stimme.

»Macy?«

»Komm runter!«

Er rannte los, wurde durch die Notwendigkeit sich zu ducken verlangsamt. »Was ist los?«, fragte er, als er sich ihr am hinteren Teil der Höhle näherte. Er schaute sich in dem von ihrer Lampe beleuchteten Bereich um. »Wo sind die Kinder?«

Sie richtete die Taschenlampe auf die schmale Öffnung in der Wand. »Da drin.«

»Scheiße, stecken sie fest?« Er ging näher. Das war genau das, was sie brauchten. Er hatte keine Ahnung, wie er zwei Kinder aus einem Raum herausholen sollte, in den er nicht passte und ohne jegliche Werkzeuge.

»Wir stecken nicht fest«, sagte Hannah.

Brady spähte hinein. Es öffnete sich wieder nach etwa zwanzig Fuß oder so. Die Mädchen kauerten über etwas am Boden. »Was macht ihr da hinten?«

»Wir haben etwas gefunden«, sagte Jessie. Da war ein Wackeln in ihrer Stimme, das die Haare in Bradys Nacken zu Berge stehen ließ.

»Was habt ihr gefunden?«

»Eine Leiche«, sagte Hannah.

Sprachlos schaute er zu Macy. Sie zuckte mit den Schultern.

»Ich konnte es auch nicht glauben, aber Hannah hat ein Foto gemacht und es mir gezeigt. Da ist ein Skelett dort drin.«

»Verdammt nochmal.« Er seufzte. »Okay. Es gibt nichts, was wir jetzt tun können. Wir müssen uns selbst in Sicherheit bringen, dann können wir es Seb sagen und er kann ein Team hierher schicken.« Er schaute zurück in die Spalte. »Hannah, mach eine Menge Fotos von dem Bereich dort drinnen. Nicht nur von der Leiche, sondern von allem drum herum, und dann kommt ihr beiden raus.«

»Okay.«

Er hörte das Piepen der Kamera und den Verschluss schließen, als sie tat, worum er sie gebeten hatte.

»Wer glaubst du, ist das?«, fragte Macy.

»Ich habe keine Ahnung. Wenn es ein Skelett ist, liegt wer auch immer es ist, schon lange dort. Könnte ein Wanderer sein, der sich verirrt hat, oder jemand, der beschloss, dass diese Höhle sein Zuhause war und später hier gestorben ist. Wir werden die Bilder an Seb weitergeben. Hoffentlich kann er jemanden dort hinschicken, um die Überreste zu bergen und herauszufinden, wer es ist.«

»Wer auch immer es ist, musste klein sein. Hannah hat kaum hineingepasst. Ich könnte wahrscheinlich hineinkommen, aber ich müsste robben und beten, dass meine Brüste nicht zu groß sind.«

Seine Augen fielen unwillkürlich für einen flüchtigen Moment auf ihre Brust. Es war jedoch lange genug, damit sie es bemerkte. Als seine Augen ihre trafen, breitete sich ein langsames, ungezogenes Lächeln über ihr Gesicht aus.

Er räusperte sich, spürte das Feuer in seinem Gesicht und schaute in die Spalte. Jessies kleiner Körper wand sich mit Leichtigkeit durch, sogar mit ihrem gebrochenen Handgelenk. Er half ihr heraus, stellte sie auf ihre Füße, dann drehte er sich um, um ihrer Schwester durch die Öffnung zu helfen.

Sobald sie auf den Füßen stand, reichte sie ihm die Kamera. »Ich habe eine volle Dreihundertsechzig-Grad-Drehung gemacht.«

Brady drückte auf die Taste, um die Bilder anzusehen, die sie gemacht hatte. Macy quetschte sich neben ihn, während er durchscrollte. Als sie zum Skelett kamen, fluchte er.

»Du hast Recht, er oder sie ist klein. Es sieht wie ein junger Teenager aus oder vielleicht eine zierliche Frau, obwohl die Kleidung männlich aussieht.« Er runzelte die Stirn und schaltete die Kamera aus, sein Verstand arbeitete, während er versuchte, sich an Berichte über vermisste Kinder oder Frauen in den letzten Jahren zu erinnern. Nichts fiel ihm ein. Er betete, dass dies nicht mehr von dem Kinderhändlerring war, den sein Bruder aufgedeckt hatte. »Kommt. Lasst uns hier raus. Je eher wir zurück in die Stadt kommen, desto eher sind wir in Sicherheit und können einige Antworten bekommen.«

Denn er war zu neunundneunzig Prozent sicher, dass diese Person da hinten nicht gewählt hatte, ihre Tage in dieser Höhle zu verbringen.

»Wir müssen einen Bach finden und unsere Flaschen auffüllen«, sagte Brady einige Stunden später und blieb neben Macy stehen, als sie das letzte bisschen ihres Wassers trank.

»Genau das habe ich auch gerade gedacht.« Sie hatten vor ein paar Minuten angehalten, um eine kurze Pause einzulegen, und hatten nun das letzte ihrer Wasservorräte verbraucht.

»Das Problem wird sein, einen zu finden, der nicht voller Schlamm vom Abfluss ist.«

»Was schwebt dir vor?« Sie beobachtete ihn, während er den Berg um sie herum musterte.

»Dass ich höher hinauf muss.«

Macy sah sich um. »Schon wieder? Wohin?« Ihre Augen weiteten sich, als sie seine Absicht verstand. »Du willst auf einen Baum klettern? Du wirst nie hoch genug kommen, um viel zu sehen. Das Laub ist zu dicht und du bist zu schwer. Die einzige von uns, die das könnte, ist Jessie, und sie kann mit ihrem Handgelenk nicht klettern.«

Er runzelte die Stirn. »Na gut. Lass uns zum Grat gehen.« Er zeigte nach oben. Macy konnte von ihrem Standpunkt aus gerade noch die Spitze des Hügels ausmachen. Er war einen weiteren steilen Abhang hinauf.

»Meine Beine hassen dich.«

»Ich werde sie später für dich massieren.« Sein Gesicht wurde knallrot, sobald die Worte seinen Mund verlassen hatten.

Macy lachte. »Ich werde dich beim Wort nehmen.« Sie ging an ihm vorbei und achtete darauf, ihren Hüften etwas extra Schwung zu verleihen. Sie sagte den Mädchen, wohin sie gingen, und schickte sie vor sich her.

Sie blickte zurück. Bradys Augen waren auf ihren Hintern gerichtet. Sie drehte sich um, um ihr Lächeln zu verbergen.

Höher und höher kletterten sie. Macys Oberschenkel brannten, als sie schließlich aus den Bäumen heraustraten und auf der Spitze standen.

»Oh! Ich sehe die Stadt!« Hannah zeigte in die Ferne, wo meilenweit entfernt Dächer die Landschaft sprenkelten. »Wir können bis zum Einbruch der Dunkelheit dort sein.«

Macy klopfte ihr auf die Schulter. »Die Entfernung hier draußen täuscht. Das sind mindestens sechzehn Kilometer.«

Ihre Schultern sackten herab. »Wirklich?«

»Ja.«

»Aber da ist ein Bach, also werden wir wenigstens nicht dehydrieren.« Brady zeigte den Hügel hinunter.

»Wo? Ich sehe keinen Bach«, sagte Hannah.

»Schau auf die Bäume. Siehst du die da unten, die aussehen, als hätte jemand eine Linie zwischen ihnen gezogen?«

»Da drüben?« Sie zeigte darauf.

Er nickte. »Genau. Kommt, gehen wir runter. Wir müssen auch über ein Nachtlager nachdenken. Ich glaube nicht, dass der Regen noch viel länger ausbleiben wird.«

Jessie schmollte. »Heißt das, wir müssen wieder Proteinriegel essen?«

Er schaute Macy an. Sie starrte nur zurück, da sie die Antwort kannte.

»Ich fürchte ja, Kleines, es sei denn, ich kann etwas fangen.« Er nahm ihre Wasserflasche und steckte sie in seinen Rucksack, dann bedeutete er ihr, loszugehen.

»Was würdest du fangen? Fische?«

»Wahrscheinlich nicht. Ich bin nicht sehr gut im Handfischen. Aber ich könnte vielleicht ein Eichhörnchen oder einen Hasen fangen.«

Sie rümpfte die Nase. »Ich will das nicht essen. Die Proteinriegel sind schon in Ordnung.«

Er lachte. »Hase ist nicht schlecht. Eichhörnchen ist allerdings nicht mein Favorit.«

Der Schrei eines Adlers über ihnen zog ihre Aufmerksamkeit auf sich. Macy blickte nach oben und sah, wie der riesige Vogel vorbeischwebte, auf einer Luftströmung den Berg hinabglitt und über den Baumwipfeln kreiste.

»Wow! Das war cool! Die sind riesig.«

Macy kicherte. »Ja, das sind sie. Wie wäre es, wenn wir schauen, was wir sonst noch entdecken können? Aber achtet auf eure Schritte, wir wollen nicht, dass jemand stürzt.«

Während sie den Grat hinabstiegen, zeigten die Mädchen auf verschiedene Tiere und Pflanzen, die sie sahen. Macy und Brady machten mit, behielten aber den Himmel im Auge. Er wurde mit jeder Minute dunkler.

Ein eisiger Wind peitschte durch die Bäume, und die ersten nassen Schneeflocken begannen zu fallen. Sie rückte näher an Brady heran. »War das vorhergesagt?« Sie zeigte auf die Schneeflocken, die um sie herum fielen.

Sein Mund wurde schmal. »Nein, aber wir sind in höheren Lagen, und ich habe mir die Vorhersage für hier oben nicht angesehen. Auf jeden Fall gehen wir im April nie wieder zelten.«

»Einverstanden. Vielleicht wird es zu Regen übergehen. Obwohl ich nicht sicher bin, ob das besser wäre.«

»Nein. Das könnte mehr Erdrutsche verursachen. Lasst uns das Tempo erhöhen. Wir müssen unsere Flaschen füllen und einen Unterschlupf finden.«

Um die Kinder nicht zu alarmieren, holte Macy Hannah ein, ging schneller und ermutigte das Mädchen, in der Nähe zu bleiben, ohne ihr zu sagen, dass sie sich schneller bewegen sollte. Brady hob Jessie hoch und setzte sie auf seine Schultern. Sie bahnten sich in gleichmäßigem Tempo den Weg den Hügel hinunter, während der Schnee immer schneller fiel. Als sie den Bach erreichten, bedeckte eine dünne Schicht den Boden.

»Können wir einen Schneemann bauen?«, fragte Jessie.

»Vielleicht, nachdem wir einen Unterschlupf gefunden haben, okay? Wir wollen nicht im Kalten und im Dunkeln überrascht werden.«

»Werden wir eine weitere Höhle finden können?«, fragte Hannah. »Was passiert, wenn wir keine finden?«

»Ich werde uns einen Unterstand bauen, wenn wir nicht bald etwas finden. Er wird nicht so gemütlich sein wie eine Höhle, aber er wird den Regen und den Schnee von uns fernhalten.«

»Wie baut man einen Unterstand?«

Brady schaute lachend nach oben, als Jessie ihren Kopf herunterbeugte, um ihm in die Augen zu sehen. »Man stützt oder bindet einige Äste an einen Baum, dann bedeckt man ihn mit Kiefernzweigen.«

»Oh.« Sie setzte sich auf. »Cool.«

»Es ist sehr cool. Und zu wissen, wie man einen baut, ist eine nützliche Fertigkeit. Ihr bekommt gerade einen Crashkurs in Survival.«

Am Rand des Baches nahm Macy ihren Rucksack ab und fand die Wasserreinigungstabletten und ihre Flasche. Das Wasser stand hoch, sah aber ziemlich klar aus. Sie wusste jedoch, dass sich immer noch Parasiten und Bakterien darin verstecken konnten.

Brady setzte Jessie auf den Boden und nahm seine und die Wasserflaschen der Mädchen aus seiner Tasche. Er nahm Macys Flasche und füllte sie alle. Sie warf die erforderliche Anzahl von Tabletten in jede Flasche, bevor sie sie wieder zuschraubte und das Wasser schwenkte.

»Wie lange müssen wir warten, bevor wir es trinken können?«, fragte Hannah und beobachtete den Vorgang mit wachsamem Auge.

»Mindestens dreißig Minuten«, antwortete Brady. »Lass uns weitergehen. Wenn wir in einer Stunde keinen Unterschlupf gefunden haben, bauen wir einen.«

Sie wateten durch den flachen Bach, um ihren Weg fortzusetzen. Der Schneefall wurde stärker, und nach einer halben Stunde gab Brady ihnen das Zeichen anzuhalten. Inzwischen lag etwa zweieinhalb Zentimeter Schnee auf dem Boden, und der Wind hatte erheblich aufgefrischt.

»Wir müssen diesen Unterschlupf bauen. Mädchen, sucht so

viele lange, dünne Äste, wie ihr tragen könnt. Aber bleibt immer in Sichtweite von mir oder Macy, okay?«

Sie nickten und gingen los.

»Was soll ich tun?«, fragte Macy.

»Suche einige größere Äste für die Grundstruktur und stapele sie in der Nähe dieser Bäume.« Er zeigte auf eine Baumgruppe ein paar Meter entfernt. »Ich werde anfangen, Kiefernzweige für das Dach abzuschneiden.«

Macy begutachtete den umliegenden Wald und bemerkte mehrere umgestürzte Äste und kleine Bäume, die geeignet sein würden. Sie ging zum nächstgelegenen und schleppte ihn zu der Stelle, die Brady angewiesen hatte. Innerhalb weniger Minuten hatten sie einen anständigen Haufen, um ihren Unterschlupf zu beginnen.

Ein Haufen Kiefernzweige landete zu ihrer Linken, als Brady sie auf den Boden warf.

»Hier.« Er hielt sein Messer hin. »Schneide noch mehr Zweige für unser Dach ab. Ich fange an, die Äste zusammenzubinden.«

Macy nahm die Klinge und ging zum nächsten Kiefernbaum, wo sie die niedrigen, kleineren Äste mit Kiefernnadeln abschlug.

Der Schnee fiel weiter, während sie arbeiteten. Macy hoffte, dass sie ein Feuer machen könnten, wenn der Unterschlupf fertig wäre. Bei diesem Wind und dem Schnee war sie sich nicht sicher, ob sie eines zum Brennen bringen könnten.

Während sie weiter Kiefernzweige sammelte, hielten die Mädchen Äste fest, während Brady sie zu einer Art Struktur zusammenband. Er flocht die kleineren Äste durch die größeren, um sie zu verstärken. Hannah verstand, was er tat, und begann auf der anderen Seite.

»Mädchen, ich brauche euch, um so viel Totholz wie möglich zu finden. Es kann nass sein, aber achtet darauf, dass es kein frischer Fall ist. Wir müssen ein Feuer machen«, sagte Brady.

Hannah nickte und rannte zurück in die Bäume. Jessie folgte in einem langsameren Tempo. Macy beobachtete sie besorgt. Das Mädchen tat nie etwas mit weniger als voller Geschwindigkeit.

»Wir müssen diesen Unterschlupf aufbauen und ein Feuer machen. Jetzt. Jessie hat Schmerzen.«

»Das ist mir auch aufgefallen. Sie hat einiges durchgemacht. Lass uns mit den Kiefernzweigen anfangen. Hoffentlich haben wir genug geschnitten.«

»Nun, es gibt immer mehr.« Macy deutete um sie herum.

»Keine Frage.« Er ging zu dem Haufen, den sie gemacht hatten, und nahm eine Handvoll der Zweige. Er schichtete sie über die Oberseite des Unterschlupfs, um zu verhindern, dass sich der nasse Schnee in der teilfertigen Struktur sammelte.

Sobald die Oberseite bedeckt war, begann er mit den Seiten. Er kniete sich an die Basis des Unterstands und begann, Zweige von unten nach oben hinzuzufügen, wobei er die Enden in die Struktur steckte, um sie an Ort und Stelle zu halten. Macy reichte ihm Zweige, während er arbeitete. Die Mädchen stapelten das gesammelte Feuerholz im Inneren des Unterschlupfs. Als Brady und Macy die Struktur bedeckt hatten, hatten sie eine beträchtliche Menge Holz vor weiterem Schnee geschützt.

»Wie bauen wir ein Feuer im Schnee? Und es ist auch nass«, sagte Hannah.

Brady schob sie alle nach drinnen, dann kniete er sich neben den Holzstapel.

»Hast du mein Messer, Mace?«

»Oh, ja.« Sie griff in ihre Tasche und nahm die Klappklinge heraus, reichte sie ihm.

Er klappte es auf und nahm ein Stück Holz. »Wenn wir die obere Schicht abschaben, ist darunter trockenes Holz.« Er kratzte mit seinem Messer über das Holz und zeigte ihnen das trockene Innere. »Ich werde dieses Zeug abhobeln, aber während ich das tue, Hannah, brauche ich dich und Macy, um einen Platz ein paar Meter außerhalb der Tür zu finden und bis zum Boden zu graben. Macht einen Kreis von etwa sechzig bis neunzig Zentimetern Breite und legt ihn mit Steinen aus. Wir werden das Feuer darauf legen.«

»Was soll ich tun?«, fragte Jessie.

»Du kannst mir helfen.«

Macy tauschte einen Blick mit Brady und war froh, dass er dem Mädchen eine Möglichkeit gegeben hatte, sich auszuruhen, ohne ihr zu sagen, dass sie sich ausruhen sollte. Sie war gerade stur genug, dass sie sonst trotzdem ihrer Schwester hinterhergelaufen wäre.

»Komm, Hannah.« Sie winkte dem älteren Mädchen nach draußen. »Willst du die Grube graben oder nach Steinen suchen?«

»Ich suche nach Steinen.«

»Klingt gut.« Das Mädchen wanderte davon. Macy schaute sich um, suchte nach einem Stein, der ihr beim Graben helfen könnte. Der Schnee machte es schwer zu erkennen, was was war, aber sie fand einen flachen Stein, der groß genug war, um ihre Hände darum zu legen, etwa drei Meter vom Unterstand entfernt.

Mit ihrem Fuß fegte sie den Schnee und die Pflanzenreste beiseite, kauerte sich dann hin und benutzte den Stein, um die oberste Schicht Erde und Kiefernnadeln abzukratzen.

Hannah stapelte Steine neben ihr, die Macy auf die nackte Erde legte, um eine Plattform zu bilden.

Sie stand auf und begutachtete ihre Arbeit. Zufrieden mit dem Ergebnis, spähte sie durch die Tür zu Brady. »Es ist fertig.«

Er faltete seinen großen Körper auseinander und kam mit einem Arm voll Holz und Zunder heraus. Er blieb nah stehen und beugte sich hinunter. »Sieh nach Jessie. Ihre Energie lässt wirklich nach.«

Macy legte eine Hand auf seinen Arm, nickte und ging in den Unterschlupf, hockte sich vor ihre Schwester.

Jessie schaute auf, ihre braunen Augen schläfrig.

»Geht es dir gut?«

Die Unterlippe des Mädchens zitterte, aber sie nickte. »Mir geht's gut. Es wird alles in Ordnung sein.«

Macys Herz schlug Purzelbäume angesichts der Tapferkeit, die Jessie zeigte. »Oh, Schätzchen. Es ist okay, mir zu sagen, wenn du Schmerzen hast.«

Das Zittern wurde stärker. »Es tut weh. Aber nicht so sehr, wenn ich es nicht bewege. Und ich bin wirklich müde.«

»Wie wäre es, wenn wir dir noch etwas Schmerzmittel geben, dann machen wir dir hier ein kleines Bett und du kannst dich etwas ausruhen? Klingt das gut?«

Jessie nickte. Eine einzelne Träne lief ihr über die Wange, und sie schniefte.

Ein Kloß bildete sich in Macys Hals. Sie schluckte, um ihn loszuwerden, und öffnete Bradys Rucksack, um den Erste-Hilfe-Kasten zu holen. Sie fand das Schmerzmittel für Kinder, das sie eingepackt hatten, und gab Jessie die entsprechende Dosis.

»Okay, du bleibst da, während ich den Boden hier drinnen freiräume, in Ordnung?« Es lag immer noch Schnee in ihrem Unterschlupf.

Jessie nickte wieder.

Macy ging auf die Knie und begann, den Schnee aus der hinteren Ecke zu räumen, indem sie alles zur Tür hinaus schob. Brady kam herein und trug weitere Kiefernzweige.

»Bettzeug«, sagte er, als sie eine Augenbraue hochzog. »Es könnte ein bisschen pieksig sein, aber es wird wärmer sein als der Boden.«

Sie nahm die Zweige von ihm und begann, sie in dem Bereich anzuordnen, den sie freigeräumt hatte. Sobald sie einen Bereich hatte, der groß genug für Jessie war, legte sie ihren Rucksack auf das Bett, um ihn als Kissen zu benutzen, und half dem Mädchen, sich hinzulegen. Brady holte eine Rettungsdecke heraus und legte sie über sie.

Macy wickelte sie um ihre dünnen Schultern. »Ruh dich etwas aus.«

Das Mädchen nickte, ihre Augen schlossen sich bereits.

Sie streichelte Jessies Bein, dann half sie Brady weiter, den Boden ihres Unterschlupfs zu legen. Sie gingen nach draußen, um das Feuer zu überprüfen, als sie fertig waren.

Hannah saß im Schneidersitz auf einem Flecken Erde in der Nähe der Flammen. Sie schaute auf, als sie neben ihr stehen blieben. »Wird es Jessie gut gehen?«

Macy hoffte es sehr.

»Sie hatte ein paar harte Tage«, sagte Brady. »Ich hoffe, dass sie sich besser fühlt, wenn sie sich etwas ausgeruht hat.«

Hannahs Stirnrunzeln vertiefte sich. »Und wenn nicht?«

»Dann werden wir das klären, wenn es soweit ist. Im Moment denke ich, dass wir alle etwas Schlaf brauchen.« Er streckte dem Mädchen eine Hand entgegen. Sie nahm sie, und er zog sie hoch. »Geh rein und leg dich zu deiner Schwester. Eure Körperwärme wird helfen, euch gegenseitig warm zu halten.«

Macy sah ihr nach, wissend, dass sie sich Sorgen um ihre kleine Schwester machte. So wie Macy auch. Sie hatten heute einige Kilometer zurückgelegt, aber das Mädchen hatte einen Großteil der Wanderung auf Bradys Schultern verbracht. Sie hoffte, dass es nur die Erschöpfung war und nichts Ernsthafteres.

BRADYS ATEM STIESS WEISSE WÖLKCHEN VOR SEINEM GESICHT aus, während er in die Dunkelheit des Unterstands starrte. Er konnte Hannah und Jessie leise schnarchen hören und war froh, dass sie etwas dringend benötigte Ruhe bekamen. Der Unterschlupf war besser gelungen, als er gehofft hatte. Er bot einen guten Schutz vor dem Wind und hielt die Wärme ihrer Körper und vom Feuer draußen, wodurch die Temperatur im Inneren gerade so weit anstieg, dass es nicht fror.

Macy bewegte sich gegen ihn, was ihn daran erinnerte, warum er noch wach war. Nachdem sie einige Steine in der Nähe des Feuers erhitzt und dann nach innen gebracht hatten, um warm zu bleiben, legten sie sich zu den Kindern und nutzten die zweite Rettungsdecke für sich. Leider bedeutete das, dass sie eng beieinander bleiben mussten, um darunter zu passen. Ihr Hinterteil war jetzt seit über einer Stunde gegen seine Vorderseite gepresst. Er würde sich wegdrehen, aber er wusste, dass ihre Positionen sie gegenseitig warm hielten.

Anfangs hatte es ihn nicht gestört. Sie hatten sich darauf

konzentriert, warm zu werden. Aber jetzt? Jetzt wünschte er, er hätte für jeden von ihnen eine eigene Decke eingepackt.

Sie seufzte und drehte sich um, um ihn anzusehen. »Was?«

Er runzelte die Stirn. »Hm?«

»Ich kann hören, wie du denkst. Was?«

»Nichts.«

»Quatsch. Warum schläfst du nicht?«

»Warum schläfst du nicht?«

»Weil du nicht schläfst. Ich kann mich nicht entspannen, wenn du so angespannt hinter mir bist. Was stört dich?«

Das war ein Thema, auf das er sich nicht einlassen wollte. Er zuckte mit den Schultern. »Kann einfach nicht schlafen.«

Sie bewegte sich, und ihr Oberschenkel streifte den Grund, warum er noch hellwach war. Flüche schossen durch seinen Kopf. Er hatte sein Bestes getan, um diesen Teil seiner Anatomie von ihr fernzuhalten, wissend, dass es die Dinge nur noch schlimmer für ihn machen würde.

Macy erstarrte. Sie hob ihren Kopf ganz langsam, um ihn anzusehen.

Er schluckte und betete, dass sie es – ihn – ignorieren würde. Es war nicht ihre Schuld, dass sein Körper so auf sie reagierte. Ihre Situation war kaum der Ort, um sich vorzustellen, wie sie nackt und sich windend unter ihm lag, aber sein Körper kümmerte sich nicht darum. Er könnte fast tot sein und würde diese Frau immer noch begehren.

Sie rückte näher. Bradys Muskeln spannten sich an.

»Wenn wir zurück sind, kümmere ich mich darum.« Ihre geflüsterten Worte gingen direkt in seinen Schritt. Er pulsierte hinter dem Reißverschluss seiner Hose.

Mit einem Stöhnen drehte er sie um und beseitigte die Versuchung, sie bewusstlos zu küssen. Sie kicherte und rutschte zurück, ihr Hintern berührte seine Hüften. Er stöhnte erneut und schob sie nach vorne, um etwas Platz zu schaffen.

»Macy, bitte.« Sein ersticktes Flehen war alles, was er über seine Lippen bringen konnte. Er brauchte seine ganze Konzentration, um seine Begierde zu zügeln. Er wollte sein Gesicht in ihren Nacken vergraben und seine Hände über ihren köstlichen Körper laufen lassen.

»Na gut.« Sie sah zurück. »Ich benehme mich. Aber alle Wetten sind ungültig, sobald wir zu Hause sind. Ich bin es leid, dieses Hin und Her, Brady. Letzte Woche kann nicht einfach eine Anomalie sein. Irgendwas muss passieren.« Sie drehte sich um und kuschelte sich in ihre Matratze aus Kiefernnadeln.

Brady unterdrückte ein weiteres Stöhnen, diesmal aus Frustration, und legte seinen Kopf ab. Wie zum Teufel sollte er nach so etwas schlafen? Verdammte Frau hatte ihn ganz durcheinander gebracht. Er wollte doch nur sein Leben leben. Unkompliziert. War das zu viel verlangt?

Er bewegte sich, um mehr Platz in seiner Hose zu schaffen. Es war jedoch zwecklos. Er war dazu bestimmt, heute Nacht mit einer Erektion zu schlafen. Mit einem Seufzer schloss er die Augen und zwang seinen Verstand abzuschalten. Wenn er morgen etwas taugen sollte, musste er ruhen. Er zwang seine Gedanken zu banaleren Dingen, wie all die Rancharbeiten, die er erledigen musste, sobald sie zurückkehrten. Es half, und er wurde schläfrig, seine Augen blieben von selbst geschlossen. Macys Duft umhüllte ihn. Ihre Erdigkeit und der Hauch von Shampoo, der übrig geblieben war, reichten aus, um ihn in einen unruhigen Schlummer zu lullen.

Mehrere Stunden später wachte er mit einem Ruck auf, schaute sich im schwachen Inneren des Unterstands um, unsicher, was ihn geweckt hatte. Es war dunkel. Ihr Feuer bestand jetzt nur noch aus Glut, und Wolken verdeckten den Mond und die Sterne. Der Schnee hatte aufgehört, aber nicht bevor mehrere Zentimeter den Boden bedeckten.

Jessie stöhnte und bewegte sich, hustete im Schlaf. Brady runzelte die Stirn und setzte sich auf. Das war neu. Er kroch unter der Rettungsdecke hervor und versuchte, niemanden sonst zu wecken, aber das knisternde Material machte es unmöglich, keinen Lärm zu machen. Macy holte tief Luft und setzte sich neben ihn.

»Was ist los?«

»Ich will nach Jessie sehen«, flüsterte er. »Sie hustet.«

»Was?« Sie drehte sich um, um ihre Schwester im schwachen Licht anzusehen. Das kleine Mädchen hustete wieder, was Macy in Bewegung setzte. Sie schob die Decke weg und kroch zu ihr hinüber, legte eine Hand auf ihre Stirn.

»Sie glüht, Brady.«

»Verdammt. Ich hatte befürchtet, dass das passieren würde. Sie hat das Flusswasser eingeatmet. Gott weiß, was da alles drin schwamm.«

»Glaubst du, sie hat eine Lungenentzündung?«

Er nickte. »Ich würde es nicht bezweifeln. Ich weiß, es ist noch dunkel, und wir hatten nur ein paar Stunden Schlaf, aber wir müssen los. Sie braucht einen Arzt.«

Macy zögerte nicht. Sie weckte Hannah auf. »Han. Wach auf. Wir müssen gehen.«

Das Mädchen gähnte und setzte sich auf. »Was? Warum?«

»Jessie hat Fieber. Wir müssen zurück in die Zivilisation.«

Hannah sah ihre Schwester an, sah ihre geröteten Wangen selbst im verdunkelten Innenraum, und krabbelte aus der Decke.

Jessie rührte sich. »Mama?«

Macy strich ihr durchs Haar. »Schh. Ich bin's, Macy, Liebling. Ruh dich weiter aus. Wir packen zusammen.«

»Mir geht's nicht so gut.«

»Ich weiß. Deshalb brechen wir jetzt auf. Du ruhst dich aus. Wir holen dich, wenn wir bereit sind.«

»Okay.« Ihre Augen schlossen sich wieder.

Brady zog an Macys Arm und bedeutete ihr, ihm nach draußen zu folgen. Als sie in der Nähe der Feuerstelle waren, beugte er seinen Kopf nahe an ihren. »Sie kann hier nicht rauslaufen, und ich glaube, sie ist zu schwach, um auf meinen Schultern zu sitzen.«

»Wirst du sie den ganzen Weg tragen?«

»Ich würde gerne eine Art Geschirr basteln. Sie auf meinen Rücken schnallen oder so, damit ich die Hände frei habe.«

»Wir haben das letzte Seil für den Unterstand verwendet.«

»Dann reißen wir ihn ab. Ich kann sie keine vierundzwanzig Kilometer über dieses Gelände tragen. Nicht, wenn sie sich nicht festhalten kann.«

»Okay. Dann lass uns an die Arbeit gehen.« Sie ging zurück in ihren Unterschlupf, nahm seinen Rucksack und reichte ihn ihm.

Er stellte ihn direkt vor die Tür und folgte ihr hinein. »Hannah, nimm etwas von dem Bettzeug und bring es nach draußen.« Er hob Jessie in seine Arme.

Das ältere Mädchen tat, worum er gebeten hatte, und er legte Jessie auf die Kiefernzweige in der Nähe der Überreste des Feuers, dann ging er, um Macy zu helfen, das Seil zu lösen und es von den Bäumen abzuwickeln, die sie zusammengebunden hatten. Sobald er das Seil frei hatte, nahm er es, seinen Rucksack und eine der Rettungsdecken und ging zu dem Mädchen.

»Was ist dein Plan?«, fragte Macy.

»Wir werden eine Art Tragebündel machen.« Er nahm seinen Rucksack von seinem Aluminiumrahmen und legte ihn beiseite, dann legte er den Rahmen flach hin und breitete die Rettungsdecke darüber aus. Er zog seine Jacke aus und legte sie über die Decke, dann hob er Jessie von ihrem improvisierten Bett und legte sie obendrauf, immer noch zusammengerollt, wickelte die Jacke und die Decke um sie herum, bevor er das Seil benutzte, um sie am Rahmen zu befestigen.

»Das ist irgendwie genial«, sagte Hannah.

»Ich hoffe nur, dass es für sie nicht zu unbequem ist.« Er sammelte das überschüssige Seil, spulte es auf und band es an den Rahmen, dann kippte er den Rahmen nach oben, um zu sehen, wie sehr sie sich bewegte, wenn er vertikal war. Sie sackte ein wenig, aber es war minimal. »Okay. Bringen wir das hier in Gang. Hannah, du musst Macys Rucksack tragen. Sie muss meinen tragen.«

Das Mädchen nahm Macys Tasche und warf sie über ihre Schultern.

»Macy, hilf mir, sie auf meinen Rücken zu bekommen.« Er hob Jessie hoch und schob einen Arm durch den Riemen. Macy stabilisierte den Rahmen, während er seinen anderen Arm durchschob. »Sitzt sie gut?« Er schaute über seine Schulter, konnte aber nicht viel sehen.

»Ich glaube schon.« Macy beugte sich, um die Position des Mädchens zu überprüfen. »Sie hat sich ziemlich gut unten eingenistet, und ihr Gesicht ist frei von deiner Jacke und der Decke. Ich denke, es passt.«

»Super.« Er klickte den Hüftgurt ein. »Bist du fertig?«

Sie kippte einen Haufen Schnee auf ihr Feuer, rührte es um und gab mehr Schnee hinzu, bevor sie seinen Rucksack über ihre Schultern warf, wobei sie die andere Rettungsdecke durch die Schulterriemen gewebt als Hüftgurt benutzte, um etwas vom Gewicht der Tasche abzufangen. »Jetzt bin ich es. Lass uns gehen.«

Brady zögerte nicht. Er machte sich mit der Taschenlampe in der Hand auf in die Dunkelheit. Er betete, dass die Batterien bis zum Tagesanbruch durchhalten würden. Gerade jetzt über einen Baumstamm im Dunkeln zu stolpern, stand nicht auf seinem Plan.

KAPITEL

Zwölf

»Verdammt nochmal.« Macy starrte über den Rand der dreißig Meter hohen Klippe. Sie würde nie wieder in so bergigem Gelände campen. Ihre Schultern sackten nach unten, ihr Körper war erschöpft. Diese Klippe war das letzte Hindernis auf ihrer Reise, bevor sie den Talboden und die nur wenige Kilometer entfernte Stadt erreichen würden.

»Wie kommen wir da runter? Wir haben kein Seil mehr«, sagte Hannah.

»Doch, wir müssen nur Jessies Trage auseinandernehmen.« Brady schüttelte einen Arm aus seinem Rucksackgestell. Macy half ihm, Jessie zu stabilisieren, während er seinen anderen Arm befreite und sie auf den Boden absetzte.

Er band das Mädchen vom Gestell los und lehnte sie gegen einen Felsblock. Sie schaute ihn mit glasigen, fiebrigen Augen an, ihre Wangen waren trotz der kühlen Luft noch immer gerötet.

»Sind wir bald zu Hause?«

»Noch ein paar Kilometer, Süße. Du machst das großartig.

Wir müssen nur diese Klippe hinunter, dann haben wir's geschafft.«

»Gut.« Sie hustete heftig. »Denn es fällt mir schwer zu atmen.«

Angst wühlte in Macys Magen. Sie drängte sie zurück, wissend, dass es ihnen nicht helfen würde. Stattdessen sammelte sie das Seil und band es mit einem Halbmastwurf durch einen Karabiner um den Felsblock, dankbar für die Länge des Seils, das es ihnen ermöglichen würde, es zu verdoppeln und am Fuß der Klippe wieder einzuholen. Sie warf das Seil über die Kante und zog daran, um sicherzustellen, dass es fest war.

»Alles klar?«, fragte Brady.

Macy nickte.

»Okay. Du gehst zuerst runter. Ich lasse dir die Mädchen nach, dann komme ich als Letzter.«

Entschlossenheit überwand die Angst, die ein Loch in Macys Bauch brannte. Der Knoten, den sie gebunden hatte, war stark. Solange sie sich festhielt und Bradys Hände nicht abrutschten, würde sie in Ordnung sein. Hannah auch.

Er fand seine Handschuhe in seinem Rucksack, zog dann die richtige Seite des Seils hoch und formte daraus eine Schlinge. Macy trat vor und in den Gurt. Er schnitt in ihre Oberschenkel und ihren Hintern, aber er würde halten.

Brady fing ihren Blick für einen Moment ein, als sie am Rand anhielt und zu ihm aufsah. Beide erkannten, dass das, was sie versuchten, gefährlich war. Aber es ließ sich nicht vermeiden. Sie mussten ins Tal hinunter. Zu laufen, bis sie einen anderen Weg hinunter fanden, war keine Option. Jessies Fieber stieg weiter an und sie keuchte jetzt.

Er umfasste ihre Wange. »Sei vorsichtig.«

»Werde ich. Lass mich nicht fallen.«

»Keine Chance.«

Macy schluckte schwer bei der Emotion, die in seinen Augen leuchtete. Sie stellte sich auf die Zehenspitzen und drückte einen schnellen Kuss auf seine Lippen. »Wir sehen uns unten.«

Er nickte, holte tief Luft und wickelte seine Arme in das Seil. »Bereit?«

»Ja.« Sie umklammerte das Seil und trat über die Kante. Es zwickte ihre Haut, ließ sie zusammenzucken, aber sie machte weiter. Blutergüsse würden verblassen. Sie ging in gleichmäßigem Tempo die Klippe hinunter, dankbar für Bradys Kraft. In wenigen Minuten erreichte sie den Boden und stieg aus dem Gurt. Er segelte die Klippe hinauf, als Brady ihn wieder einholte. Eine Minute später erschien Hannah am Rand. Macy sah mit angehaltenem Atem zu, wie das Mädchen den Weg nach unten fand, und atmete erst erleichtert auf, als sie nach oben greifen und sie festhalten konnte.

»Lass uns dich hier rausbringen und Jess runterholen.« Sie half Hannah aus dem Seil und blickte dann nach oben. Brady stand am Rand und beobachtete. Er zog das Seil hoch, sobald Hannah frei war.

»Geht es dir gut?«

Hannah nickte. »Ich mache mir nur Sorgen um Jessie.«

»Ich auch. Aber wir werden sie bald zu Hilfe bringen.«

»Ich weiß. Es kann nur nicht schnell genug gehen.«

Das war die Wahrheit. Ameisen krabbelten durch Macys Körper. Sie wollte Jessie hier unten und jetzt in den Händen von medizinischen Fachleuten haben. Es würde jedoch mindestens eine Stunde dauern, bis sie die Stadt erreichten. Aber das Ende war in Sicht.

»Achtung!«

Bradys Ruf zog ihre Aufmerksamkeit auf sich. Sie blickten nach oben und sahen Jessie in einem improvisierten Gurt über die Kante kommen. Er hatte eine Schlinge unter ihre Arme gelegt, damit sie nicht nach hinten kippen und herausfallen konnte. Macy wartete, trat von einem Fuß auf den anderen, während er sie abließ, bis sie in Reichweite war. Sie und Hannah packten das Mädchen und führten sie zum Boden, befreiten sie aus dem Gurt, damit Brady ihn wieder hochziehen und sich selbst herunterlassen konnte.

Sie entfernten sich von der Basis, um ihm Platz zu machen. Macy starrte nach oben und wünschte sich, er würde bald erscheinen. Jessies Atmung war schlimmer und ihre Farbe war schrecklich. Ihre Lippen waren blau.

Das Seil fiel über die Seite und landete auf dem Boden, wo sie gestanden hatten. Bradys große Gestalt erschien oben, hielt nur einen Moment inne, bevor er über die Kante trat. Er schlang das Seil um seine Unterschenkel und verriegelte seine Knöchel darüber, um eine Bremse zu schaffen. Er rutschte in einem langsamen, aber stetigen Tempo hinunter, seine Arme spannten sich an, als er sich Hand über Hand hinunterließ.

Auf halbem Weg rutschte sein Fuß ab und das Seil löste sich von seinen Beinen. Macy stieß einen Schrei aus und trat näher, ihr erster Instinkt war, ihn aufzufangen. Seine Hände umklammerten das Seil über ihm und rutschten, bis es ihm gelang, seinen Abstieg zu stoppen, aber nicht bevor er gegen die Klippe krachte und seinen Kopf am Felsen anschlug.

»Brady!«

»Mir geht's gut!« Er blickte zu ihr hinunter.

Macy konnte Blut an seiner Gesichtsseite sehen. Ihm ging es nicht gut, aber sie konnte ihm nicht helfen, bis er unten ankam. »Kannst du das nicht noch einmal machen?«

»Hab's beim ersten Mal nicht mit Absicht gemacht.«

»Bring einfach deinen Hintern hier runter.«

Er brummte etwas, das sie nicht verstehen konnte, und begann wieder abzusteigen. Macy kramte in seinem Rucksack nach dem Erste-Hilfe-Kasten und empfing ihn damit, als seine Füße den Boden berührten. Sie packte seinen Kopf, bevor er das Seil loslassen konnte, und drückte etwas Gaze auf die Wunde, aus der Blut sickerte.

»Aua. Verdammt, Macy.«

»Hey, ich bin nicht diejenige, die ihren Kopf an einer Klippe angeschlagen hat. Halt still, damit ich die Blutung stoppen kann.« Sie drückte fester und er fluchte erneut.

»Mir geht's gut.« Er legte seine Hand über ihre und nahm die Gaze. »Klebe einfach ein paar Pflaster drauf. Wir müssen weitergehen.«

Macy runzelte die Stirn, wühlte aber im Kasten nach den Verbänden und fand sie schnell. »Du musst dich setzen oder knien. Ich kann es nicht gut genug erreichen.«

Er ging auf die Knie. Sie teilte sein Haar und fand den Schnitt. Sie tupfte mit der Gaze darauf, wischte mehr Blut weg und strich dann mit einem Alkoholtupfer darüber, um ihn zu reinigen. Er zischte, bewegte sich aber nicht. Sie tat ihr Bestes, um einige Klammerpflaster darüber zu legen, in der Hoffnung, dass sie die Blutung stoppten. »Ich weiß nicht, wie gut das halten wird. Deine Haare sind im Weg.«

»Es wird schon gehen.« Er stand auf. »Komm, lass uns Jessie wieder in die Trage legen und weitergehen. Wir sind nur noch ein paar Kilometer von der Stadt entfernt.«

Hannah kam herüber und nahm Macy die Erste-Hilfe-Utensilien ab, verstaute sie, während Brady am Seil zog. Er und Macy wickelten Jessie ein und legten sie wieder auf Bradys Rücken. Sie machten sich mit schnellerem Tempo als zuvor durch die Bäume auf den Weg. Nach etwa einem Kilometer begann Jessie zu husten. Harte, erschütternde Hustenanfälle, die ihren kleinen Körper zusammenfalteten.

Brady hielt an, damit Macy nach ihr sehen konnte. Zu ihrem Entsetzen waren Blutflecken auf Jessies Ärmel zu sehen.

»Brady. Sie hustet Blut.«

»Was? Scheiße. Okay, lass uns weitergehen.«

»Warte.« Sie ergriff seinen Arm, um ihn aufzuhalten.

»Warten? Worauf? Wir haben keine Zeit dafür.«

»Nein, haben wir nicht. Hannah und ich verlangsamen dich. Du kannst dich schneller bewegen als wir beide. Lauf voraus. Wir treffen dich in der Stadt. Ich kenne den Weg.«

»Nein, ich will euch beide nicht allein hier draußen lassen.«

»Wir sind nur etwa einen Kilometer von der Stadt entfernt. Uns wird nichts passieren. Du verschwendest mehr Zeit mit Diskutieren.«

Sein Mund wurde flach, aber Macy wusste, dass sie Recht hatte. Er könnte Jessie schneller Hilfe holen, wenn er allein wäre, als wenn er zurückbliebe, um sich ihrem Tempo anzupassen. Sie wusste, dass er das auch wusste, nach dem Blick in seinen Augen zu urteilen.

»Verdammt. Ich hasse es, wenn du Recht hast. Okay. Ich werde die Polizei informieren, wo ihr seid, damit sie nach euch Ausschau halten.« Er berührte ihre Wange. »Bitte sei vorsichtig.«

Macy legte ihre Hand über seine und nickte. »Das werden wir. Geh.«

Er warf ihnen einen letzten langen Blick zu, dann lief er los, seine langen Beine verschlangen den Boden und trugen ihn ins dichte Laub außer Sichtweite.

Sie schaute Hannah an, der Tränen übers Gesicht liefen. »Hey. Hey, es wird ihr gut gehen.«

»Bist du sicher?«

Sie war es nicht, aber sie würde Hannah das auf keinen Fall sagen. »Brady wird sie im Nu zu Hilfe bringen. Die Ärzte werden sich gut um sie kümmern. Komm, lass uns auch nach Hause finden.«

Hannah nickte und folgte ihr tiefer in die Bäume.

BRADY RANNTE SO SCHNELL ER ES WAGTE. JESSIE HÜPFTE AUF seinem Rücken herum, protestierte aber nicht. Das beunruhigte ihn. Wenn sie sich wohl fühlte, würde sie ihm jetzt wegen der holprigen Fahrt die Hölle heiß machen. Ihre Stille trieb ihn schneller an. Sein Kopf pochte und Blut sickerte noch immer sein Gesicht herunter, aber er ignorierte es. Seine Priorität war, Hilfe zu erreichen.

Innerhalb von fünfzehn Minuten erreichte er den Stadtrand und brach durch die Bäume in jemandes Hinterhof. Er lief zur Hintertür und hämmerte gegen das Holz, betend, dass jemand zu Hause war. Er wartete eine halbe Minute, aber niemand antwortete. Er lief nach vorne, überblickte die Straße und steuerte ein Haus mit einem Auto in der Einfahrt an.

Er nahm die Stufen zur Veranda in einem Schritt und drückte auf die Türklingel. Durch das Glas konnte er einen Mann um die Ecke kommen sehen. Brady atmete erleichtert auf, als die Tür aufschwang.

»Kann ich Ihnen helfen?« Der Mann stand mit leicht geöffneter Tür und musterte Bradys große, zerzauste Gestalt von oben bis unten.

»Ja. Mein Name ist Brady Archer. Meine Freunde und ich wurden in dem Regensturm neulich Nacht überrascht und es gab einen Erdrutsch. Ich muss Sie bitten, einen Krankenwagen zu rufen.« Er deutete auf seinen Rücken. »Sie wurde im Fluss mitgerissen und hat eine Lungenentzündung entwickelt.«

Der Mann starrte ihn einen Moment an, öffnete dann die Tür weiter, um hinter Bradys Rücken zu schauen und das Kind zu sehen, das in dem improvisierten Tragesack eingebettet war.

»Oh mein Gott. Bitte kommen Sie herein.« Er trat zurück und winkte ihn herein.

Brady trat über die Schwelle und streifte einen Arm aus seinem Rucksackgestell.

»Hier, lassen Sie mich helfen.« Der Mann kam herum, um zu helfen, Jessie von Bradys Rücken zu bekommen. Sie legten sie auf den Boden, und Brady band sie los. Ihre Glieder entfalteten sich, als er sie aus den Seilen und der Decke befreite, schlaff. Sie öffnete die Augen, um ihn für einen kurzen Moment anzusehen.

»Mama?«

»Wir werden deine Mama erreichen, Süße. Aber du wirst zuerst eine Fahrt im Krankenwagen machen.« Brady schaute zu dem Fremden auf. »Wo ist Ihr Telefon?«

»Oh, richtig.« Der Mann zog ein Handy aus seiner Tasche und wählte den Notruf, um die Situation zu melden.

Nachdem er einen Krankenwagen unterwegs hatte, bedeutete Brady ihm, das Telefon zu übergeben. Der Mann reichte es ihm. Er identifizierte sich bei der Disponentin, die ihre Erleichterung darüber ausdrückte, dass er und die anderen in Sicherheit waren. Er dankte ihr und bat darum, zu Seb durchgestellt zu werden.

Er stieß einen Atemzug aus und fuhr sich mit der Hand durch die Haare, während er darauf wartete, dass der Anruf durchgestellt wurde, und spürte den Stich, als einige der Strähnen sich aus den Klammerpflastern auf seiner Kopfhaut lösten. Seine Energie ließ nach, und plötzlich konnte er all seine Schmerzen und Beschwerden spüren, als das Adrenalin nachließ.

»Brady! Gott sei Dank. Geht es allen gut?« Sebs tiefe Stimme kam über die Leitung und holte ihn aus seinen Gedanken.

»Größtenteils. Jessie ist ziemlich krank. Sie ist in den Fluss gefallen und hat Wasser eingeatmet. Jetzt hat sie Fieber und hustet. Ich glaube, sie hat eine Lungenentzündung entwickelt. Ich bin in einem Haus in-« Er brach ab und schaute den Fremden an. »In welcher Stadt sind wir hier?«

»Benson.«

Er nickte und wandte sich wieder dem Telefon zu. »Ich bin in Benson. Macy und Hannah sind noch auf dem Weg in die Stadt. Jessies Lippen sind blau und sie hustet Blut. Wir sind die Klippen westlich der Stadt hinuntergeklettert, und ich bin losgerannt. Abgesehen von ein paar Prellungen und blauen Flecken geht es dem Rest von uns gut.«

»Herrgott. Ein Krankenwagen ist unterwegs, richtig?«

»Ja. Kannst du Denise anrufen und sie bitten, uns im Krankenhaus zu treffen? Wo auch immer sie hingebracht wird? Ich vermute, sie könnten sie sogar nach Denver ausfliegen. Sie ist in einem schlechten Zustand, Seb.«

»Ich werde sie selbst dorthin bringen. Du sagtest, Macy und Hannah sind nicht bei dir?«

»Noch nicht. Sie sind wahrscheinlich nicht weit hinter mir.«

»Ich werde mit der Polizei in Benson in Kontakt treten und auch einen Deputy in diese Richtung schicken. Wir werden euch alle wieder zusammenbringen.«

Brady holte zitternd Luft, der Adrenalinstoß traf ihn. Er schluckte schwer. »Okay.« In der Ferne waren Sirenen zu hören. »Ich muss los. Der Krankenwagen ist fast hier.«

»In Ordnung. Wir sehen uns bald. Ich bin froh, dass es dir gut geht.«

»Ich auch. Sprich ein Gebet für Jessie.«

»Das werde ich.«

Sie verabschiedeten sich und legten auf. Brady gab dem Mann sein Telefon zurück. »Danke. Wie heißen Sie?«

»Wally. Wally Treacher. Sie sagten, es gibt mehr von Ihnen?«

Brady nickte. »Ich war mit einer Freundin und ihren beiden jüngeren Schwestern campen. Unser Campingplatz wurde überflutet, und wir sind mitten in der Nacht abgehauen, nur um von einem Erdrutsch von der Straße gefegt zu werden.«

»Ich habe davon gehört. Sie haben Ihr Auto gefunden.«

»Ich habe mich gefragt, ob sie das tun würden. Wir konnten aber nicht dort bleiben. Das Wasser stieg.«

»Ja. Es war flussabwärts vom Erdrutsch. Es ist erstaunlich, dass Sie alle den Sturz überlebt haben.«

»Wir hatten Glück, das ist sicher.« Die Sirenen kreischten vor der Tür zum Stillstand. Er schaute auf Jessie hinunter, deren Atmung weiterhin mühsam war, während Herr Treacher zur Tür ging, um zu öffnen. Der Sanitäter und der Rettungssanitäter folgten ihm ins Wohnzimmer. Brady trat zurück, um ihnen Platz zum Arbeiten zu geben.

Wie er vorhergesagt hatte, riefen sie einen Hubschrauber an, um das Mädchen ins Kinderkrankenhaus in Denver zu bringen. Er lehnte sich gegen die Couch und beobachtete, wie sie sie für den Transport vorbereiteten, als Unruhe an der Haustür seine Aufmerksamkeit auf sich zog. Macys rotbrauner Kopf erschien um die Tür herum. Er sprang auf die Füße, erreichte sie und Hannah in wenigen Schritten und umarmte beide.

»Wie geht es ihr?« Macy zog sich zurück.

»Nicht schlimmer als als ich euch verließ, aber sie ist immer noch sehr krank.«

Hannah machte ein paar Schritte näher, dann drehte sie sich um, um zu Brady aufzuschauen, bevor sie vorwärts ging und ihre Arme um seine Taille schlang. Ihre kleinen Schultern zitterten, als sie Schluchzer zurückhielt.

Er umarmte sie fest und rieb ihren Rücken. »Sie ist jetzt in guten Händen. Ich habe dir gesagt, dass ich sie zu Hilfe bringen würde.«

Sie schniefte und schaute zu ihm auf. »Danke. Nicht nur dafür, dass du sie hierher gebracht hast, sondern auch dafür, dass du sie gerettet hast.« Sie umarmte ihn erneut. »Danke«, sagte sie, ihre Stimme nicht mehr als ein wackeliges Flüstern.

»Gern geschehen.« Er erwiderte ihre Umarmung, dankbar, dass er da gewesen war, um zu helfen.

Dreizehn

Macy schob ihre feuchten Haare aus dem Gesicht und lehnte sich in dem unbequemen Stuhl am kleinen Tisch im Ärztezimmer zurück, während sie darauf wartete, dass Hannah mit dem Duschen fertig wurde. Die Sanitäter hatten darauf bestanden, dass alle drei untersucht werden sollten, also ließen sie sich von Sebs Deputy zum Krankenhaus in Silver Gap fahren, anstatt zur örtlichen Notaufnahme zu gehen. Sie alle wollten lieber nach Hause, als in einer Einrichtung festzusitzen, die über eine Stunde entfernt war. Das Personal versorgte ihre Schnittwunden und klebte Bradys Kopfwunde, dann gab man ihnen jeweils einen Satz Kasacks und erlaubte ihnen, das Ärztezimmer zum Duschen zu benutzen. Jessie war mittlerweile in Denver, nachdem sie kurz nachdem Macy und Hannah Benson erreicht hatten, ausgeflogen worden war. Es war noch zu früh für Neuigkeiten über das Mädchen, was bedeutete, dass Macy ein emotionales Wrack war. Sicher war ein Teil davon auf den Schlafmangel zurückzuführen.

Die Tür zur Männerdusche öffnete sich, und Brady kam heraus. Auch er trug grüne Kasacks, aber sie sahen an ihm unendlich besser aus als an ihr. Seine breiten Schultern dehnten die Nähte seines Oberteils. Die kurzen Ärmel zeigten seine kräftigen Arme und einen Teil seiner Tattoos. Die Hose schmiegte sich an seine Hüften und muskulösen Oberschenkel. Das gesamte Outfit wurde jedoch ruiniert, als ihr Blick seine Beine hinunter zu seinen Füßen wanderte, wo seine Kasackhose etwa zehn Zentimeter über seinen Knöcheln endete und über seine Wanderstiefel streifte.

Sie kicherte und bedeckte ihren Mund, um weiteres Lachen zu unterdrücken. »Tut mir leid. Alles passt super, außer in der Länge.«

»Nur zu, lach ruhig. Ich weiß, dass ich lächerlich aussehe. Die Schwester sagte mir, das sei das Beste, was sie hätten. Anscheinend bestellen sie längere Hosen speziell für Mitarbeiter, die sie brauchen, und halten keine Extras vorrätig.«

Macy lachte. »Na ja, zumindest musst du sie nicht lange tragen.«

»Ja. Wo ist Hannah? Ich bin bereit, nach Hause zu fahren.«

»Sie müsste jeden Moment fertig sein. Sie wollte vor dem Duschen etwas essen, also bin ich zuerst gegangen.«

Er kam herüber und setzte sich neben sie, wobei er seine Tasche mit der schmutzigen Kleidung zu seinen Füßen stellte. »Was hat sie gegessen? Richtiges Essen klingt gut.«

»Maggie ist losgegangen und hat ihr einen Cheeseburger geholt.«

»Und sie hat nichts für uns geholt?«

»Echt jetzt?« Sie machte eine Handbewegung. »Sie war mit Hannah im Behandlungszimmer, also hatte sie keine Ahnung, dass wir dasselbe wollten. Wir können auf dem Weg zur Ranch bei Boone's vorbeifahren.«

Er nickte und starrte geradeaus.

»Hey.« Sie legte eine Hand auf seinen Oberschenkel. »Alles in Ordnung?«

Er sah sie an. »Ja. Ich denke nur an Jessie und wie sehr sie auch einen Cheeseburger wollte. Es ist irgendwie scheiße, dass sie ihn nach allem, was sie durchgemacht hat, noch nicht haben kann.«

Macy lehnte sich zu ihm und legte ihren Kopf auf seine Schulter. »Du hast so schnell wie möglich Hilfe geholt. Ich glaube fest daran, dass sie wieder gesund wird.«

»Ich auch.«

Zu ihrer Überraschung griff er hinüber und verschränkte seine Finger mit ihren, wo sie auf seinem Bein ruhten. Sie schlang ihren anderen Arm um seinen Bizeps und genoss den Kontakt. Den Trost, den er spendete.

Sie blieben so, bis Hannah ein paar Minuten später auftauchte. Brady löste sich von ihr und stand auf.

»Bist du bereit zu gehen?«, fragte er das Mädchen.

Sie nickte und hielt ihre Tasche mit schmutziger Kleidung mit beiden Händen fest. »Fahren wir nach Denver?«

»Nicht heute Abend«, sagte Macy und stand auf. »Im Moment können wir nichts für Jessie tun. Die Ärzte sind damit beschäftigt, Tests durchzuführen und ihr die richtigen Medikamente zu geben, damit es ihr besser geht. Das Beste, was wir für sie tun können, ist, eine gute Nachtruhe zu bekommen. Wir fahren morgen hin, okay?«

Hannah blieb stoisch, nickte aber. »Okay. Wo soll ich schlafen? Mom ist mit Jess in Denver.«

»Ihr kommt beide mit zu mir nach Hause«, sagte Brady.

Macy sah zu ihm hoch. Das war neu für sie. Sie hatte erwartet, mit Hannah in Denises Haus zu bleiben.

»Gut.« Hannahs Schultern entspannten sich. »Ich wollte wirklich nicht ohne Mom oder Jessie nach Hause gehen. Das wäre seltsam.«

»Heute Abend wird nichts Seltsames passieren«, sagte Macy und schob ihre Bedenken, bei Brady zu übernachten, um Hannahs willen beiseite. Sie ging vorwärts und hakte ihren Arm bei dem des Mädchens ein, führte sie zur Tür. »Wir werden bei Boone's vorbeischauen, damit Brady und ich etwas zu essen bekommen, dann halten wir an, um dir und mir etwas zum Anziehen zu holen, bevor wir zu seinem Haus fahren. Ich kann dir sagen, du wirst dich in seinem Gästezimmer sehr wohl fühlen. Die Matratze ist super.«

Hannah lächelte schwach. »Das klingt toll. Kann ich einen Milchshake bekommen?«

»Wie kannst du noch Hunger haben?«, fragte Brady, während er ihnen die Tür aufhielt und ihnen den Korridor hinunter folgte. »Diese Burger sind riesig. Und ich wette, es gab auch Pommes dazu.«

»Die gab es.« Sie lächelte zu ihm auf. »Ich möchte trotzdem einen Schokoladen-Shake.«

Er verdrehte die Augen, lächelte aber. »Na gut. Ich werde aber einen Banana-Shake nehmen.«

»Oh, den gibt's wieder? Den will ich auch.« Bei dem Gedanken lief Macy das Wasser im Mund zusammen. Sie wünschte, das Diner hätte diese Geschmacksrichtung das ganze Jahr über. Es war ihr Lieblingsshake. Sie beschleunigte ihren Schritt.

Sie verließen das Krankenhaus und gingen zu Bradys Truck, den sein Vater und sein Bruder früher abgestellt hatten. Der Anblick des glänzenden schwarzen Pickup ließ sie die Stirn runzeln.

»Warum runzelst du die Stirn?«, fragte Brady, während er die Türen aufschloss und sie einstiegen.

»Meine Versicherungsbeiträge werden in die Höhe schießen. Erst explodiert Maggies Auto und verursacht einen Haufen Dellen und Schrammen an meinem, jetzt rutscht es in einem Erdrutsch den Berg hinunter. Es ist gut, dass ich in der Stadt wohne, so dass ich zu Fuß zur Arbeit gehen kann. Ich werde es mir nicht leisten können, ein Auto zu unterhalten.«

Er lachte. »So schlimm wird es nicht. Nichts davon war deine Schuld.«

»Nein, aber irgendwo wird sich jemand meinen Antrag ansehen und sich fragen, was für ein Leben ich führe.«

»Hier ist es sicher nicht langweilig, das muss ich zugeben.« Er drehte den Schlüssel und fuhr vom Parkplatz.

Nach einem kurzen Halt an ihrem Haus für Wechselkleidung und dann bei Boone's waren sie auf dem Weg zur Ranch. Macy lehnte ihren Kopf an das Fenster und ließ ihre Augen zufallen. Sie verlor rapide an Energie. Sie hätte einfach in ihrem Haus bleiben sollen, aber erstens wollte sie Hannah nicht allein lassen. Das Mädchen hätte Brady, aber es war nicht dasselbe, wenn alles, was man wollte, die eigene Mutter war. Macy war das Nächste, was sie heute Abend bekommen würde.

Und zweitens wollte Macy nicht allein sein. Ohne jemanden, der sie ablenkte, und in der Stille ihres Hauses würde sie sich hin und her wälzen und sich Sorgen um Jessie machen. Die Anwesenheit anderer war beruhigend. Wenn sie zu Bradys zurückkämen, würde sie ihr Essen verschlingen und dann im Bett zusammenbrechen und zehn Stunden schlafen, im Wissen, dass sie sicher war. Sie würde sich nicht einmal umziehen, bevor sie sich hinlegte.

Der Truck holperte auf die Einfahrt der Ranch, und sie setzte sich auf, da sie merkte, dass sie ein wenig gedöst hatte. Brady fuhr am Heartwood vorbei und hielt nur an, um den Code einzugeben, um durch das Tor zur Hauptranch zu kommen. Er bog in Denises Einfahrt ein.

»Weißt du, ich habe gar nicht daran gedacht, dass wir einen Schlüssel brauchen, um reinzukommen. Han, hast du einen?«

Das Mädchen schüttelte den Kopf.

»Ich habe einen. Denise hat mir und Declan beiden einen gegeben für den Fall eines Notfalls.« Macy öffnete die Autotür. »Hast du noch meine Autoschlüssel?«

»Die sind in meinem Rucksack.« Er stieg aus und öffnete die Heckklappe, sprang hinein, um seinen Rucksack zu finden. Er fand die Schlüssel und reichte sie ihr.

Sie schaute auf den Rücksitz zu Hannah. »Willst du mit mir kommen, um ein paar Sachen zu holen, oder soll ich einfach ein paar Dinge für dich mitnehmen?«

»Ich komme mit. Ich will meinen bequemen Schlafanzug.« Hannah stieg aus und folgte Macy zum Haus. Brady kletterte zurück in den Truck, um zu warten.

Macy schloss die Haustür auf und ließ sie eintreten. Sie half Hannah, eine Tragetasche zu finden, und sie packten sie mit Schlafanzug, Wechselkleidung und einer neuen Zahnbürste voll. In Minuten waren sie zurück im Truck und fuhren die Straße hinunter zu Bradys Haus. Er fuhr in die Einfahrt und parkte den Truck in der Garage.

Das Garagentor rollte herunter, als Macy die Autotür öffnete und stolpernd ausstieg. Sie lehnte sich zurück in den Truck, um ihre Tragetasche, den Milchshake und die Tüte mit dem Essen zu holen. Brady nahm ihre Rucksäcke von der Ladefläche des Trucks und schloss die Innentür auf.

»Ich gehe ins Bett«, sagte Hannah, als sie in die Küche kam und ihren leeren Shake-Becher in den Müll warf.

»Okay. Ich komme später nach. Es sei denn, du möchtest keine Zimmergenossin?« fragte Macy. »Ich kann auf der Couch schlafen.«

»Nein, das ist in Ordnung. Ich glaube, ich würde heute Nacht lieber nicht alleine schlafen.«

Macy lächelte das Mädchen an, das so sehr versuchte, stark zu bleiben. Sie konnte sehen, dass alles, was Hannah tun wollte, war, eine gute Heulerei zu haben. Sie hoffte, dass sie sich das erlauben würde, sobald sie allein im Bett war. »Ich sehe dich dann in einer kleinen Weile. Gute Nacht.«

»Nacht.« Hannah schenkte ihr ein sanftes Lächeln und winkte.

»Ich zeige dir das Gästezimmer.« Brady bedeutete ihr, die Küche zu verlassen, und folgte ihr.

Seufzend nahm Macy einen Pappteller und den Ketchup aus dem Kühlschrank und legte ihr Essen aus. Sie war mit ihrem Burger halb fertig, als Brady wieder auftauchte.

»Ich habe den Ketchup für dich draußen gelassen.« Sie zeigte auf die Flasche auf der Theke von ihrem Platz am Tisch aus.

»Danke.« Er legte sein Essen auf einen Teller, fügte einen ordentlichen Spritzer Ketchup für seine Pommes hinzu, dann gesellte er sich zu ihr, nachdem er die Flasche weggestellt hatte.

»Hat sie sich gut eingelebt?«

Er nickte. »Ja. Ich denke, sie wird bald einschlafen.«

»Das ist auch mein Plan.« Sie stopfte sich einige Pommes in den Mund und spülte sie mit einem großen Schluck Bananen-Milchshake hinunter.

»Bei mir auch. Ich kann mich nicht erinnern, jemals so müde gewesen zu sein.«

»Ich auch nicht.«

Schritte ließen sie beide umdrehen. Hannah tapste in ihren Socken herüber.

»Ich habe das in Macys Rucksack gefunden, als ich nach meiner Haarbürste gesucht habe.« Sie hielt die Digitalkamera hoch.

»Ich hatte das völlig vergessen.« Brady nahm sie ihr ab. »Ich werde sie morgen früh zu Seb bringen. Danke.«

Das Mädchen nickte. »Nacht.«

»Gute Nacht.«

Macy starrte auf die Kamera in Bradys Hand. »Ich hatte sie auch vergessen. Ich habe immer noch keine Ahnung, wer das da hinten sein könnte.«

»Ich auch nicht. Es ist nur ein weiteres Rätsel in einem Jahr voller Rätsel.«

Das war die Wahrheit. Silver Gap sollte ein ruhiger, ereignis-loser Ort sein. Wenn sie Wildheit gewollt hätte, wäre sie vor all den Jahren in Los Angeles geblieben, als sie versucht hatte, Schauspielerin zu werden. Sie hoffte wirklich, dass sich die Dinge beruhigen würden. Der Stress machte ihr zu schaffen. Machte ihnen allen zu schaffen.

Er legte die Kamera ab und stand auf, ging zum Kühlschrank und öffnete den Schrank darüber.

Sie runzelte die Stirn und fragte sich, was er tat, bevor sie die Whiskeyflasche in seiner Hand sah.

Er drehte sich um und hielt sie hoch. »Willst du etwas davon?«

»Ja, verdammt.« Das war der gute Stoff. Es würde dafür sorgen, dass sie sofort einschlafen würde. Sie stand auf und spürte sofort das Gewicht ihrer Mahlzeit. »Ugh. Ich bin vollgestopft.« Sie legte eine Hand auf ihren vollen Bauch, dann brachte sie ihren leeren Teller zum Müll, um ihn zu entsorgen.

Brady nahm zwei Cognacgläser aus einem Schrank und goss einen Fingerbreit Whiskey in jedes Glas, dann reichte er ihr eines.

»Darauf, dass wir sicher zu Hause sind. Und auf die Hoffnung, dass Jessie vollständig genesen wird.« Er hielt sein Glas hoch.

»Hört, hört.« Sie stieß ihr Glas dagegen, dann kippte sie den glatten Likör hinunter. Er bahnte sich einen brennenden Weg zu ihrem Magen und hinterließ eine wohlige Wärme.

»Du sollst daran nippen, Mace.«

»Zu müde zum Nippen.« Sie stellte ihr Glas in die Spüle.

»Gutes Argument.« Brady schluckte den Rest seines Whiskeys hinunter und stellte beide Gläser in die Spülmaschine. »Bist du bereit, ins Bett zu gehen?«

Selbst erschöpft konnte sie das nicht durchgehen lassen. Sie sandte ihm ein kokettes Lächeln. »Warum, Brady Archer, machst du mir Avancen?«

Hitze flackerte in seinen Augen auf, aber er dämpfte sie, während er ihren Blick hielt. »Ist dein Kopf jemals nicht im Gutter?«

»Wenn es um dich geht? Nie.«

Seine Lippen wurden schmal, und er stieß sich von der Theke ab. »Nun, hör auf damit. Es wird nichts passieren. Nicht noch einmal.«

Ihre Hand schoss hervor, landete auf seiner Brust und hinderte ihn daran, wegzugehen. Wut wallte in ihr auf angesichts seiner anhaltenden Weigerung, auch nur eine Beziehung in Betracht zu ziehen. »Erinnerst du dich an das, was ich letzte Nacht gesagt habe? Ich meinte es ernst. Ich habe das Spiel satt.« Sie konnte es nicht mehr ertragen. Es war erschöpfend, und sie brauchte mehr im Leben als Flirten und das gelegentliche Unvermögen, die Hände bei sich zu behalten. »Ich sehe das auf zwei Arten enden.«

»Welche wären?«

»Erstens, wir brechen jeden Kontakt ab, interagieren nur, wenn wir es nicht vermeiden können, wie bei Familientreffen. Die Erfahrung zeigt, dass wir uns sonst küssen und andere Dinge tun, was diesen Schwebezustand, in dem wir uns befinden, nur verlängert. Ich weiß nicht, wie es dir geht, aber ich mag diese Option nicht. Ungeachtet der sexuellen Spannung zwischen uns mag ich dich, und wir sind schon lange befreundet. Ich würde das lieber nicht verlieren.«

Er runzelte die Stirn und starrte auf sie herab, diese stoische Maske an ihrem Platz, die sie wie üblich mit seiner Fähigkeit, nichts preiszugeben, frustrierte.

»Und die zweite Option?«

»Du hörst auf mit dieser fehlgeleiteten Vorstellung, dass Beziehungen für andere Leute sind, und gibst uns eine Chance. Ich bin nicht Peyton, Brady.«

Seine Stirnrunzeln vertiefte sich. »Ich weiß, dass du das nicht bist. Aber du kannst nicht ernst meinen, dass du eine lebenslange Freundschaft wegwerfen willst, weil ich dich nicht daten will?«

»Nein. Ich bin bereit zu gehen, weil ich, wenn ich es nicht tue, nie das Leben haben werde, das ich will. Mich nach dir zu verzehren, bringt mir keine Gesellschaft oder Liebe. Oder

Kinder. Es bringt mir Stress und Einsamkeit. Ich kann das nicht mehr.« Und das konnte sie nicht. Zuzusehen, wie ihre Freunde ihren Traum von Ehe und Familie lebten, tötete sie innerlich langsam. Taras Zwillinge zu halten, die Liebe und Freude auf dem Gesicht ihrer Freundin zu sehen, als sie ihre neugeborenen Babys ansah, ließ Macy erkennen, dass sie das auch wollte. Sie war nicht zufrieden damit, nur die coole Tante zu sein. Sie wusste, dass sie Brady lieben könnte, wenn sie nur halb die Chance dazu bekäme, aber wenn er sie nicht zurücklieben konnte, musste sie weitermachen.

»Und du glaubst, du kannst das mit jemand anderem hier finden? Wie wem?«

Macy zuckte mit den Schultern. »Es gibt ein paar andere geeignete Männer außer dir in der Gegend. Und einige, die woanders leben. Asa Mitchell lädt mich jedes Mal aus, wenn er in die Stadt kommt.«

Bradys Nasenflügel blähten sich. »Du willst mir doch nicht ernsthaft sagen, dass du bereit wärst, für ihn zurück nach L.A. zu ziehen. Du hast es dort gehasst.«

»Ein Teil des Grundes, warum ich es hasste, war, dass ich versuchte, jemand zu sein, der ich nicht war. Ich war immer auf der Suche nach einer Rolle, und das bedeutete, dass ich mich auf eine bestimmte Art und Weise verhalten musste. Ich konnte nicht ich selbst sein und trotzdem Jobs bekommen. Alles, was die Produzenten sahen, war diese verführerische Rothaarige mit festen Brüsten. Ich lernte schnell, dass sie mich nicht für die ernsten Rollen wollten, und wenn ich es wagte, meine Intelligenz zu zeigen, bekam ich nicht einmal die Hohlkopfrollen. Wenn ich dorthin zurückziehe, wird es zu meinen Bedingungen sein. Ich kann überall leben, wenn ich mit dem Mann zusammen bin, den ich liebe.«

Er spottete. »Und du glaubst, Asa könnte dieser Mann sein?«

»Ich weiß nicht, ob er es sein könnte. Aber ich werde es verdammt nochmal nie herausfinden, wenn ich weiterhin auf dich warte.«

Brady presste die Lippen zusammen, seine Augen hart. »Nun, ich weiß nicht, was ich dir sagen soll. Ich will unsere Freundschaft nicht aufgeben. Ich mag, was wir haben. Aber ich kann nicht der Mann sein, den du willst. Wenn Asa hinterherzujagen dich glücklich macht, dann tu das.«

Das würde es nicht. Sie hatte die heimliche Vermutung, dass niemand außer Brady sie jemals wirklich glücklich machen würde. Aber sie musste etwas tun, denn sie konnte nicht weiter so leben. Tränen bildeten sich in ihren Augen. »Es tut mir leid. Ich kann einfach nicht der Freund sein, den du willst, und glücklich sein. Es tut zu sehr weh.« Sie schniefte, emotional und körperlich erschöpft. Sie war mit allem fertig und wollte jetzt nur noch schlafen. »Ich gehe ins Bett. London sagte, Seb hat Denise ins Krankenhaus gebracht, als ich früher mit ihr sprach, also nehme ich ihr Auto, um Hannah morgen nach Denver zu fahren.« Sie versuchte zu lächeln, aber es wackelte. »Danke, dass du uns am Leben gehalten hast.«

»Macy-«

Sie hob eine Hand und hielt ihre Emotionen nur noch an einem Faden. Die Erschöpfung ließ ihre normalerweise eiserne Willenskraft auf nichts zusammenschrumpfen. Wenn sie ihn jetzt nicht abwürgte, könnte er sie sehr wohl zu etwas überreden, wogegen sie sich entschieden hatte. »Gute Nacht.«

Seine geflüsterte Antwort folgte ihr aus der Tür.

Der kalte, graue Himmel spiegelte Bradys Stimmung wider, als er die Tür zur Polizeistation aufriss. Er war vor Sonnenaufgang aufgewacht, um nach seinem nächtlichen Hin- und Herwälzen, bei dem er über Macys Ultimatum nachgedacht hatte, wieder in seine Routine der Rancharbeiten zu kommen. Als er zum Frühstück nach Hause kam, waren sie und Hannah weg.

Jetzt war er einfach nur wütend. Er hatte sie nie gebeten, sich zu ihm hingezogen zu fühlen. Auf mehr als Freundschaft zu hoffen. Sie wollte ihre Freundschaft ruinieren, weil sie nicht über ihn hinwegkommen konnte? Er sollte wohl geschmeichelt sein, aber so fühlte er sich nicht. Er war einfach... zornig. Auf sie, weil sie alles ruinierte. Und auf sich selbst, weil er zugelassen hatte, dass die Dinge in jener Nacht außer Kontrolle gerieten und er nicht früher klargemacht hatte, dass er nicht der Mann sein konnte, den sie brauchte.

»Hi, Brady.« Alaina Wilder lächelte ihn hinter der Plexiglasscheibe an, runzelte dann aber die Stirn, als sie die Gewitterwolken in seinem Gesicht bemerkte. »Ist alles in Ordnung?«

»Ja. Entschuldige. Ich habe nicht gut geschlafen.«

Ihr Gesicht wurde weicher. »Ich habe von Jessie gehört. Wie geht es ihr?«

»Es wird besser.« Dafür war er dankbar. Er hatte Macy und Hannah zwar verpasst, bevor sie gingen, aber das bedeutete nicht, dass er sich nicht über den Zustand des Mädchens auf dem Laufenden hielt. Er hatte Declan angerufen, während er aß. Jessie lag auf der Intensivstation, war aber stabil.

»Das ist gut. Bist du hier, um Seb zu sehen?«

Er nickte.

Sie schob ihm das Anmeldeformular zu. Er schrieb seinen Namen darauf und nahm dann das Besucherabzeichen entgegen, das sie ihm reichte. »Danke.«

»Gern. Lass mich wissen, wenn es etwas gibt, das ich für Denise und die Mädchen tun kann.«

»Das werde ich.«

Sie lächelte und ließ ihn durch.

Seine langen Beine verschlangen den Boden, als er den Flur zu Sebs Büro entlangging. Er stieß die angelehnte Tür auf. Seb blickte auf, Überraschung auf seinem Gesicht, als er seinen Besucher erkannte.

»Hey. Was gibt's? Ist mit Jessie alles okay?« Er begann aufzustehen.

Brady winkte ihn zurück und setzte sich ihm gegenüber. »Sie ist in Ordnung. Hält durch. Deshalb bin ich nicht hier.«

»Okay.« Seb runzelte die Stirn. »Warum bist du dann hier?«

Er nahm die Kamera der Kinder aus seiner Manteltasche. »In all dem Chaos gestern haben wir vergessen, was wir in der Höhle gefunden haben, in der wir Schutz gesucht haben.«

Seb nahm die Kamera und betrachtete sie. »Du hast eine Kamera gefunden?«

»Nein. Die gehört Hannah und Jessie. Die Höhle, in der wir waren, war tief, aber sie verengte sich nach etwa fünfzehn Metern, bevor sie sich wieder öffnete. Macy und ich konnten dort nicht durchkommen, aber die Mädchen schon. Sie gingen auf Erkundungstour und fanden ein Skelett.«

»Oh, das kann nicht dein Ernst sein. *Noch mehr* Leichen?«

Brady nickte. »Ich weiß. Ich weiß nicht, was ich davon halten soll. Hannah hat Fotos vom Skelett und der Umgebung gemacht. Der Körper ist klein. Vielleicht eine zierliche Frau oder ein junger Teenager. Die Kleidung sieht männlich aus.«

Seb seufzte und schaltete die Kamera ein, um sich die Bilder anzusehen. Er klickte durch sie hindurch, wobei sich die Falten auf seiner Stirn mit jedem Bild vertieften. »Du hast recht. Es sieht aus wie ein junger Teenager.« Er schaltete die Kamera aus und legte sie auf seinen Schreibtisch, drückte sich die Handballen auf die Augen und fuhr sich dann mit den Fingern durch die Haare. »Okay. Ich werde Katie und Alex anrufen und sie dorthin schicken. Aber du oder Macy müsst uns hinführen, es sei denn, du hast die genauen Koordinaten notiert?«

Brady verzog das Gesicht. »Nein. Aber ich habe eine ziemlich gute Vorstellung davon, wo es ist.«

»Gut. Ich werde ein Team zusammenstellen, aber es wird wahrscheinlich morgen werden, bevor wir losziehen können. Kannst du für den Tag freikommen?«

»Ja. Ich sollte sowieso erst in ein paar Tagen zurückkommen, also ist alles gut. Papa würde sich für so etwas sowieso keine Sorgen machen.«

»Nein. Er würde dich zur Tür hinausschieben.«

Brady lächelte, wissend, dass Seb recht hatte. »Ich habe nur eine Bitte. Können wir Quads nehmen? Ich bin fürs Erste mit Wandern fertig.«

Seb lachte. »Klar.«

»Wir brauchen auch Kletterausrüstung. Der Eingang ist nicht auf Bodenhöhe.«

»Ihr seid freigeklettert, um in eine Höhle zu kommen?« Sebs Augenbrauen schossen in die Höhe.

Brady zuckte mit den Schultern. »Wir hatten keine große Wahl. Wir waren am Erfrieren und mussten nach unserem Ausflug in den Fluss trocknen.«

»Ich kann immer noch nicht glauben, dass ihr alle überlebt habt. Ich bin dankbar, aber immer noch schockiert.«

»Du und ich beide. Als der Berghang nachgab und wir zu rutschen begannen, dachte ich, das war's. Der Baum, den wir auf dem Weg nach unten getroffen haben, hat unsere Leben gerettet. Und reine Entschlossenheit hat mich mit Jessie aus dem Fluss gebracht. Ich wollte sie nicht sterben lassen.« Erinnerungen an das verängstigte Gesicht des Mädchens, das über den tosenden Flutwellen auftauchte, blitzten in seinem Kopf auf. Er schob sie weg. Das war vorbei, und es würde nichts bringen, darüber nachzudenken.

»Nein, du würdest dein eigenes Leben opfern, bevor du das zulässt.«

Das würde er. Nicht nur, weil sie jung war und sich darauf verließ, dass er sie in Sicherheit brachte, sondern weil es Macy vernichten würde, wenn er es nicht täte. Er konnte sie nicht im Stich lassen.

Seine Stirnfalten kehrten zurück. Verdammt. Warum konnte er sie nicht aus seinen Gedanken verbannen?

»Hast du noch etwas anderes im Sinn?«

»Was?« Seine Augen richteten sich auf Sebs.

»Du runzelst die Stirn. Ziemlich heftig. Warum?«

Brady rutschte auf seinem Sitz hin und her, noch nicht bereit, über Macys Ultimatum zu sprechen. »Kein Grund. Nur Erinnerungen.«

Seb starrte ihn an, sein Gesichtsausdruck verriet Brady, dass er ihm nicht glaubte. »Wenn du meinst.«

Unruhe ließ Bradys Bein wippen. Verdammt. »Warum müssen Frauen so kompliziert sein?« Die Worte platzten heraus, bevor er sie aufhalten konnte.

»Macy?«

»Ja. Sie hat mir so etwas wie ein Ultimatum gestellt. Wir daten – ernsthaft – oder wir sind fertig. Keine Freundschaft mehr; wir tun so, als ob der andere nicht existiert.«

»Wow.«

»Ja. Sagt, sie kann das Leben, das sie will, nicht leben, wenn sie nach mir schmachtet. Dass sie Liebe, eine Familie will.« Er spottete. »Sie denkt, sie kann das mit Asa Mitchell finden. Kannst du das glauben? Sie wäre zurück in L.A. unglücklich.«

»Sie geht mit Asa aus?«

»Vielleicht. Sie sagte, er fragt immer wieder, aber sie sagt immer nein. Wenn sie und ich nicht däten, wird sie ja sagen. Und wahrscheinlich nicht nur zu ihm. Ich hatte das Gefühl, dass sie kopfüber in den Dating-Pool springen wird.«

»Es gibt mehrere alleinstehende Männer im Landkreis in ihrem Alter.«

Brady winkte ab. »Um die mache ich mir keine Sorgen. Ich kenne die meisten von ihnen, und sie sind alle Drecksäcke mit Vorstrafen und mehreren Ex-Frauen.«

»Knox ist keiner.«

Ein Stich von Eifersucht und Verrat traf Brady ins Herz, obwohl Knox nie irgendeine Art von Anziehung zu Macy gezeigt hatte. »Das würde er nicht.«

Seb zuckte mit den Schultern und lehnte sich in seinem Stuhl zurück. »Ich weiß nicht, Brady. Macy ist eine schöne Frau. Vielleicht wartet er nur darauf zu wissen, dass du aus dem Spiel bist, bevor er seinen Zug macht.«

Bradys Knie wippe härter, und seine Augenbrauen senkten sich zu einem grimmigen Stirnrunzeln.

»Ich glaube, du musst darüber nachdenken, warum dich dieser Gedanke so stört. Wenn du wirklich keine Absichten hast, sollte es dir egal sein, mit wem sie zusammenkommt. Als Freund solltest du wollen, dass sie glücklich ist. Und Knox und Asa sind beide gute Kerle.«

»Asa ist ein Playboy.«

Seb zuckte mit den Schultern. »Vielleicht ein bisschen, aber er ist ein guter Mann. Er würde ihr treu sein, da bin ich sicher.«

Brady knurrte und rieb sich über den Bart. »Du hast recht. Es sollte mir egal sein.«

»Aber das ist es nicht.«

»Verdammt. Ja, das ist es.« Er blickte aus dem Fenster, sah aber nicht die Landschaft, sondern ein Paar indigoblaue Augen.

»Also, was wirst du dagegen tun?«

»Ich weiß es nicht. Ich will sie nicht verlieren, aber Beziehungen sind nicht mein Ding.«

»Das ist Schwachsinn. Du bist bereits in einer Beziehung.«

»Hä? Was meinst du?«

»Wann warst du das letzte Mal mit einer Frau zusammen?«

Bradys Wangen röteten sich, als das Bild von Macy an der Wand in seinem Kopf erschien. Und davor, so wurde ihm klar, hatte er seit fast einem Jahr mit niemandem anbandeln wollen. Seit die Dinge im Landkreis anfingen, verrückt zu spielen.

Sebs Augen weiteten sich. »Heilige Scheiße. Hast du?«

Brady starrte ihn an, ohne zu antworten.

»Verdammt nochmal. Warum leugnen, dass ihr zusammen seid?«

»Weil wir es nicht sind. Es war einmal.«

»Aha. Und vor und nach dieser Sache, wenn du Lust auf sowas hattest, wer taucht in deinem Kopf auf? Irgendeine gesichtslose Frau?«

Ihm gefiel nicht, wohin dieses Gespräch führte. »Nein.«

»Es ist Macy, nicht wahr?«

Er rutschte auf seinem Sitz hin und her. »Vielleicht.«

»Richtig, also füge das zu eurer Freundschaft hinzu und der Tatsache, dass ihr bereits Sex hattet, und sag mir, dass das nicht einer Beziehung entspricht.«

Brady presste die Kiefer zusammen und starrte seinen Bruder mit harten Augen an. »Es ist nicht so.«

Seb verdrehte die Augen. »Hol deinen Kopf aus deinem Arsch und gestehe dir selbst ein, dass du mit ihr zusammen sein willst. Dein Leben und ihres werden viel glücklicher und weniger stressig sein, wenn du das tust.«

Der Gedanke an eine feste Beziehung weckte Erinnerungen an Peyton und die Verzweiflung, die er fühlte, als sie gestand, dass sie von Anfang an betrogen hatte und ihn nur wegen des Lebensstils geheiratet hatte, den sein Geld ihr bieten konnte. Es ließ ihn erschaudern.

»Ich kann sehen, was du denkst. Vergleich Macy nicht mit Peyton. Sie sind so entgegengesetzte Pole, dass es keinen Vergleich gibt.«

»Sie sind nicht so unterschiedlich. Beide lebhaft und aufge-schlossen. Keine von ihnen hat ein Problem damit, im Mittel-punkt zu stehen.«

»Stimmt, aber Macy sucht es selten. Es liegt einfach in ihrer Natur, einen Raum zu beherrschen. Peyton musste im Mittel-punkt stehen. Und, nichts für ungut, aber Peyton war eine Zicke. Jeder konnte das sehen außer dir.«

Genau deshalb war er so vorsichtig, sich mit einer anderen Frau einzulassen. Was, wenn er wieder falsch lag?

»Kann ich dir einen Rat geben?«

»Klar.«

»Frag dich selbst, ob du wirklich so alt wie Mom und Dad oder älter sein und allein sein willst. Keine Frau, keine Kinder, keine Enkelkinder. Ist das wirklich das, was du willst? Lass deine Angst vor den Was-wäre-wenns nicht deine Zukunft gefährden.«

Brady starrte Seb an. Er hatte es vorher nie in diesem Zusam-menhang gesehen. Immer wenn er an eine Beziehung dachte, ging es immer darum, wie sie sein gegenwärtiges Leben beeinflussen würde. Darüber nachzudenken, wie er sich in dreißig Jahren fühlen könnte, war ihm nie in den Sinn gekommen. Es verdiente definitiv einige Überlegung.

Seb winkte ab. »Ich kann sehen, dass ich die Räder zum Drehen gebracht habe, also ist meine Aufgabe erledigt. Verschwinde von hier, damit ich ein Expeditionsteam zusammenstellen kann, um die Leiche zu bergen, die ihr gefunden habt.«

Er stand auf. »Danke, dass du mein Leben *noch* komplizierter machst.«

Seb grinste. »Dafür sind Brüder da.«

Er verdrehte die Augen. »Du klingst wie Thomas. Ich sehe dich später. Lass mich wegen morgen wissen.«

»Mach ich.« Er nahm das Telefon ab, als Brady sich umdrehte und zur Tür hinausging.

Brady fuhr sich mit einer Hand durch die Haare, als er zurück zum Vordereingang des Gebäudes ging, seine Gedanken in einer Waschmaschine. Er wusste immer noch nicht, was er mit Macys Ultimatum anfangen sollte, aber zum ersten Mal in über einem Jahrzehnt zog er ernsthaft in Erwägung, seinen Junggesellenstatus aufzugeben.

DER ALARM AN JESSIES INFUSIONSPUMPE SCHRILLTE UND LIEß Macy aufschrecken.

»Das Ding hat das die ganze Nacht gemacht«, sagte Denise. Die dunklen Ringe unter ihren Augen und die vertieften Linien in ihrem Gesicht bezeugten die Wahrheit ihrer Aussage. »Es bekommt Luft hinein und löst den Sensor aus. Manchmal rollt sie sich und knickt die Leitung ab. Es nimmt kein Ende.«

Eine Krankenschwester kam herein und drückte einen Knopf, um den Alarm zum Schweigen zu bringen, lächelte sie dann an und ging wieder.

»Sie unternehmen nichts dagegen?«

»Nur, wenn es abgeknickt ist. Wenn es Luft ist, schalten sie normalerweise nur den Alarm aus. Manchmal schnipsen sie daran, um die Luftblasen zu zerteilen. Es muss schon viel Luft sein, um Probleme zu verursachen. Ich habe gefragt. Die Maschinen sind wirklich empfindlich.«

Die Tür öffnete sich erneut und Daniel Kerr trat ein. Er hielt einen Getränkehalter mit mehreren Bechern Kaffee und einer Limonade. Macy war überrascht gewesen, ihn zu sehen, als sie heute Morgen mit Hannah ankam, aber Denise sagte, er sei spät in der Nacht aufgetaucht und nicht mehr gegangen.

»Es ist nicht Peppy Brewster, aber es hält euch wach.« Er ging zu Denise und reichte ihr einen Becher Kaffee, dann setzte er sich neben sie auf die Couch.

Macy dankte ihm für den Becher, den er ihr entgegenhielt. Er lächelte, dann reichte er Hannah die Limonade. Sie nahm einen Schluck, bemerkte den leicht verbrannten Geschmack. Nein, es war definitiv nicht ihr Kaffee.

»Etwas Neues?«, fragte er.

»Nein. Sie ist immer noch gleich. Der Arzt sollte aber jeden Moment kommen«, sagte Denise.

Macys Telefon klingelte, und sie holte es aus ihrer Sweatshirttasche. Sebs Name scrollte über den Bildschirm. Sie nahm ab.

»Hey. Was gibt's?«

»Ist Hannah bei dir?«

»Ja, warum?«

»Stell sie auf Lautsprecher. Ich muss sie etwas zu diesen Bildern fragen, die sie gemacht hat.«

»Oh, okay. Ich stelle dich auf Lautsprecher. Moment.« Sie nahm das Telefon vom Ohr und sah Hannah an. »Seb muss dich etwas zum Skelett in der Höhle fragen.«

Hannah nickte.

»Skelett?«, fragten Denise und Dan gleichzeitig.

Macy hob einen Finger, als sie Seb auf Lautsprecher stellte. »Okay, Seb, nur zu.«

»Also, ich habe mir die Bilder angesehen, die du gemacht hast, und meine Frage ist, hast du sonst noch etwas dort bei der Leiche gesehen oder Anzeichen einer anderen Person? Die Höhle scheint sich weit nach hinten zu erstrecken, sodass die Bilder im Dunkeln verschwinden. Bist du noch weiter gegangen? Hast du noch etwas anderes gesehen, das dort nicht hingehörte?«

Hannah biss sich auf die Lippe, während sie nachdachte. »Ich erinnere mich, etwas Müll gesehen zu haben – wie Bonbonpapiere oder so etwas. Es war klein. Aber wir haben es nicht zu genau angeschaut. Wir haben nur geschaut, ob es noch weitere Leichen gibt. Ich erinnere mich nicht, sonst etwas gesehen zu haben.«

»Was ist mit einem Rucksack?«

»Nein. Ich erinnere mich nicht, einen gesehen zu haben.«

»Wie steht's mit einem anderen Eingang? Hast du irgendwo Tageslicht gesehen?«

»Nein. Es war dunkel, so weit wir gegangen sind. Wir sind aber nicht zu weit gegangen. Wir wollten uns nicht verlaufen.«

»Okay. Das hilft. Danke.«

»Gern geschehen. Wie wollt ihr diese Person da rausholen? Ich habe kaum durch den Durchgang gepasst.«

»Unsere Forensikerin ist ziemlich schlank. Ich habe auch einen Deputy, der klein ist. Wir werden es schon hinkriegen. Wie geht's deiner Schwester?«

»Ungefähr gleich. Sie ist heute Morgen kurz aufgewacht.«

»Das ist gut.«

»Seb, hier ist Kerr. Wo ist diese Leiche? Was weißt du bisher darüber?«

Es folgte eine Pause. Macy konnte förmlich Sebs Gesicht sehen, als er verarbeitete, dass Dan an Jessies Bett saß.

Seb räusperte sich. »Kerr, was machst du da?«

»Ich unterstütze Denise. Nun beantworte meine Fragen.«

Macy hob eine Augenbraue. Er ließ sich wirklich nicht abbringen.

Seb stieß einen Atemzug aus. »Macy und Hannah können dir wahrscheinlich mehr erzählen als ich. Wir wissen noch nichts, außer was die Bilder zeigen. Die Überreste sind skelettiert und die Kleidung sieht alt aus, also ist die Person schon lange dort. Ich habe die Bilder Alex Randall gezeigt, und er stimmt zu, dass es wie ein junger männlicher Teenager aussieht.«

Zwischen Kerrs Augenbrauen bildete sich eine Furche. »Ein männlicher Teenager, sagst du?«

»Ja.« Seb zog das Wort in die Länge. »Ich kenne diesen Ton. Du weißt etwas?«

»Vielleicht.« Dan rutschte hin und her und sah sie an. »Macy, du bist wahrscheinlich ein bisschen zu jung, um dich zu erinnern, aber vor fast vierzig Jahren ist ein Junge aus der Gegend verschwunden. Seine Eltern wollten ihn eines Morgens für die Schule wecken, und er war einfach weg. Die Behörden suchten überall, fanden aber keine Spur von ihm. Die allgemeine Meinung war, dass er weggelaufen ist. Sein Rucksack und einige Kleidungsstücke waren verschwunden, und sein Fenster stand offen.«

»Er wäre ein bisschen älter als du gewesen«, sagte Denise. »Kanntest du ihn?«

Dan nickte. »Er war der ältere Bruder meines besten Freundes.«

»Ich werde es überprüfen«, sagte Seb. »Wie heißt der Junge?«

»Steven. Steven Knight.«

»Knight? Warte. Ist er mit Robbie Knight verwandt?«

»Ja. Robbie war mein bester Freund.«

Macys Augen weiteten sich. Robbie war ein bekannter Alkoholiker und Unruhestifter in der Gegend. Dass er einmal mit dem ultra-beherrschten Kerr befreundet war, war ein Schock.

Dans Blick traf ihren. »Er war nicht immer der Mann, der er jetzt ist. Stevens Verschwinden hat ihn auf einen selbstzerstörerischen Weg gebracht. Als wir die Highschool abschlossen, waren wir keine Freunde mehr. Er – und seine Eltern – waren nie mehr dieselben.«

»Glaubst du, er weiß mehr, als er zugegeben hat?«, fragte Seb.

»Ich bin mir nicht sicher. Wenn ja, hat er mir gegenüber nie etwas gesagt.«

»Okay. Ich werde ihn ausfindig machen und fragen. Danke für die Info.«

»Natürlich. Und Sheriff? Wenn du mit ihm sprichst, würde ich gerne dabei sein. Er könnte sich mir gegenüber öffnen, wenn er es dir oder deinen Deputies gegenüber nicht tut.«

»Ich bin mir nicht sicher–«

Kerr unterbrach ihn. »Wenn sich herausstellt, dass die Leiche in der Höhle Steven Knight ist, nehme ich mich von dem Fall zurück. Du musst dir keine Sorgen um einen Interessenkonflikt machen.«

Seb schwieg einen Moment. »Okay. Du solltest aber zurückkommen. Ich werde jetzt nach ihm suchen.«

»Ich bin unterwegs. Danke.«

»Bis gleich.« Seb legte auf.

Macy schaltete ihr Telefon aus und steckte es in ihre Tasche, immer noch schockiert.

Dan stand auf. »Ich muss gehen.« Er legte eine Hand auf Denises Schulter. »Rufst du mich später an oder wenn sich etwas ändert?«

Denise nickte.

Er beugte sich vor und drückte ihr einen Kuss auf den Scheitel, holte dann seinen Mantel und ging.

»Also verdammt.« Macy starrte ihm nach. »Ich fühle mich, als wäre ich zu einem echten Fall von Körperfressern aufgewacht.«

Denise kicherte. »Er ist wirklich nicht so steif, wie du denkst.«

»Das lerne ich gerade. Ich denke, er ist einfach sehr ruhig, und das wurde als kalt und reserviert übersetzt. Was ist mit ihm passiert, während wir weg waren?«

Eine hübsche Röte überzog Denises Wangen. Sie blickte zu ihrer Tochter, dann zu Macy. »Ich habe seine Einladung zum Abendessen angenommen. Er hat mich ins Heartwood mitgenommen, und wir hatten eine wundervolle Zeit. Er ist so klug – klüger als jeder, den ich je getroffen habe – aber er ist freundlich. Und er behandelt mich wie eine Königin. Ich weiß kaum, was ich davon halten soll. Cole hat das nur getan, wenn er etwas wollte. Ich warte immer darauf, dass der andere Schuh fällt. Dass irgendein schreckliches Skelett aus dem Schrank springt, wenn ich es am wenigsten erwarte.« Sie bedeckte ihren Mund. »Oh, es tut mir leid. Das war geschmacklos.«

Macy lächelte und tätschelte ihre Hand. »Es ist okay. Es ist nur ein Ausdruck, aber ich verstehe, was du meinst. Deinetwegen hoffe ich, dass er genau so ist, wie er scheint.«

»Ich auch. Ich mag ihn. Sehr.« Sie sah wieder zu Hannah, die ihrer Mutter ein ermutigendes Lächeln schenkte.

»Ich hoffe es auch. Ich kenne ihn nicht gut, aber er scheint nett zu sein. Ich möchte nur, dass du glücklich bist. Dich glücklich zu sehen, macht mich glücklich.«

Denise zog das Mädchen an sich und umarmte sie. »Danke. Das will ich auch. Für mich und für dich und deine Schwester.« Sie drückte einen Kuss auf Hannahs Schläfe. »Ich denke, die Zeit wird zeigen, ob Dan gut für uns drei ist. Ich hoffe es, aber wenn nicht, wird er rausgeschmissen. Ich werde diesen Weg nicht noch einmal gehen. Ich habe meine Lektion von eurem Vater gelernt.«

Hannah erwiderte die Umarmung. Sie löste sich, als die Tür sich wieder öffnete und die Ärztin mit ihrem Personal eintrat.

»Ms. James«, die Frau trat vor und streckte eine Hand aus. »Ich bin Dr. Jordan. Wir haben gestern kurz gesprochen.«

Denise stand auf und nahm ihre Hand. »Ja. Ich erinnere mich.« Sie blickte zu Hannah und Macy. »Das ist meine andere Tochter, Hannah, und ihre ältere Schwester und meine Freundin, Macy.«

Dr. Jordan sah Macy an und runzelte die Stirn. »Diese beiden Mädchen sind deine Geschwister? Ms. James ist deine Stiefmutter?«

»Nicht ganz.« Macy erhob sich, um neben Denise zu stehen. »Mein Vater hat meinen Bruder und mich verlassen, als wir Teenager waren. Er traf Denise kurz darauf. Sie hatte gerade die Highschool abgeschlossen. Sie haben nie geheiratet, aber haben drei Kinder zusammen.«

»Ich verstehe. Und wo ist euer Vater?« Sie winkte zu Macy und beiden Mädchen.

»Im Gefängnis.«

Die Augen der Ärztin weiteten sich. »Oh, das tut mir leid.«

»Das muss es nicht. Er verdient es, dort zu sein. Es ist kompliziert, aber es reicht zu sagen, dass es dort ist, wo er hingehört. Er wird nicht herauskommen – wahrscheinlich nie.«

»Okay, dann. Ich nehme an, alle medizinischen Entscheidungen über Jessies Pflege fallen direkt an Sie?« Sie blickte Denise an.

»Ja.«

»In Ordnung. Wie wäre es, wenn wir besprechen, was los ist?« Sie deutete ihnen an, sich zu setzen.

Sie kehrten zur Couch zurück. Denise faltete die Hände in ihrem Schoß und drehte ihre Daumen, während sie darauf wartete, dass die Ärztin begann.

»Wie Sie wissen, zeigten Jessies Röntgenaufnahmen eine erhebliche Lungenentzündung, und wir haben ihr Bronchialsekret auf Krankheitserreger getestet. Frühe Ergebnisse zeigen ein paar verschiedene Arten von Bakterien, die beide von dem Breitspektrum-Antibiotikum abgedeckt werden, das wir bei ihrer Ankunft begonnen haben. Wir werden das Medikament jedoch ändern, um sie spezifisch zu bekämpfen. Sie werden vorerst noch intravenös verabreicht, das wird sich also nicht ändern. Ich muss sagen, ich bin sehr beeindruckt von der Fähigkeit Ihrer Tochter, ihre Infektion zu bekämpfen. Wir waren sicher, dass wir sie intubieren müssten, aber der Sauerstoff hat dramatisch geholfen. Wenn sie sich weiterhin so verbessert, wie sie es getan hat, sollte sie in ein oder zwei Tagen aus der Intensivstation in ein normales Zimmer verlegt werden. Sie braucht immer noch ziemlich viel Sauerstoff, daher möchte ich sie hier mindestens einen weiteren Tag beobachten.«

»Oh, das sind großartige Neuigkeiten.« Denise blickte zu Macy, die lächelte.

»Sie haben ein sehr zähes kleines Mädchen, Ms. James. Ich glaube, es wird ihr bald gut gehen.«

Tränen sammelten sich in Denises Augen. Macy spürte, wie einige ihrer eigenen aufkamen, als die Erleichterung sie stark traf.

»Danke, Doktor.« Denise sackte zusammen und zog Hannah an sich.

»Gern geschehen. Ich werde sie schnell untersuchen, dann bin ich aus Ihrem Haar.« Sie nahm ihr Stethoskop vom Hals und beugte sich über das schlafende Kind, um ihr Herz und ihre Lunge abzuhören.

»Sie klingt besser. Die Medikamente wirken. Sie ist noch sehr krank, aber wir bewegen uns in die richtige Richtung. Haben Sie noch Fragen an mich?«

»Ihr Handgelenk. Was wird damit gemacht?«, fragte Macy.

»Der Bruch war sauber, also denke ich, dass die Orthopädie in den nächsten Tagen einen Gips anlegen wird. Die Priorität lag darauf, sie zu stabilisieren. Das haben wir getan, also können jetzt andere Behandlungen fortgesetzt werden.«

Sie dankten der Ärztin, und sie und ihr Team gingen.

Denise stieß einen Atemzug aus. »Das war ermutigend.«

»Das war es. Ich denke, mit etwas Zeit wird sie wieder ganz die Alte sein.«

Tränen liefen über Denises Wangen. Sie schniefte und wedelte mit einer Hand. »Entschuldigung. Ich habe in den letzten Tagen einfach eine ganze Palette von Emotionen durchlaufen. Und ich habe nicht viel geschlafen. Mir geht's gut.«

Macy rückte auf Dans freigewordenen Platz und legte einen Arm um sie. »Weine ruhig. Es aufzustauen ist nicht gesund.«

Sie schniefte wieder. »Ich weiß. Aber mir geht's wirklich gut. Ich bin einfach sehr dankbar, dass ihr alle okay seid.«

»Ich auch. Ich möchte das nie wieder erleben.«

»Ich auch nicht«, sagte Hannah. »Ich glaube, ich bin mit Camping fertig.«

»Nein. Wir müssen nur sicherstellen, dass beim nächsten Mal kein Regentropfen in Sicht ist.«

»Ja, bitte.«

Sie lachten, die Erleichterung, dass die Antibiotika wirkten und es Jessie besser ging, vertrieb etwas von der Anspannung, die sie alle fühlten.

Macy drückte Denise ein letztes Mal und stand auf. »Ich werde Declan anrufen und ihm die guten Neuigkeiten mitteilen. Kann ich euch etwas mitbringen, während ich weg bin?«

»Mittagessen?« Hannah zeigte auf die Uhr. »Es ist lange her seit dem Bagel, den ich heute Morgen hatte, bevor wir Bradys Haus verließen.«

Macy sah auf die Uhr, sowohl um die Zeit zu überprüfen als auch um ihre Reaktion bei der Erwähnung seines Namens zu verbergen. Sie war immer noch ein wenig schockiert über die Dinge, die sie gestern Nacht gesagt hatte. Schlafmangel, Sorge und eine gesunde Portion sexuelle Frustration hatten sich kombiniert, um den perfekten Sturm zu schaffen, der ihre Emotionen in einen Strudel versetzte. Und obwohl sie den Verlust seiner Freundschaft bedauern würde, würde sie die Freiheit nicht bedauern, die mit dem Weitergehen kam. Sie hatte genug davon, einem Mann nachzutrauern, der sich nie ändern würde.

»Ich kann Mittagessen besorgen. Was möchtest du?«

»Nur ein Sandwich ist gut. Und Chips.«

»Klingt gut. Denise, möchtest du etwas?«

»Dasselbe, bitte.«

»Okay. Ich bin gleich zurück.« Sie nahm ihre Handtasche und verließ den Raum, fand eine ruhige Nische, um ihren Bruder anzurufen und ihm den neuesten Stand mitzuteilen.

Husten begrüßte sie, als er antwortete.

»Entschuldigung.« Er hustete wieder. »Du hast mich mitten im Hustenanfall erwischt. Was gibt's?« Seine normalerweise tiefe Stimme war rau.

»Vielleicht solltest du zum Arzt gehen. Du klingst schrecklich.«

»Hab ich schon. Glaub es oder nicht, ich fühle mich besser als vor ein paar Tagen.«

»Du hast recht, ich glaube es nicht. Aber ich bin froh. Jedenfalls habe ich angerufen, um dir ein Update zu geben. Die Ärztin war gerade zur Visite da. Sie sagte, Jessie verbessert sich, und sie haben die Bakterien identifiziert, die ihre

Lungenentzündung verursachen, also werden sie ihre Anti-biotika für eine gezieltere Behandlung umstellen. Sie hofft, in ein oder zwei Tagen ihren Sauerstoff reduzieren und sie in ein normales Zimmer verlegen zu können.«

»Das ist großartig. Wie haltet ihr anderen durch?«

»Uns geht's gut. Denise ist viel entspannter, jetzt da Jessie außer Lebensgefahr zu sein scheint, auch wenn sie noch ziemlich krank ist. Oh! Du wirst nie erraten, wer hier war, als Hannah und ich ankamen.« Sie machte eine dramatische Pause. »Daniel Kerr.«

»Was? Warum?«

»Er und Denise daten.«

»Im Ernst? Was will sie mit einem Arschloch wie ihm?«

»Er ist nicht das Arschloch, für das wir ihn halten. Er ist einfach sehr ruhig und zurückhaltend. Ich bin sicher, er hat immer noch einige Arschloch-Tendenzen – ich erinnere mich, wie Seb sagte, dass er an seine Wahlchancen dachte, als du damals verhaftet wurdest, aber er hat nachgegeben. Zum Teil liegt es daran, dass er bei seiner Arbeit keine Begünstigung zeigen oder weich sein kann.«

»Ich verstehe das, aber ich mag den Kerl trotzdem nicht.«

»Nun, du solltest es wahrscheinlich versuchen, denn ich denke, er wird eine Weile herumhängen. Sie mag ihn wirklich. Und nach dem, was ich gesehen habe, mag er sie auch sehr.«

Declan seufzte. »Na gut. Hey, warum hat Brady mich heute Morgen wegen eines Updates angerufen statt dich?«

Macy kämpfte gegen den Drang an zu stöhnen. Warum konnte sie nicht von ihm wegkommen? Sie räusperte sich. »Wir stehen im Moment nicht auf bestem Fuß.«

Eine Stille, so laut wie Kirchenglocken, kam über die Leitung.

»Warum?«

»Weil er ein Dummkopf ist, und ich es leid bin, darauf zu warten, dass er sich ändert.«

Er seufzte. »Ich verstehe das, aber wir müssen ihn immer noch ziemlich regelmäßig sehen.«

»Ich weiß, und ich werde höflich sein. Ich werde mir nur nicht die Mühe machen, Zeit mit ihm zu verbringen oder mit ihm zu reden.«

»Gott, das wird so gut laufen.«

»Es wird schon klappen. Ich mache mir keine Sorgen.« Doch die Sorge wühlte trotzdem in ihrem Magen. Sie wollte keinen ihrer Freunde entfremden, weil sie nichts mit Brady zu tun haben wollte. Es ließ sich jedoch nicht vermeiden. Die Entscheidung, die sie getroffen hatte, diente ihrem geistigen Wohlbefinden. Sie würde nicht vortäuschen, dass die Dinge nicht anfangs holprig sein würden, aber irgendwann würden sie sich an die neue Normalität gewöhnen.

»Ich muss los. Ich habe Denise und Hannah versprochen, ihnen Mittagessen zu bringen.« Ihr eigener Magen knurrte. Sie hatte keinen Hunger gehabt, als sie aufwachten. Zu viel los in ihrem Kopf. Aber jetzt hatte sie Hunger.

»Okay. Aber, Mace? Gib Brady noch nicht auf. Er hat nur Angst. Peytons Verrat hat ihm schwer zugesetzt.«

Sie kniff sich in den Nasenrücken und spürte, wie etwas Mitgefühl für Bradys Position zurückkehrte. *Nein.* Wenn sie wankte, würde sie genau dort landen, wo sie angefangen hatte. Sie ließ ihre Hand fallen. »Ich warte nicht mehr auf ihn. Mein Leben gehört mir, und ich werde das Beste daraus machen. Ich rede später mit dir.«

Declan seufzte erneut, argumentierte aber nicht. »Ja, okay. Tschüss.«

»Tschüss.« Sie nahm das Telefon vom Ohr und drückte fest auf den Anruf beenden-Knopf, frustriert. Sie wusste, dass es nicht einfach sein würde, Brady aus ihrem Leben zu schneiden. Sie hoffte, dass ihre Freunde besser verstanden, warum sie es tun musste, als Declan es tat. Vielleicht konnten sie eines Tages wieder Freunde sein, aber im Moment brauchte sie einen klaren Schnitt.

Sie stieß ein Knurren aus, um etwas von ihrer Frustration loszuwerden, und trat aus der Nische heraus, entschlossen, Gedanken an den Mann in die Tiefen ihres Gehirns zu verbannen. Essen. Darauf musste sie sich konzentrieren. Und ihre Schwester. Nicht auf tiefe, dunkle Augen, einen weichen Bart und Muskeln ohne Ende.

Hitze kroch ihren Nacken hinauf, als sie sich an Brady in seinem Kittel erinnerte. *Verdammt.*

KAPITEL
Fünfzehn

Ein eisiger Wind blies in Bradys Kragen, als er die Scheune verließ und zu seinem Truck ging. Er zog seinen Mantel enger um sich und beschleunigte seinen Schritt. Normalerweise machte ihm die Kälte nichts aus, aber er hatte genug davon bis zum nächsten Winter.

Im Inneren startete er den Motor und drehte die Heizung auf, wärmte seine Hände über den Lüftungsschlitzen, bevor er sich anschnallte und die Auffahrt hinunterfuhr, um die Ranch zu verlassen. Seb hatte ihn gebeten, heute Abend auf der Wache vorbeizukommen, um den Plan für morgen zu besprechen sowie eine Karte des Gebiets durchzugehen.

Er bog links auf die Hauptstraße ein und machte es sich für die fünfzehnminütige Fahrt in seinem Sitz bequem. Die Landschaft raste vorbei, während er den geraden Straßenabschnitt entlangfuhr, bevor die Straße kurvig wurde. Die Straße stieg steil an, als er die Hügel erreichte. Er schlängelte sich durch die Kurven und beschleunigte, als er die andere Seite des Berges hinunterfuhr. Er trat auf die Bremse, um zu verlangsamen. Eine Warnleuchte leuchtete auf seinem Armaturenbrett auf.

»Was zum Teufel?« Er warf einen Blick auf das kleine rote Bremssymbol. Was hatte das zu bedeuten? Der Truck neigte sich in die Kurve und er drückte fester auf die Bremse. Das Pedal ging bis zum Boden durch, und der Truck wurde nicht langsamer.

»Scheiße.« Er hatte keine Bremsen mehr. Schnell denkend, schaltete er den Motor aus und zog die Handbremse. Der Truck geriet ins Schleudern, als er um die Kurve steuerte. Er manövrierte auf den Straßenrand, und das Fahrzeug kam ruckelnd am Straßenrand zum Stehen.

»Heilige Scheiße.« Mit zitternden Händen nach dem knappen Entkommen stieg er aus dem Auto und musste sich bewegen, während das Adrenalin weiter durch seine Adern pumpte. Nachdem er einige Meter auf und ab gegangen war, drehte er sich um und starrte den Pickup an, während er sich fragte, was passiert war. Er war erst zwei Jahre alt.

Mit großen Schritten ging er zurück, hockte sich neben die Reifen und betrachtete die Bremsen durch die Felge. Als er nichts erkennen konnte, holte er seinen Wagenheber aus der Werkzeugkiste auf der Ladefläche, hob die Hinterachse an und zwängte sich darunter. Er nahm sein Handy heraus und benutzte die Taschenlampenfunktion, um etwas sehen zu können. Die Bremsbeläge und -backen sahen gut aus. Er leuchtete die Bremsleitungen ab und verfolgte sie bis nach vorne, aber nichts stach hervor.

Verwirrt kroch er wieder heraus und stand auf. Er schaltete die Taschenlampe aus und rief Seb an.

»Hey, bist du fast da? Wir sind bereit, mit dem Briefing anzufangen.«

»Ich stecke auf der Landstraße fest. Meine Bremsen haben versagt.«

»Was? Bist du in Ordnung?«

»Mir geht's gut. Meine Handbremse hat funktioniert, aber ich stecke hier fest.«

»Okay. Ruf einen Abschleppdienst, und ich hole dich ab. Schick mir eine Nachricht, wenn der Abschleppwagen eintrifft.«

»Klingt gut. Danke.«

»Gern.« Seb legte auf.

Brady suchte die Nummer eines örtlichen Abschleppdienstes heraus und rief an, sodass ein Fahrer zu ihm geschickt wurde.

Er holte tief Luft und stieß sie aus, während er sich umsah. *Verdammt.* Konnte sein Tag noch schlimmer werden?

Eine Stunde später, sein Truck auf dem Weg zurück zur Ranch und zu ihrem Mechaniker, stieg er aus Sebs Pickup aus und folgte ihm in die Polizeistation. Ihre Stiefel hallten auf dem Fliesenboden, als sie zum Konferenzraum gingen, wo Alex und Katie warteten. Er betrat den Raum mit einer tiefen Stirnfalte und nahm Platz.

Stille empfing ihn. Er schaute nach links zu Katie, die aufgehört hatte, mit Alex zu sprechen, als er hereinkam.

»Was?«

Sie hob beide Hände. »Nichts.«

»Was ist dir denn in den Arsch gekrochen?« fragte Alex.

Er schnaubte. »Tut mir leid. Ich hatte einen schlechten Tag.«

»Ignorier ihn. Er ist launisch.« Seb setzte sich neben ihn. »Lassen wir das Meeting beginnen, okay? Ich würde gerne nach Hause gehen und meine Frau sehen, bevor sie ins Bett geht.«

Brady wollte einfach nur ins Bett *gehen*. Vielleicht würde

morgen ein besserer Tag werden. Er hatte jedoch das nagende Gefühl, dass dem nicht so sein würde.

Er schob seine negativen Gedanken beiseite, setzte sich nach vorne und rollte die Karte auf dem Tisch auf, um sie anzusehen. Die anderen drängten sich näher heran. Er fand die Stelle, wo er vermutete, dass die Höhle war. »Wir gehen hierhin. Ungefähr. Der Campingplatz ist hier oben.« Er zeigte auf einen Punkt höher in den Bergen. »Der Erdrutsch war hier.« Er zeigte auf einen anderen Punkt weiter unten an der Straße von ihrem Lager. »Wir sind den Hang wieder hochgelaufen und haben versucht, einen Ausweg zu finden, aber das Gelände wurde immer steiler. Ich glaube, wir kamen irgendwo hier aus dem Fluss.« Er deutete auf einen Punkt flussabwärts. »Von dort aus sind wir in den Wald gegangen, auf der Suche nach dem Höhlensystem, das Macy vor unserer Abreise recherchiert hatte, das wir in dieser Gegend gefunden haben.« Er umkreiste eine Stelle mit dem Finger.

»Jesus, wie kommen wir dahin?« fragte Alex.

»Auf demselben Weg, wie wir herausgekommen sind. Wir gehen über Land von Benson aus. Das ist der nächstgelegene Ort. Aber wir nehmen ATVs. Ich werde nicht laufen.«

»Wie weit ist es entfernt?« fragte Katie.

»Fünfzehn, zwanzig Meilen vielleicht.«

»Das wird ein schwieriger Transport mit der Ausrüstung. Wir müssen vielleicht übernachten«, antwortete sie.

»Es soll nicht wieder regnen, oder?«

Seb lachte. »Wir bringen eine Plane für dein Zelt mit, nur für den Fall.«

»Danke.«

Sie besprachen noch einige weitere Details, bevor sie vereinbarten, sich morgen früh um fünf Uhr auf der Ranch zu treffen.

Katie stand auf und streckte sich. »Schade, dass Peppy Brewster nicht so früh geöffnet hat. Ich werde morgens einen ordentlichen Koffeinstoß brauchen.«

»Das würde sowieso nichts bringen. Macy hat das Café für ein paar Tage geschlossen. Sie wollte sicherstellen, dass es Jessie gut geht, bevor sie zurückkommt.«

Brady hielt inne, um seinen Bruder anzusehen, als er vom Tisch aufstand. Das war neu für ihn.

Seb bemerkte seinen überraschten Blick. »Was, wusstest du das nicht?«

Er schüttelte den Kopf.

»Mann, du musst die Dinge mit ihr in Ordnung bringen.«

»Hatte heute nicht wirklich Zeit dafür.«

»Hast du wenigstens über das nachgedacht, was ich dir früher gesagt habe?«

»Ja.«

»Und?«

»Und es geht dich nichts an. Können wir nach Hause fahren? Ich bin erschöpft.«

Sebs Mund wurde flach, aber er behielt seine Meinung für sich, wofür Brady dankbar war. Er wollte wirklich nicht mit jemandem über seine Beziehung zu Macy sprechen. Er wollte nicht einmal selbst darüber nachdenken. Er brauchte etwas Ruhe, um irgendeine Perspektive auf das Thema zu bekommen. Sein Gehirn war überlastet.

»Ja, lass uns gehen.«

Alex und Katie gingen vor ihnen hinaus, und sie trennten sich auf dem Parkplatz. Brady sprang auf den Beifahrersitz von Sebs Truck und schnallte sich an, lehnte den Kopf gegen den Sitz und schloss die Augen.

»Alles okay?«

»Ja. Ich will nicht reden, Seb. Fahr einfach, bitte.«

Es dauerte einige Momente, bis Brady bemerkte, dass Seb immer noch dort saß. Ohne das Fahrzeug zu starten. Er öffnete die Augen und sah seinen Bruder an. »Was?«

»Alter, ich weiß nicht, was mit dir los ist, aber du musst diese Scheiße klären. Miesepetriger Brady ist nicht cool.«

Bradys Lippen wurden schmal, aber er starrte Seb nur im abgedunkelten Inneren des Trucks an.

»Was auch immer dich belastet – ob es Macy ist oder etwas anderes – du musst damit umgehen.«

»Ich will nur schlafen.« Er zeigte auf die Zündung. »Das kann ich nicht, wenn ich hier sitze.«

Seb schüttelte den Kopf und startete den Motor. »Gut. Sei ein Arschloch. Es ist kein Wunder, dass Macy ihre Hände von dir gewaschen hat.«

Brady knirschte mit den Zähnen. *Er* war nicht das Problem. *Er* hatte um nichts davon gebeten. Warum konnten die Leute die Dinge nicht so lassen, wie sie waren? Warum mussten sich die Dinge ändern? Er rieb sich mit einer Hand über das Gesicht. Er war sich durchaus bewusst, dass das Leben sich ändert. Das hieß jedoch nicht, dass es ihm gefallen musste.

»Schau, ich war noch nie jemand, der – seine Gefühle gut ausdrücken konnte. Und es ist schwieriger, wenn ich keine Chance bekomme, abzuschalten. Ich versuche nicht, ein Idiot zu sein. Ich brauche nur etwas Zeit zum Ausruhen und um einfach durchzuatmen.«

Seb seufzte. »Ja, okay. Tut mir leid. Ich weiß, du brauchst deinen Freiraum. Ich will nur nicht sehen, wie du etwas – jemanden – Großartiges durch deine Finger gleiten lässt.«

»Ich weiß. Und ich *werde* über das nachdenken, was du gesagt hast.«

»Gut.« Er legte den Gang ein und fuhr von der Station weg.

»Danke, dass du mich nach Hause bringst. Hoffentlich ist das, was mit meinem Truck nicht stimmt, leicht zu beheben.«

»Du sagtest, die Bremsen haben versagt? Ohne Vorwarnung?«

»Ja. Ich bin um eine Kurve gefahren, habe die Bremse betätigt und meine Warnleuchte ging an. Ich habe fester gedrückt und mein Fuß ging bis zum Boden durch. Da war einfach nichts.«

»Das ist seltsam.«

»Das sagst du mir. Ich weiß, dass ich den Truck hart arbeiten lasse, aber ich weiß nicht, wie die Bremsen versagen konnten. Es sei denn, ich habe irgendwo einen scharfen Stein aufgewirbelt und ein Loch in die Leitung gestochen. Ich habe nichts gesehen, als ich nachgesehen habe, aber ich hatte nur mein Handy zum Leuchten.«

»Liam wird es herausfinden, da bin ich mir sicher.«

Brady hatte auch Vertrauen in ihren Mechaniker. Es war nur seltsam.

Sebs Funkgerät knisterte auf.

»Sheriff, hören Sie?«

Er nahm das Mikrofon auf und drückte den Knopf zum Sprechen. »Zentrale, hier ist Archer. Kommen.«

»Wir haben gerade einen Notruf von Macy Briggs erhalten. Jemand ist in ihr Haus eingebrochen. Sie bat uns, Sie anzurufen.«

Bradys Herz hämmerte in seiner Brust.

Sebs Reifen quietschten auf dem Asphalt, als er auf die Bremsen trat und wendete. »Geht es ihr gut? Over.«

»Ihr geht es gut. Ich habe einen Deputy geschickt, um einen Bericht aufzunehmen.«

»Okay. Ich bin unterwegs. Archer Ende.« Er hängte das Mikrofon ein und trat aufs Gas. »Bist du jetzt wach?« Er blickte zu Brady.

»Ja. Kannst du nicht schneller fahren?«

»Es gibt keine Sirene an diesem Fahrzeug, also nein.«

Bradys Kiefer arbeitete, und er starrte aus dem Fenster und wünschte, das Auto würde schneller zu Macy kommen. In Wirklichkeit vergingen nur ein paar Minuten, aber es fühlte sich fünfmal so lang an, bevor sie am Bordstein vor Macys Haus anhielten. Er war aus dem Auto, bevor Seb den Motor abstellte, und rannte durch den Hof zur Haustür.

»Macy?« Er kam abrupt zum Stehen, direkt hinter der Tür, als sein Gehirn die Botschaft an der Wand registrierte. »Was zum Teufel?«

»Brady?«

Er drehte sich um und sah, wie Macy von einem Stuhl an ihrem Esstisch aufstand, wo sie mit Hannah zusammensaß. Er eilte hinüber und umarmte sie, die Erleichterung darüber, dass es ihr gut zu gehen schien, ließ seine Hände zittern. »Geht es euch beiden gut? Was ist los?«

»Wir kamen nach Hause und fanden eine offene Tür und das

an der Wand.« Sie deutete auf die Worte, die an die Wohnzimmerwand gesprüht waren. »Was machst du hier?«

»Ich war bei Seb, als er den Anruf bekam.«

»Oh.«

»Hey, Macy.« Seb kam näher, Deputy Gentry auf seinen Fersen. »Hast du eine Ahnung, wer das getan haben könnte?«

Brady schaute noch einmal auf die Worte. *Lass es oder du bist die Nächste.* Die Worte, in Rot gemalt, liefen die Wand hinunter wie Blut. Eis füllte seine Adern, als der Kontext ihn ins Gesicht schlug.

»Denkst du, das hat etwas mit dem Skelett zu tun, das wir gefunden haben? Ich meine, ich weiß, dass wir es nicht an die große Glocke gehängt haben, aber Seb plant eine Bergung. So etwas würde hier nicht lange geheim bleiben.«

»Es ist möglich«, sagte Seb. »Und ihr Leute seid die Einzigen, die den Standort kennen.« Er sah sie an. »Macy, vielleicht sollten du und Hannah zurück zur Ranch kommen. Ich weiß, du willst deinen eigenen Raum.« Seine Augen gingen von ihr zu Brady, bevor er fortfuhr. »Aber es ist dort sicherer.«

Sie rollte ihre Lippen ein, nickte dann und legte einen Arm um Hannah. »Das ist in Ordnung. Ich muss nur ein paar Klamotten holen. Ich will wirklich nicht hier bleiben mit dem, was an die Wand geschrieben ist.«

»Verständlich.« Er blickte zu Gentry. »Hast du den Rest des Hauses überprüft? Ist noch etwas durcheinander?«

Gentry schüttelte den Kopf. »Nein. Es war nur das aufgebrochene Türschloss und das.« Er nickte in Richtung der Wand.

»Okay. Macy, hol, was du brauchst, aber achte auf alles Ungewöhnliche. Wenn du etwas siehst, fass es nicht an und lass es uns wissen. Ich denke, es ist wahrscheinlich ein Spurensicherungstechniker unterwegs.« Er hob fragend eine Augenbraue zu Gentry, der nickte.

»Pack für ein paar Tage«, sagte Brady, als sie wegging. »Es wird mich so lange dauern, hierher zu kommen und deine Wand neu zu streichen.«

Sie runzelte die Stirn über ihn, öffnete den Mund, um etwas zu sagen, änderte dann aber ihre Meinung und ging weg, den Kopf schüttelnd. Er wusste, dass sie wahrscheinlich verwirrt war. Verdammt, das war er auch. Sie hatte ihn gestern Abend praktisch aus ihrem Leben verbannt. Er hatte nicht ausdrücklich gesagt, dass er voll auf diese Dating-Sache eingestiegen war, aber er verhielt sich, als wäre alles gut zwischen ihnen. Er würde sich jedoch nicht von ihr abwenden, wenn sie ihn brauchte. Wenn sie ihn vor die Tür setzen wollte, konnte sie das tun, nachdem sie herausgefunden hatten, wer diese Nachricht an ihre Wand gemalt hatte.

Macy erschien wieder mit einem kleinen Rucksack.

»Bereit?« fragte Seb.

Sie nickte.

Er führte sie aus der Tür zu den Autos. Brady hielt neben Denises SUV an und hielt die Hand nach den Autoschlüsseln aus. Macy starrte zu ihm hoch, als Hannah auf dem Beifahrersitz Platz nahm.

»Nein.«

Er runzelte die Stirn und ließ seine Hand sinken. »Was meinst du mit nein?«

»Ich meine, du kannst mit Seb fahren. Ich fahre uns zurück.«

Er öffnete den Mund, um zu protestieren, aber sie hob eine Hand.

»Tu es nicht. Ich meinte, was ich gesagt habe. Es sei denn, du hast deine Meinung geändert, ich bin fertig.«

Brady blieb still. Der Rat seines Bruders und seine Gefühle für diese Frau hüpften in seinem Gehirn herum, ohne jemals lange genug anzuhalten, damit er irgendetwas in den Griff bekommen konnte. Etwas von der Müdigkeit, die er früher verspürt hatte, kroch zurück.

Ihr Kopf neigte sich zurück, als er vorwärts trat und wieder nur Zentimeter von ihr entfernt anhielt.

»Was, wenn ich es täte?«

Ihr Herz setzte aus. Sie schluckte und kämpfte gegen die Hoffnung an. »Du weißt, wo ich stehe, Brady. Ich will eine echte Chance auf ein Für-Immer. Nicht nur, mal sehen, was passiert.«

Er hob eine Hand und verflocht sie in ihr Haar an der Seite ihres Kopfes, beugte sich hinunter. »Nichts ist garantiert, aber ich weiß einfach, dass ich mich nicht von dir abwenden kann. Ich weiß, es ist nicht das, was du hören willst, aber im Moment ist es das, was ich geben kann.« Sein Adamsapfel hüpfte. »Ich versuche es, Macy.«

Macys Gedanken wirbelten. Sollte sie ihm die Chance geben, um die er bat? Konnte sie riskieren, ihr Herz vollständig zu verlieren – sowie Monate oder Jahre ihres Lebens – wenn sie nachgab und er sich dann nicht für immer an sie binden konnte?

Aber wenn sie es nicht tat, würde sie es immer bereuen, nein gesagt zu haben? Wenn sie ja sagte, war das alles. Sie konnte sich nicht vorstellen, jemals wieder in jemand anderen verliebt zu sein, wenn sie ihn jetzt über ihre Verteidigungslinien ließ. War es das Risiko eines einsamen Lebens wert, ihm jetzt eine Chance zu geben? War es das wert, es nie zu erfahren, wenn sie es nicht tat?

Ihr Herz pochte mit einer Sehnsucht, diesen Mann zu lieben. Sein Ein und Alles zu sein und ihn zu ihrem zu machen. Wenn sie jetzt nein sagte, würde sie nie die Chance bekommen.

Sie nahm sein Gesicht in ihre Hände und genoss das Gefühl seines Bartes unter ihren Fingern. »Ich bin voll dabei, Brady. Kannst du mir versprechen, dass du es auch bist? Dass du alles geben wirst, was du hast, um das zum Funktionieren zu bringen?«

Seine Augen suchten die ihren. »Du bekommst alles, was ich geben kann. Ich arbeite daran, dass das alles ist.«

Die Aufrichtigkeit in seiner Stimme und auf seinem Gesicht überzeugte sie. Sie stellte sich auf die Zehenspitzen und küsste ihn.

Ihre Füße verließen den Boden, als er die Knie beugte und seine Arme um ihre Taille schlang und sie hochhob. Er trug sie aus dem Raum. Macy schlang ihre Beine um ihn. Sie erreichten sein Schlafzimmer, und er schloss die Tür mit seinem Fuß, bevor er sie neben dem Bett auf die Füße stellte.

Sie löste sich, um zu ihm aufzuschauen. Stille durchdrang den Raum, nur unterbrochen vom Klang ihres harschen Atems. Seine Hände wanderten über ihren Rücken und über ihre Hüften.

»Es war etwas vermessen von mir, dich hierher zu bringen. Du kannst gehen, wenn du willst.« Er starrte sie an, seine Hände wurden ruhig.

Macy fuhr mit ihren Händen in sein Haar und zog ihn nach unten. »Ich bin genau da, wo ich sein will.«

Er stöhnte und küsste sie erneut, was ihren Körper in Alarmbereitschaft versetzte. Er hatte nicht vergessen, wie es sich anfühlte, mit ihm zu schlafen. Sie bog sich ihm entgegen und wollte näher sein. Er zog sich zurück, um sanfte Küsse hinter ihrem Ohr und ihren Hals hinunter zu regnen. Gänsehaut breitete sich auf Macys Haut aus und Hitze durchflutete ihren Bauch. Seine Finger gruben sich unter ihr Oberteil, um ihren nackten Rücken zu streicheln. Sie vergrub ihre Finger in seiner Kopfhaut, und er küsste sie härter.

Durch den Nebel, der jetzt ihr Gehirn umhüllte, bemerkte sie, dass er die kleine Lampe auf dem Nachttisch eingeschaltet hatte und dass sie sich bewegten. Er hob sie hoch und legte sie aufs Bett, zog ihr Oberteil mit geschickten Händen aus.

»Ich habe beim ersten Mal nicht richtig hingesehen.« Er setzte sich rittlings auf ihre Schenkel und blickte auf sie herab, seine Augen zeichneten jede Linie ihres Körpers nach. Eine Hand streifte mit federleichter Berührung ihr Schlüsselbein und bewegte sich tiefer über die Wölbungen ihrer Brüste und in das Tal dazwischen.

Macys Brustwarzen spitzten sich unter ihrem BH, begierig auf seine Berührung. Sie stöhnte und fuhr mit ihren Händen über seine muskulösen Unterarme.

»Wir nehmen uns dieses Mal Zeit. Erschöpft oder nicht, ich werde das nicht überstürzen. Nicht dieses Mal.« Er zog die Cups ihres BHs herunter und entblößte ihre Brüste, um die Spitzen zu necken.

Ein weiteres atemloses Stöhnen entwich ihr. Er beugte seinen dunklen Kopf, um ihr entblößtes Fleisch zu küssen, arbeitete sich über die Oberseite ihrer Brüste, um die Spitze einer zwischen seine Zähne zu nehmen. Sie stieß einen über-raschten Schrei aus, ihre Hüften bäumten sich auf, als er zubiss, dann beruhigte er den Biss mit seiner Zunge.

»Heiliger Gott.« Sie umklammerte seine Oberschenkel, ihre Finger gruben sich in die Muskeln dort, als er zur anderen Seite wechselte. Sie spürte, wie er gegen ihre Haut grinste.

Er bewegte sich von ihrer Brust weg, um sich küssend und leckend seinen Weg ihren Bauch hinunter zu bahnen, während er ihre Leggins und ihren Slip herunterziehen ging. Jedem Zentimeter Haut, den er freilegte, widmete er Aufmerksamkeit, bis Macy ein zappelndes Bündel aus Nervenenden auf dem Bett war. Als er ihre Füße erreichte, hielt er inne, um sie anzusehen.

»Zieh deinen BH aus.«

Sie setzte sich auf und griff mit zitternden Händen hinter ihren Rücken nach den Haken. Nach mehreren Versuchen, bei denen sie hantierte, knurrte sie und drehte ihn herum, um ihn von vorne anzugehen, und befreite sich schließlich.

Er lachte, ein tiefes Grollen, während er sie beobachtete. »Ich glaube, das hat etwas von deiner Erregung getötet. Das muss ich beheben.« Seine Augen loderten im weichen Schein der Lampe. Diese großen Arbeiterhände glitten an ihren Beinen hinauf und schoben sie auseinander. Er legte sie um ihre Hüften und tauchte seine Daumen tief über das Wirrwarr aus kastanienbraunem Haar an der Spitze ihrer Schenkel.

Als er über diese kleine versteckte Knospe glitt, verließen Macys Hüften das Bett, und sie stieß einen Schrei der Lust aus. »Mehr.«

Er glitt mit zwei Fingern durch ihre Falten und streichelte ihr nasses Fleisch. Macy keuchte, während er sie in einen Rausch arbeitete. Sie klammerte sich an das Kissen unter ihrem Kopf und brauchte etwas Greifbares, um nicht davon zu schweben, als er einen langen Finger in sie schob. Als der zweite dem ersten folgte, gab es nichts, was sie am Boden halten konnte. Ein Höhepunkt riss durch sie hindurch. Sie ließ einen hohen Schrei heraus und presste ihre Lippen zusammen, als sie sich an Hannah erinnerte, die im Nebenzimmer schlief.

Die Matratze senkte sich, als Brady sich bewegte. Macy war zu benommen, um ihre Augen zu öffnen. Sie wusste, dass er nicht gegangen war, weil sie ihn sich bewegen hören konnte. Ihre Augen öffneten sich jedoch, als sein Gewicht – sein nacktes Gewicht – sich auf sie legte.

»Ich glaube, es hat mir besser gefallen, als du geschrien hast.« Er lächelte auf sie herab.

Sie lachte. »Das nächste Mal, wenn kein dreizehnjähriges Mädchen nebenan schläft, verspreche ich, so viel Lärm zu machen, wie ich kann.«

»Das klingt gut. Ich denke, das bedeutet, dass wir dieses Mal super langsam sein müssen. Es hinauszögern.« Sein Kopf senkte sich, um an der Haut ihres Halses zu knabbern.

Macys Augenlider flatterten. *Verdammt.* »Und du denkst, das wird mich *weniger* wahrscheinlich zum Schreien bringen?«

Er lächelte gegen ihren Hals. »Wahrscheinlich nicht, aber es wird sicher Spaß machen.« Er bewegte sich nach oben und bedeckte ihren Mund mit seinem, was eine Antwort verhinderte.

Sie verlor sich in einer Waschung von Empfindungen, als er sich seinen Weg wieder ihren Körper hinunter streichelte, küsste und leckte und sie erneut zum Höhepunkt und darüber hinaus brachte. Macy war völlig kraftlos, als er zwischen ihren Beinen zur Ruhe kam, seine Erektion an ihrem Eingang spielte. Weitere Hitze leckte an ihrer Wirbelsäule hoch bei der intimen Berührung.

Er strich ihr das Haar aus dem Gesicht und starrte auf sie herab, bevor er seinen Kopf beugte, um einen zärtlichen Kuss auf ihre Lippen zu legen. Macys Herz jubelte bei all den Emotionen dahinter. Er dachte vielleicht, er wäre nicht bereit, ihr alles zu geben, aber sein Herz war es. Sie konnte es in seiner sanften Berührung fühlen.

Ihre Gedanken flohen, als er in sie eindrang, langsam und stetig, gab ihr Zeit, sich an ihn anzupassen. Als er vollständig in ihr war, zog er sich zurück, um erneut vorzustoßen, genauso langsam. Macy stöhnte. Sein Tempo blieb gleich und trieb sie in den Wahnsinn.

»Schneller«, knurrte sie.

»Nein. Langsam, erinnerst du dich?«

Sie knurrte wieder, aber es verwandelte sich in ein langes Stöhnen, als er die Spitze ihrer Brust in seinen Mund saugte. Macy verschränkte ihre Knöchel hinter seinem Rücken und stieß nach oben, rieb sich an ihm, während sein langsames Tempo sie näher an die Spitze brachte.

»Brady.« Atemlos bog sie sich ihm entgegen, ihr Höhepunkt so nah.

»Nicht schreien.« Er griff zwischen sie und neckte sie mit seinen Fingern.

Macy segelte über die Spitze. Sie drückte ein Kissen auf ihr Gesicht, als ein Schrei aus ihrem Mund kam. Es war unmöglich, ihn zurückzuhalten, als ihr Körper zerbrach. Exquisites Vergnügen floss durch sie, verbrannte sie von innen heraus.

Brady stöhnte und erhöhte sein Tempo. Macys Kraftlosigkeit verblasste, seine Stöße trieben sie erneut hoch. Ihr Fleisch war so empfindlich, dass sie in Momenten wieder an der Spitze war und dieses Mal mit ihm in den Äther flog. Sein Mund bedeckte den ihren und schluckte ihren Schrei. Zusammen ritten sie auf den weißglühenden Wellen, bis sie erschlafften.

Sie ließ sich in die Matratze sinken, sein Gewicht eine warme Decke. Als er wegrollen wollte, protestierte sie.

»Ich erdrücke dich, wenn ich mich nicht bewege.« Er legte sich neben sie und zog die Bettdecke und das Laken unter ihnen hervor, um ihre Körper zu bedecken.

Macy rollte zu ihm, verflocht ihre Finger in dem dunklen Wirbel von Haaren auf seiner Brust. Er bedeckte ihre Hand mit seiner. Sie spürte, wie er sich entspannte, als er tief einatmete. Die Worte »Ich liebe dich« steckten in ihrem Hals. Sie wollte es so gerne vom Gipfel des Berges schreien, aber sie wusste, dass es für ihn noch zu früh war.

Also kuschelte sie sich näher an ihn und schloss die Augen und betete, dass sie es eines Tages sagen könnte und er es erwidern würde.

Schneeflocken rieselten aus dem stahlgrauen Himmel, während Brady neben Seb in die Berge ritt, auf der Suche nach der Höhle. Er zog seine Sturmhaube unter dem Helm höher ins Gesicht, um seine Nase zu bedecken, die sich wie ein Eis am Stiel anfühlte, nachdem er die letzten paar Stunden mit hoher Geschwindigkeit gefahren war. Sie waren langsamer geworden, als das Gelände steiler wurde, sodass der Wind nicht mehr so bissig war, aber er war bereit, aus dem Wind zu kommen. Der Winter hatte in dieser Höhe immer noch seinen Griff, obwohl es Frühling war.

Er dachte an den Morgen zurück und hoffte, dass die Erinnerung an Macys nackten Körper, der sich an seinen presste, die Kälte vertreiben würde. Das tat sie, aber es machte ihn auch unbehaglich. Erregt zu sein und durch raues Gelände zu fahren, war nicht angenehm. Aber jetzt, wo das Bild da war, konnte er es nicht mehr verdrängen, und trotz seines Unbehagens wollte er es auch nicht.

Letzte Nacht war etwas in ihm zerbrochen. Sebs Ratschläge hatten bereits in seinem Kopf gekreist, als der Anruf wegen des Einbruchs eingegangen war. Sein einziger Gedanke war, zu ihr zu kommen und sicherzustellen, dass sie in Sicherheit war. Es half ihm zu erkennen, dass er nicht aus ihrem Leben verschwinden konnte. Wenn das bedeutete, dass er einige seiner Vorbehalte beiseite legen musste, dann musste er sich ändern. Er konnte sich ein Leben ohne Macy nicht vorstellen. Je mehr er über sie nachdachte, über ihre Rolle in seinem Leben, wusste er, dass Freundschaft nicht alles war, was ihnen bestimmt war. Es hatte lange genug gedauert, das herauszufinden - er kämpfte immer noch damit, aber er versuchte es. Jahre des Mauerbaus und des Vermeidens von Beziehungen zu überwinden würde nicht einfach sein. Aber er konnte sie nicht verlieren, weil er Angst hatte.

Das Brummen ihrer ATVs hallte durch die Bäume, als sie nach oben fuhren, die Motoren änderten ihren Klang, als sie härter arbeiten mussten, um den steileren Hang hinaufzukommen. Sie erreichten den Grat und Brady gab allen das Zeichen anzuhalten.

»Wir sind nah dran. Ich bin hier hochgekommen, um zu sehen, wo wir sind. Die Höhle ist da vorne.« Er zeigte nach vorne links.

»Führe uns.« Seb bedeutete ihm weiterzugehen.

Brady legte den Gang ein und fuhr über den Grat in Richtung der Klippe, verlangsamte aber, als sie sich der Stelle näherten, wo er glaubte, dass sie hochgeklettert waren. Er rollte am Rand entlang und suchte nach der Baumgruppe, an der er das Seil befestigt hatte.

»Da.« Er hielt an und zeigte auf einige Bäume. »Das ist die Stelle.« Er schaltete sein ATV aus und stieg ab, nahm seinen Helm ab und zog seine Sturmhaube herunter, während er zum Rand ging. Er konnte den Vorsprung am Höhleneingang von seinem Standort aus gerade noch erkennen.

Seb kam und stellte sich neben ihn.

»Da unten.«

Er blickte hinunter. »Es ist ein Glück, dass unser Gerichtsmediziner und Forensiker erfahrene Kletterer sind. Kannst du dir vorstellen, das mit dem Gerichtsmediziner aus Colorado Springs zu machen?«

Brady grinste. Er hatte Dr. Caulfield ein paar Mal getroffen. Der Kerl war nett, aber er war in seinen Sechzigern und übergewichtig. »Wir müssten eine Art Stuhl aufbauen. Oder die Leiche zu ihm bringen.«

»Ich glaube, ich würde letzteres vorziehen. Das müssen wir sowieso machen. Lass uns die Seile anbringen und runter gehen. Mit etwas Glück können wir hier raus und vor Einbruch der Dunkelheit zurück in die Zivilisation.«

Das wäre ideal. Er hatte keine Lust, noch eine Nacht hier draußen zu verbringen.

Alex kam neben sie, mit zwei Gurten in der Hand. Er hielt sie ihnen hin. »Zieht die an. Katie sichert gerade ein Seil.«

Brady nahm den Gurt und stieg hinein, befestigte ihn um seine Taille und stellte sicher, dass die Riemen fest waren.

»Wer geht zuerst?« fragte Alex.

»Ich werde gehen. Ich war schon unten, also kann ich allen anderen helfen, reinzukommen.«

»Klingt gut.« Er gab Brady das Seil. »Du gehst runter und wir fangen an, die Ausrüstung zu dir hinunterzulassen.«

Brady band sich an, trat dann über den Rand und ging die Klippe hinunter zum Vorsprung darunter. Der Gurt und das Sicherungssystem machten es viel einfacher als beim letzten Mal. Seine Füße berührten den Boden und er hakte sich aus.

»Ich bin unten«, rief er die Klippe hinauf. Seb erschien an der Spitze und zeigte ihm einen Daumen nach oben.

Er lehnte sich aus der Höhle heraus und wartete auf die Vorratstaschen. Die erste erschien bald. Er schnappte sie, als sie vor dem Höhleneingang schwang, und zog sie hinein. Mehrere weitere folgten, samt einer Rettungstrage für die Leichentasche. Er brachte alles hinein und stellte es an der Wand entlang auf, aus dem Weg.

Herabfallende Steine kündigten einen Kletterer an. Brady schaute hinaus und sah Seb auf sich zukommen. Er half seinem Bruder hinein, wo er sich vom Seil ausklinkte, damit Katie als nächste herunterkommen konnte. Innerhalb weniger Minuten gesellten sich sie, Alex und Katies Assistentin Emma zu ihnen.

»Ihr habt hier drin übernachtet?« Katie schauderte. »Wie groß waren die Spinnen?«

»Das habe ich nicht bemerkt. Wir waren zu beschäftigt damit, uns aufzuwärmen.«

Sie neigte den Kopf. »Stimmt. Also, wo ist diese Leiche?«

»Da hinten.« Er zeigte in die Dunkelheit.

»Okay, jeder nimmt etwas Ausrüstung und los geht's«, sagte Seb.

Brady hob eine Tasche an und führte den Weg in die Höhle zu dem Bereich, wo sie sich verengte.

»Mein Gott, ich muss da durchkriechen?« sagte Katie. Sie blickte zu Emma. »Bist du bereit dafür?«

»Nein, aber lass es uns einfach hinter uns bringen. Ich hoffe, mein Hintern ist nicht zu groß.«

»Hannah hat durchgepasst, und sie ist so groß wie ihr beide«, sagte Brady.

»Ja, aber ich wette, sie hat nicht diesen Hintern.« Emma stupste sich selbst in den Po. Die Frau war kurvig, aber nicht übermäßig.

»Das werden wir herausfinden. Komm schon, Em.« Katie ging auf die Knie, mit einer Taschenlampe in der Hand, und schob eine Tasche voll mit Beweissammlungsausrüstung vor sich her. Emma ging hinter ihr auf die Knie mit ihrem Kamerakoffer. Die beiden Frauen schlängelten sich durch den Durchgang auf die andere Seite.

»Wisst ihr, es sieht aus, als ob ein Teil davon eingestürzt wäre«, sagte Katie, als sie sich in den engen Raum hineinarbeitete. »Auf einer Seite liegt loses Gestein.«

Alex, Brady und Seb hockten sich hin, um durch den Tunnel zu schauen. Brady hatte das vorher nicht bemerkt, aber sie hatte Recht. Eine Seite war mit Felsbrocken und kleinen Steinen gefüllt, während die andere die glatte Fläche der Höhlenwände war.

»Wow. Es ist viel größer hier drin, als ich gedacht hätte. Wir haben Glück, dass nichts hiervon ein Bau gemacht hat. Obwohl, es waren einige kleine Kreaturen hier drin. Es gibt Stücke zerrissener Lebensmittelverpackungen vermischt mit Tierfell.« Katie sagte das, als sie aus dem Durchgang in die Höhle dahinter herauskam und sich umschaute.

»Diese Höhle ist wahrscheinlich zu hoch für größere Tiere«, sagte Seb.

»Stimmt. Okay, Em, fang an, Fotos zu machen, während ich meine Sachen auspacke.«

Die andere Frau machte eine Reihe von Fotos von der Leiche und dem Bereich darum herum, dann bewegte sie sich weiter in die Höhle hinein.

»Hier hinten ist noch ein Durchgang.«

Brady runzelte die Stirn. Die Mädchen hatten das nicht erwähnt.

»Was?« Seb lehnte sich näher. »Kannst du hindurchpassen?«

»Ja, er ist größer. Warte kurz.«

Sie warteten, während Emma erkundete.

»Schatz, was kannst du mir über die Leiche sagen?« sagte Alex.

Katie hockte sich hin, um durch den Gang zu schauen. »Ich würde sagen, es ist ein männlicher Heranwachsender, elf bis dreizehn.« Sie leuchtete mit ihrer Lampe auf den Boden rund um die Leiche. »Hier ist etwas Haar.«

»Immer noch?«

»Ja. Es ist dunkel, aber von seinem Aussehen und wo es liegt, würde ich sagen, es gehört unserem Opfer. Ich stelle sicher, dass Emma es aus der Nähe fotografiert, bevor ich es einsammle.«

»Glaubst du, du kannst DNA daraus gewinnen?« fragte Seb.

»Vielleicht. Aber das ist ein großes Vielleicht. Wahrscheinlich ist keine Wurzel mehr an diesen Strähnen. Ich könnte etwas mitochondriale DNA bekommen, aber das wird uns nur nützen, wenn wir jemanden haben, mit dem wir sie abgleichen können, der bereit ist, uns eine Probe zu geben.«

»Wenn es der ist, den ich vermute, sollten wir DNA von ihm bekommen können. Beide Arten«, sagte Seb.

»Ich werde tun, was ich kann.«

»Wer denkst du, ist es?« fragte Brady.

»Robbie Knights älterer Bruder, Steven. Er verschwand vor fast vierzig Jahren im Alter von zwölf Jahren.«

Brady runzelte die Stirn. »Ich wusste nicht, dass Robbie einen Bruder hatte.«

»Ich auch nicht. Kerr hat es mir erzählt. Anscheinend waren er und Robbie als Kinder beste Freunde.«

»Ernsthaft? Das ist ein unwahrscheinliches Paar.«

»Jetzt ja. Ich habe mehr über Robbies Hintergrund recherchiert. Seine Familie gehörte zur oberen Mittelschicht. Sein Vater war Finanzbeamter bei der Bank. Kerr sagte, Robbie geriet in schlechte Gesellschaft und kam nie wieder heraus.«

Das Geräusch von Fußschritten im Dreck, als Emma zurückgerannt kam, brachte ihr Gespräch zum Erliegen. Sie hielt einen Rucksack hoch. »Ich habe das dort hinten gefunden. Und ja, ich habe zuerst Fotos gemacht.« Sie stellte ihn vor Katie auf den Boden, dann hob sie ihre Kamera.

Katie öffnete den Reißverschluss der Tasche, und Emma machte ein Bild von dem, was darin war.

»Was seht ihr?« fragte Brady.

»Meistens Kleidung.« Katie hielt ein Hemd hoch. Emma machte ein Foto, dann legte Katie es in einen Beweisbeutel. Sie durchsuchten den Rucksack, ein Kleidungsstück nach dem anderen.

»Glaubst du, der Junge ist weggelaufen?« fragte Brady Seb.

»Das war der Konsens, als er verschwand. Er nahm einen Rucksack mit und einige Kleidungsstücke.«

»Hast du mit Robbie gesprochen?«

Seb nickte. »Ich habe es versucht. Er war voll, als ich gestern Morgen zu seinem Wohnwagen gegangen bin. Sobald ich erwähnte, dass ihr jemanden gefunden habt, den ich für Steven hielt, fragte er, wo er sei, dann schlug er mir die Tür vor der Nase zu. Er kam nicht wieder heraus, egal wie sehr ich es versuchte. Ich habe in der Stadt die Augen offen gehalten und meine Deputies auch, aber er ist noch nicht aufgetaucht.«

»Man würde denken, er würde helfen wollen.« Alex sagte.

Seb zuckte mit den Schultern. »Nach dem, was Kerr sagte, war die Familie nie mehr dieselbe, nachdem Steven verschwand. Der Vater blieb immer spät bei der Arbeit, und ihre Mutter wandte sich dem Alkohol zu. Beide sind längst tot.«

»Also brauchen wir Robbie, um eine Identifizierung zu bestätigen«, sagte Alex.

»Höchstwahrscheinlich ja. Es sei denn, es gibt etwas an der Leiche, das mir eindeutig sagt, dass es Steven Knight ist.«

KÄLTE SICKERTE IN BRADYS HINTERN VOM HARTEN BODEN. KATIE und Emma waren jetzt seit über einer Stunde in der Höhle. Er, Seb und Alex saßen buchstäblich herum und warteten, während sie den Tatort bearbeiteten. Er schaute wieder zum Durchgang, in der Hoffnung, dass sie bald fertig sein würden.

Katies Ruf, dass sie herauskämen, war eine Antwort auf sein Gebet. Er sprang auf die Füße.

»Gott sei Dank«, sagte Alex. »Mein Hintern ist taub.«

»Wie?« fragte Seb. »Du warst die ganze Zeit unterwegs und hast ihnen gesagt, wie sie das Skelett einpacken sollen.«

»Nicht die ganze Zeit. Der Boden ist hart.«

»Versuch mal, darauf zu schlafen«, sagte Brady und stand auf.

Emma kam heraus und hielt ein Seil. Sie gab es Brady, während Seb und Alex ihr auf die Füße halfen. Brady holte das Nylon ein und zog den Leichensack aus dem Tunnel frei. Katie kam hinter ihm heraus mit ihrem eigenen Schleppseil, das an ihrer Ausrüstung befestigt war. Alex half ihr hoch, während Seb das Seil nahm.

»Hast du dir die Leiche schon angesehen?« fragte sie Alex.

»Sie ist gerade aus dem Tunnel gekommen, Schatz.«

Sie winkte ab. »Faulpelz.« Mit einem Grinsen ging sie zum Leichensack und öffnete den Reißverschluss. Alex ließ sich neben ihr nieder.

Seb und Brady standen über ihnen und betrachteten das Durcheinander von Knochen, das sie enthüllten. Brady wusste nicht, wie sie in diesem Durcheinander etwas erkennen konnten. Für ihn war es wie ein Puzzle.

»Es ist definitiv männlich, und Katies Alterseinschätzung sieht genau richtig aus. Wir müssen die Überreste noch von einem forensischen Anthropologen untersuchen lassen, aber das gibt dir einen guten Ausgangspunkt, Seb. Ich werde die Universität anrufen, wenn wir zurück sind, und den neuen Typen, den sie eingestellt haben, herbringen, um unser Opfer anzusehen.«

»Können wir ihm vertrauen?« fragte Seb.

»Ich denke schon. Er ist von außerhalb des Bundesstaates. Vermont. Und er hat gerade seinen Doktortitel gemacht. Er hatte keine Zeit, in Dr. Whites Kreise hineingezogen zu werden.« Alex runzelte die Stirn. »Hey, was ist das?« Er zeigte auf einen Wirbel. »Schatz, ich brauche Handschuhe.«

Katie wühlte in ihrem Kit und reichte ihm ein Paar. Er zog sie an, dann hob er den Knochen aus der Tasche.

»Was siehst du?« fragte Katie.

Er zeigte auf einen Bereich auf der abgerundeten Innenseite des Knochens. »Siehst du diese Kerbe?«

»Oh mein Gott«, sagte Katie, als sie sich näher lehnte und besser hinsah.

»Was?« fragte Seb.

»Euer Opfer wurde erstochen«, sagte Alex.

»Wer würde einen Elfjährigen erstechen?« sinnierte Brady. »Vergiss es. Wir haben in letzter Zeit genug Abweichler gesehen. Verdammt, was macht da einer mehr aus? Jesus.«

»Großartig. Ein vierzig Jahre alter Mordfall.« Seb kniff sich in die Nasenwurzel. »Ich schätze, Robbie wird mit mir reden, ob er will oder nicht. Lasst uns zusammenpacken und von hier verschwinden.«

Alex schloss den Leichensack. Brady nahm die forensische Ausrüstung und ging zum Eingang. Seb musste es ihm nicht zweimal sagen. Er war bereit, nach Hause zu gehen.

»Ich gehe zuerst hoch.« Er befestigte das Seil an seinem Gurt. »Ihr könnt eine Münze werfen, wer als nächstes kommt.«

»Ich werde es tun«, sagte Seb. »Ich habe vor langer Zeit gelernt, Katies Sachen nicht anzufassen, es sei denn, sie sagte es.«

Katie grinste. »Kluger Mann. Ihr zwei geht. Emma wird euch folgen, dann werden Alex und ich alles hinaufschicken und folgen.«

»Klingt gut«, sagte Seb. Er blickte zu Brady. »Sei vorsichtig.«

»Das ist einfach im Vergleich zum letzten Mal.« Er gab seinem Bruder ein halbes Lächeln und trat an den Rand des Vorsprungs. »Wir sehen uns oben.« Er schob seinen Aufstiegshelfer das Seil hinauf, dann hinunter, und seine Füße verließen den Boden.

Mit dem Gerät sowie dem Klettern an der Felswand hinauf erreichte Brady zügig die Spitze. Er überwand den Rand und rief nach unten zu Seb, mit dem Aufstieg zu beginnen. Als Sebs dunkles Haar an der Spitze auftauchte, streckte er die Hand aus, um ihm über den Rand zu helfen.

Emma kam als nächstes, zu Bradys Überraschung flog sie das Seil hinauf. Die Frau war viel athletischer, als sie aussah. Sobald sie auf der Klippe stand, rief er zu Alex hinunter, die Rettungstrage hochzuschicken. Da das Skelett nicht viel Platz einnahm, konnten sie die gesamte Ausrüstung auf dem Schlitten mit dem Leichensack verstauen. Brady zog das Seil hoch, mit dem sie die Sachen heruntergelassen hatten. Emma und Seb griffen nach dem Korb, als er die Spitze erreichte, und halfen ihm über den Rand.

Kalter Wind blies Brady in den Nacken. Er zog seine Sturmhaube mit einem finsteren Blick wieder über seinen Kopf. »Sag ihnen, sie sollen ihre Hintern hier hochbringen, damit wir-« Seine Worte erstickten in seiner Kehle, als ein brennender Schmerz durch seine Brust riss.

»Brady!« Sebs Ruf klang fern in Bradys Ohren.

Das Krachen eines Gewehrs hallte durch die Wildnis, als er auf die Knie fiel. Er legte eine Hand auf seine Brust und fühlte eine klebrige Nässe, die durch seine Kleidungsschichten sickerte. Was zum Teufel?

»Scheiße!« Seb kam schlitternd vor Brady auf den Knien zum Stehen. »Jemand schießt auf uns. Emma! Geh hinter diese Bäume.«

Brady sah Seb an. Es war schwer zu atmen. »Seb?«

»Sprich nicht. Spare deine Luft.« Ein weiterer Schuss prallte vom Boden hinter Seb ab. »Verdammt nochmal! Wir müssen aus dem Freien raus.«

»Waren das Schüsse?« Alex' Stimme trug von unten herauf.

»Ja! Brady wurde angeschossen. Bleibt unten!« Seb stand auf, eilte herum, um seine Arme unter Bradys zu haken, damit er ihn über den Boden zum Baumgruppe ziehen konnte, wo Emma Schutz suchte. Ein dritter Schuss traf einen Baumstamm knapp neben Sebs Kopf.

»Scheiße, das war knapp!«

»Wer schießt auf uns?« sagte Emma.

»Keine Ahnung. Aber das ist jetzt nicht meine Hauptsorge. Wir müssen die Blutung stoppen. Wo ist die Forensiktasche?«

Sie zeigte hinter die Bäume. Sie war noch im Schlitten mit der Leiche.

»Da ist-Erste Hilfe-« Brady zeigte auf sein ATV, unfähig, mehr herauszubringen, während er darum kämpfte zu atmen. Seine Brust brannte, aber seine Hände waren taub. Ein Klingeln in seinen Ohren drohte, alles andere zu übertönen.

Seb und Emma drehten sich um, um auf das Fahrzeug zu schauen.

»Bleib bei ihm. Übe Druck auf die Wunde aus.« Seb stand auf und rannte zum ATV, rutschte dahinter, als eine Kugel an der Stoßstange abprallte.

Brady schloss die Augen und konzentrierte sich darauf, genug Luft einzuatmen. Seine Brust gurgelte bei jedem Atemzug und seine Zähne klapperten, als Kälte eindrang. Druck auf seiner Brust ließ ihn stöhnen.

»Es tut mir leid«, flüsterte Emma.

»Es ist-okay.« Er biss die Zähne zusammen gegen den Schmerz und kämpfte gegen die Dunkelheit, die die Ränder seiner Sicht umschloss.

Seb kehrte zurück, mit einem Erste-Hilfe-Kasten in der Hand. Er öffnete den Reißverschluss und fand Gaze. Brady bemerkte kaum, wie er die Packungen aufriss. Der Druck auf seiner Brust ließ für einen Moment nach, aber kalte Luft ersetzte ihn, als Seb seinen Mantel und sein Hemd aufriss, um die Gaze gegen die Wunde zu drücken. Er zischte, als Seb Druck ausübte und sein Gewicht dahinter setzte.

»Emma, halt das. Ich muss Hilfe rufen.«

Brady sprach ein Dankgebet für das Satellitentelefon, das keiner von ihnen mehr zu Hause ließ. Er öffnete die Augen und sah, wie Seb wegging, um das Telefon zu holen. Sein Atem rasselte und seine Sicht verengte sich weiter. Er kämpfte einen verlorenen Kampf mit dem Bewusstsein.

Tumult von der anderen Seite der Bäume half ihm, die Dunkelheit zurückzudrängen. Alex' Gesicht tauchte einen Moment später über ihm auf.

»Ich habe dir gesagt, du sollst unten bleiben«, knurrte Seb.

»Ja, vergiss das.« Er nahm Emmas Hände weg, um Bradys Wunde anzusehen, dann ersetzte er den Druck.

Brady stöhnte. »Hör auf damit«, stieß er hervor. »Lass es.«

»Tut mir leid, Mann. Gibt es eine Austrittswunde?«

»Nicht, dass wir bemerkt hätten, aber wir haben nicht wirklich nachgesehen«, sagte Emma.

»Ich muss dich umdrehen, Brady.« Alex wartete nicht auf seine Antwort. »Katie, hilf mir.«

Hände schoben und zogen ihn, drehten ihn auf seine Seite. Sein Kopf schwamm, als die Dunkelheit jetzt alles außer einem Punkt seiner Sicht verschlang.

»Der Hubschrauber ist unterwegs«, sagte Seb. »Wie geht es ihm?«

»Nicht gut. Es gibt keine Austrittswunde. Bei der Lage mache ich mir Sorgen um seine Leber sowie seine Lunge.«

Brady starrte zu ihnen hoch. Er konnte jetzt gerade noch ihre Gesichter erkennen und ihre Worte kaum verstehen. Alles war gedämpft, als hätte er Watte in den Ohren. Seine Augenlider flatterten. Macys schelmisches Lächeln und lebhafte blaue Augen blitzten in seinem Geist auf. Sein Herz machte einen Satz, als ihn der Gedanke traf, dass er sie vielleicht nicht wiedersehen würde. Dass er Dinge unvollendet gelassen hatte. Sie verdiente Besseres. Er hob eine Hand und berührte Sebs Arm.

»Seb. Sag-« Er schluckte und kämpfte, um wach zu bleiben. »Sag Mace-es tut mir leid. Und ich-liebe sie.«

»Das kannst du ihr selbst sagen.« Sebs Stimme brach. »Du kämpfst, hörst du mich? Zwing mich nicht, Macy zu sagen, dass du gestorben bist. Bitte.«

Brady versuchte, seine Augen offen zu halten, aber er war so müde. Sein Kopf schwamm und der Schmerz in seiner Brust verblasste, ersetzt durch ein schweres Nichts. Er war taub. Überall. Müdigkeit zerrte an seinen Gliedern, beschwerte sie wie hundert Fuß unter Wasser. Seine Sicht wurde dunkel, als er dem Zug nachgab.

KAPITEL
Siebzehn

Die Glocke über der Tür bimmelte, und Macy blickte von der Zubereitung eines Lattes auf, um Jace hereinkommen zu sehen.

»Hi!« Sie wandte sich wieder ihrer Aufgabe zu. »Hast du mehr Babyfotos mitgebracht, über die ich in Verzückung geraten kann?«

»Macy.«

Der leise, ernste Ton seiner Stimme ließ ihre Hände erstarren. Sie sah ihn an und bemerkte den grimmigen Ausdruck in seinen gutaussehenden Zügen. Ihr Herz setzte aus, dann beschleunigte sich sein Tempo.

»Was ist passiert?«

»Sie wurden überfallen, als sie die Überreste aus der Höhle brachten. Brady wurde angeschossen. Er wird mit dem Helikopter nach Denver geflogen.«

Die Tasse in ihrer Hand glitt ihr aus den Fingern, die heiße Flüssigkeit spritzte überall auf den Boden und ihre Schuhe. Sie bemerkte es kaum. Ihre Knie wurden weich, und sie sackte gegen die Theke. Anna, die Frau, die mit ihr arbeitete, fing sie um die Taille und hielt sie aufrecht, während Jace um die Theke herumlief, um zu helfen.

»Er darf nicht sterben«, flüsterte sie und starrte ihn an. Eine einsame Träne lief über ihr Gesicht.

Jaces Kiefer arbeitete. »Ich weiß. Komm schon. Ich fahre dich nach Denver.«

Sie nickte und blickte zu Anna.

»Geh. Ich kümmere mich um das Café. Ich kann heute sogar länger bleiben.«

»Danke.«

»Natürlich. Ruf mich später mit einem Update an, okay?«

Macy nickte und ließ Jace sie um die Theke herum und zur Tür hinausführen. Als er ihr in seinen Truck half, kam Anna mit ihrer Handtasche aus der Tür gerannt.

»Du könntest das brauchen.«

»Danke.«

»Gern. Ich hoffe, es geht ihm gut.«

Mit einem angespannten Lächeln schloss Macy die Tür. Anna trat zurück, als Jace auf den Fahrersitz stieg und den Motor startete, um vom Bordstein wegzufahren.

Macy umklammerte den Riemen ihrer Handtasche und fuhr mit den Daumen über das Leder. Ihr Kopf wirbelte vor Fragen, aber die, die herausstach, betraf alle anderen.

»Geht es den anderen gut?«

»Ja. Ich habe Gentry und Wilder geschickt, um im Helikopter, der Brady abholt, Feuerschutz zu geben. Sie haben niemanden gesehen. Wer auch immer auf ihn geschossen hat, muss verschwunden sein, als er den Hubschrauber hörte. Alex ist mit ihm nach Denver gefahren, während die Deputies bei den anderen geblieben sind, um ihnen zu helfen, sicher den Berg nach Benson hinunterzukommen. Seb ruft alle fünfzehn Minuten bei der Einsatzzentrale an, um ihren Fortschritt zu melden, und sie halten mich auf dem Laufenden.«

»Warum er? Warum nicht Seb?« Sie hob eine Hand. »Das kam falsch rüber.«

»Ich verstehe, was du meinst. Und wir wissen nicht, warum es Brady war. Vielleicht versuchte der Schütze, sie alle auszuschalten, und Brady war das leichteste Ziel. Seb sagte, es gab mehrere weitere Schüsse, und sie kamen alle aus großer Entfernung.«

Sie sprach ein Dankgebet, dass niemand sonst verletzt wurde. »Wie schlimm ist es? Und beschönige es nicht.«

»Es ist schlimm. Die Kugel ging auf der rechten Seite seiner Brust nahe dem Zwerchfell ein. Seb sagte, er hat mindestens einen kollabierten Lungenflügel. Sie waren sich jedoch nicht sicher über die Schäden an anderen Organen, als ich mit ihm sprach. Er war bewusstlos, als sie ihn in den Helikopter luden.«

Macy schloss die Augen, während Tränen über ihre Wangen liefen. Sie betete, dass er noch am Leben sein würde, wenn sie das Krankenhaus erreichten. *Bitte, Gott, lass ihn nicht sterben.* Sie wusste nicht, was sie tun würde, wenn sie ihn verlöre.

Jaces Hand bedeckte ihre. »Hab ein wenig Vertrauen? Er ist zäh.«

»Ich weiß«, flüsterte sie. »Ich versuche es.«

Er drückte ihre Hand.

Macy lehnte ihren Kopf gegen das Fenster und gab ihr Bestes, um die Fassung zu bewahren. Sie durfte noch nicht zusammenbrechen. Die Dinge waren noch zu ungewiss, als dass sie den Tränen nachgeben könnte. Was würde es bringen, wenn sie über etwas weinte, das vielleicht gar nicht so ernst war, wie es klang? Was, wenn er wach wäre und aufrecht sitzen und sprechen würde, wenn sie das Krankenhaus erreichten? Sie hätte umsonst geweint.

Sie schniefte und fühlte sich ruhiger, obwohl sie wusste, dass sie sich wahrscheinlich etwas vormachte. Aber wenn sie bei Verstand bleiben wollte, war das ihre Strategie.

Die Fahrt verging wie im Nebel. Sie erinnerte sich kaum an die Strecke und kam erst wieder zu sich, als sie die Schilder für die Notaufnahme bemerkte, während Jace in den Krankenhauskomplex einfuhr. Er parkte das Auto, dann jogten sie gemeinsam hinein. An der Anmeldung konnte das dort arbeitende Mädchen ihnen nur mitteilen, dass er operiert wurde, und wies sie zum Wartezimmer.

Mit einem Gefühl der Niederlage folgte Macy Jace den Gang hinunter zum OP-Zentrum. Er öffnete die Tür und hielt sie für sie auf.

»Macy. Jace.«

Sie drehte sich um, als sie ihren Namen hörte. Alex erhob sich von seinem Platz am Fenster. Sie eilte zu ihm.

»Wie geht es ihm? Was haben sie über seine Verletzungen gesagt? Wird er wieder gesund?«

Alex legte eine Hand auf ihre Schulter. »Setzen wir uns?« Er deutete auf eine Gruppe von Sofas im hinteren Teil des Raumes und führte sie dorthin.

Sie ließ sich auf die Kante von einem nieder. »Bitte, Alex. Ich muss wissen, wie es ihm geht.« Jace setzte sich neben sie und bot moralische Unterstützung.

»Er lebt. Sie haben ihm bei der Ankunft ein paar Einheiten Blut gegeben und ihn sofort in den OP gebracht. Der Chirurg versprach regelmäßige Updates, und das erste kam vor etwa einer halben Stunde. Die Kugel durchschlug seinen rechten Lungenflügel, prallte von der Metallplatte an seinem Brustkorb ab, dann wieder durch die Lunge zurück, um nahe seiner Wirbelsäule steckenzubleiben. Sie verfehlte sein Herz um Millimeter. Die Krankenschwester, mit der ich sprach, sagte, er wird den unteren Lappen seines rechten Lungenflügels verlieren.«

Macy sog scharf Luft ein und bedeckte ihren Mund mit beiden Händen. Weitere Tränen füllten ihre Augen. »Und danach? Wird er wieder gesund?«

»Seine Prognose ist vorsichtig. Er hat viel Blut verloren. Wenn sein Körper den Schock davon sowie die Operation übersteht, sollte er in Ordnung sein. Die nächsten vierundzwanzig Stunden sind entscheidend.«

Sie stützte ihre Ellbogen auf ihre Knie und fuhr mit den Händen über ihr Gesicht. »Oh mein Gott«, murmelte sie leise.

Alex legte wieder eine Hand auf ihre Schulter. »Brady ist ein starker, gesunder Mann, Macy. Und er ist ein Kämpfer. Er wird es schaffen.«

Sie nickte. Er musste überleben. Ein Leben ohne ihn wäre nichts wert. Wenn er das überlebte, schwor sie, ihn genug für sie beide zu lieben. Sie wollte ihn einfach nur in ihrem Leben haben.

Ein Stupser an ihrem Arm holte Macy aus dem leichten Schlummer, in dem sie sich befand. Sie setzte sich auf, gähnte und schaute Alex an. Er deutete auf einen Mann in blauen OP-Kitteln, der auf sie zukam.

»Das ist Bradys Chirurg.«

Alle Spuren von Müdigkeit verschwanden. Macy stand auf und wartete darauf, dass der Arzt sie erreichte.

»Dr. Walsh.« Alex streckte eine Hand aus.

»Dr. Randall. Ist das Mr. Archers Familie?«

»Seine Freundin, Macy, und sein Schwager, Jace. Der Rest seiner Familie ist zurückgeblieben, damit wir das Krankenhaus nicht überrennen.«

Walshs Augen weiteten sich. »Wie viele sind es denn?«

»Viele«, sagte Jace. »Wie geht es ihm?«

»Er ist vorerst stabil. Ich habe den unteren Lappen seines rechten Lungenflügels entfernt und ein Loch in seiner Leber genäht. Die Kugel hat ihre Oberseite gestreift, als sie durch die Lunge ging. Solange keine Komplikationen auftreten, sollte er mit der Zeit wieder in Ordnung sein.«

Macys Knie wurden schwach, als Erleichterung sie erfüllte. Tränen anderer Art drohten zu fallen. »Können wir ihn sehen?«

»Ja. Ich wollte sicherstellen, dass er im Aufwachraum untergebracht ist, bevor ich mit Ihnen sprach. Sie sollten ihn bald auf die Intensivstation verlegen. Wenn Sie mir folgen, bringe ich Sie nach oben, um zu warten.«

Sie widerstand dem Drang, zum Aufzug zu rennen. Sie musste ihn sehen und sich versichern, dass es ihm gut ging. Ihr Fuß tippte auf den Linoleumboden, während sie mit dem Lift in den vierten Stock fuhren. Konnte dieses Ding nicht schneller fahren?

Die Türen öffneten sich mit einem Klingeln, und sie folgte Dr. Walsh auf die Station. Er führte sie zum Wartezimmer, wo eine ehrenamtliche Helferin hinter einem Schreibtisch sie begrüßte.

»Diese Leute warten darauf, dass Brady Archer aus dem OP kommt«, sagte er zu der älteren Frau.

Sie lächelte und nickte. »Ich lasse das Pflegepersonal wissen, dass seine Familie hier ist.« Sie nahm den Hörer ab.

»Ich bin sicher, es dauert nicht mehr lange. Wenn Sie Fragen haben, informieren Sie die Krankenschwestern, und sie werden mich kontaktieren.«

Sie dankten dem Arzt, und er ging. Macy schritt zum Fenster und blickte in den dunklen Himmel. Wolken verdeckten den Mond und die Sterne und ließen die Welt draußen eingeengt wirken. Es passte zu ihrer Stimmung. Wenn sie ihn nicht bald heraufbringen würden, damit sie ihn sehen konnte, würde sie verrückt werden.

Die Minuten verstrichen wie in Zeitlupe, bis endlich das Telefon klingelte. Macy drehte sich um und starrte die ältere Frau an, deren Namensschild »Marsha« lautete, in der Hoffnung, dass es jemand sei, der ihr sagte, sie könnten Brady sehen.

Marsha legte auf und lächelte ihr zu, während sie von ihrem Stuhl aufstand. »Das war die Schwesternstation. Folgt mir, ich bringe euch zu seinem Zimmer.« Die Frau nahm einen Stock, der an der Rückseite ihres Stuhls hing, und humpelte zur Tür.

Ein Schrei baute sich in Macys Kehle auf. Sie presste ihre Lippen zusammen, um ihn zu unterdrücken.

»Ma'am, warum sagen Sie uns nicht einfach seine Zimmernummer, und wir finden den Weg selbst. Kein Grund für Sie, den ganzen Weg zu laufen«, sagte Jace.

Macy wollte ihn küssen.

»Oh, das macht keine Umstände. Ich muss sowieso meine Beine strecken.«

Verdammt! Macy stieß einen harten Atemzug durch ihre Nase aus und folgte der älteren Frau aus dem Zimmer. Sie warf Jace einen Blick zu, während sie dahinschlurften. Er zuckte mit den Schultern, und sie seufzte. Er hatte es versucht, und dafür war sie dankbar.

»Okay, hier sind wir.« Marsha hielt vor einer Tür an und lächelte sie an.

Macy dankte ihr und stieß die Tür auf, ohne auf Jace und Alex zu warten. Sie blieb direkt hinter der Schwelle stehen, als sie ihren ersten Blick auf ihn warf. Er war blass, und Schläuche und Kabel waren überall; sie kamen aus seinem Handgelenk, waren an seiner freigelegten Brust befestigt und schlängelten sich unter dem Bettlaken hervor, das seine untere Hälfte bedeckte.

Ihre Unterlippe zitterte, und sie saugte sie ein, um das Schluchzen zurückzuhalten. Mit zitternden Händen ging sie an sein Bett und beugte sich über ihn, strich eine Haarsträhne von seiner Stirn. Sie drückte einen Kuss auf seine Schläfe.

Seine Augenlider flatterten, und er drehte den Kopf zu ihr.

»Brady?« Sie konnte das Lächeln nicht zurückhalten, als er seine Augen öffnete und ihre dunklen Tiefen enthüllte.

»Macy?«

»Ja. Hey.« Sie kämmt mit den Fingern durch sein Haar. »Erinnerst du dich, was passiert ist?«

»Irgendwie schon. Feuriger Schmerz und das Krachen eines Gewehrs. Und Blut.« Er schloss für einen Moment die Augen und schluckte schwer. »Wo bin ich?«

»Denver. Seb hat einen Rettungshubschrauber gerufen, und sie haben dich hierher geflogen. Du hast den unteren Lappen deines rechten Lungenflügels verloren und einen Schaden an deiner Leber, aber du solltest wieder gesund werden.«

Eine Träne rollte über sein Gesicht. »Es tut mir so leid, Macy.«

»Wofür? Du wolltest nicht angeschossen werden.«

»Nein. Für all die Zeit, die ich verschwendet habe. Du hattest recht, mich aus deinem Leben auszuschließen. Ich bin ein Idiot.«

Sie lächelte. »Das weiß ich schon lange.« Sie schniefte, glücklich, dass er wach und er selbst war, auch wenn er bereit war, wieder einzuschlafen. Sie beugte sich hinunter und küsste seine Stirn. »Ruh dich aus, und wir reden später.« Sie richtete sich auf, um wegzugehen, aber er schnappte mit überraschender Kraft nach ihrer Hand. Ihre Stirn runzelte sich, als sich ihre Blicke trafen.

»Ich liebe dich. Es tut mir leid, dass es das brauchte, damit ich es erkenne.«

Macys Herz stockte, dann ging es in den Overdrive, das Tempo machte sie schwindelig. Sie drückte seine Hand. Emotion machte ihre Stimme dick, als sie antwortete. »Ich liebe dich auch, du verrückter Kerl.« Sie beugte sich hinunter und drückte einen sanften Kuss auf seine Lippen. »Schlaf ein bisschen.«

Er nickte, seine Augen schlossen sich bereits. »Solange du hier bist, wenn ich aufwache.«

»Nirgendwo wäre ich lieber.«

Macy sank auf das Sofa unter dem Fenster in Bradys Zimmer und kuschelte sich unter die Decke, die ihr die Krankenschwestern gebracht hatten, um die Kälte im Raum abzuhalten. Es war die zweite Nacht im Krankenhaus und sie war genauso erschöpft wie Brady. Der Tag war voll mit Physiotherapie und Besuchern gewesen. Die meisten seiner Familienmitglieder, einschließlich der Zwillinge, waren vorbeigekommen, um ihn zu sehen. Doch jetzt waren die Lichter im Flur gedimmt und die Station war ruhig.

Ein Blick nach draußen offenbarte einen hellen Mond. Macy konnte es kaum erwarten, bis sie wieder zu Hause wären, damit sie auch die Sterne sehen könnte. Hier in der Stadt waren sie durch all die hellen Lichter ausgewaschen. Mit einem Seufzer nahm sie ihr Telefon zur Hand, um Seb anzurufen. Es war spät, aber sie musste wissen, wie es lief. Er und Jace hatten heute nicht vorbeigeschaut, und die anderen wussten wenig über die Ermittlungen.

Das Telefon klingelte mehrmals, bevor ein müde klingender Sebastian ranging.

»Macy? Ist alles in Ordnung?«

»Alles ist gut.« Sie hielt ihre Stimme leise, um Brady nicht zu wecken. »Er schläft. Ich wollte nur wissen, was dort passiert. Seid ihr der Lösung näher gekommen, wer auf ihn geschossen hat und warum?«

Er seufzte. Sie konnte den Ekel darin hören.

»Nicht wirklich. Ich kann Robbie Knight nirgendwo finden. Niemand hat ihn seit vorgestern gesehen. Und jetzt kommt's. Daniel Kerr wird vermisst.«

»Was? Hast du Denise angerufen und gefragt, ob sie von ihm gehört hat?«

»Ja. Sie hat seit gestern Morgen nichts mehr von ihm gehört. Er hat angerufen, um nach Jessie zu fragen, aber nichts darüber gesagt, was er vorhatte. Sie hat mehrmals versucht, ihn anzurufen, aber es geht direkt auf die Mailbox.«

»Du glaubst doch nicht-« Der Staatsanwalt konnte unmöglich derjenige sein, der den Abzug betätigt hatte. Oder doch?

»Ich weiß nicht, was ich denken soll. Nichts würde mich überraschen. Nicht nach all dem Pech, das wir dieses Jahr hatten.«

Sie auch nicht. Wenn sie in den letzten zehn Monaten etwas gelernt hatte, dann, dass nichts unmöglich war, selbst die schlimmsten vorstellbaren Dinge.

»Ich versuche trotzdem, unvoreingenommen zu bleiben. Er und Robbie waren einst Freunde. Vielleicht sucht er auch nach ihm.«

»Ohne jemandem Bescheid zu geben?«

»Vielleicht beschützt er ihn.«

»Vor was?«

»Dem Schützen. Sich selbst. Mir. Ich weiß es nicht.« Er gähnte. »Ich werde aber weitersuchen. Nach beiden. Morgen früh.«

Sie lachte leise. »Ja, okay, ich verstehe den Wink. Schlaf etwas, wir reden später.«

»Gute Nacht, Macy.«

»Gute Nacht.« Sie legte auf und ließ ihr Kinn kurz auf dem Handy ruhen, während sie über ihr Gespräch nachdachte. Sie konnte sich Dan nicht als Mörder vorstellen. Robbie auch nicht, aber sie kannte ihn nicht besonders gut. Er war ein Trinker, aber nie gewalttätig gewesen.

Ein Gähnen überkam sie. Sie hätte sich in den Schlafanzug umziehen sollen, den London und Tara ihr mitgebracht hatten, bevor sie es sich auf dem Sofa bequem machte. Kurz überlegte sie, in den Klamotten zu schlafen, die sie trug, wusste aber, dass die Flanellhose, dicken Socken und das langärmlige T-Shirt viel bequemer sein würden als ihre Skinny Jeans und die Strickjacke.

Sie schob die Decke weg und stand auf, nahm die Tasche, die ihre Freundinnen mitgebracht hatten, und verließ das Zimmer, um das Familienbadezimmer den Gang hinunter zu benutzen. Sie würde schnell duschen und dann ihren Schlafanzug anziehen.

Im Bad kramte sie die Reisetoilettenartikel heraus, die ganz unten verstaut waren, und zog sich aus, bevor sie in die Dusche stieg. Das warme Wasser floss über ihren müden Körper und linderte etwas von dem Stress des Tages, entspannte sie. Sie seifte ihr Haar und ihren Körper ein, spülte sich ab und stieg wieder aus. Die Handtücher des Krankenhauses waren kratzig und zu klein, erfüllten aber ihren Zweck. Sie wischte das Wasser von sich ab, zog sich einen Sport-BH und ihr Oberteil an und wickelte ein weiteres

Handtuch um ihre Haare, um etwas Feuchtigkeit aufzusaugen, während sie sich fertig anzog und die Zähne putzte. Nachdem sie ihr dickes Haar durchgekämmt hatte, sammelte sie ihre Sachen und ging den Flur zurück zu Bradys Zimmer.

Auf Zehenspitzen trat sie über die Schwelle und ging zur gegenüberliegenden Seite des Raumes, um ihre Tasche zu verstauen. Die Haare in ihrem Nacken stellten sich eine Sekunde bevor eine Hand über ihren Mund und ein Arm um ihre Taille gelegt wurde.

»Nicht schreien.«

Whiskey-gesäuerter Atem streifte ihre Nase. Angst stieg in ihr hoch und schnürte ihr die Luftröhre zu. Sie würgte hinter der Hand des Mannes und versuchte, durch die Nase Luft zu holen. Mit steifem Körper grub sie ihre Nägel in den Arm, der sie festhielt.

»Ich lasse dich los, aber schrei nicht, okay?« Die Stimme wurde sanfter.

Sie nickte, ihr Verstand klärte sich etwas bei dem weniger bedrohlichen Ton. Er ließ ihren Mund los. Macy sog eine Lunge voll Luft ein. Der Arm um ihre Taille spannte sich an und entspannte sich dann, als sie nicht schrie. Er ließ sie los, und sie drehte sich um. Ihre Augen weiteten sich, als sie den Mann in grauer Hausmeisteruniform und Baseballkappe erkannte.

»Robbie. Was machst du hier? Wie bist du hereingekommen?«

Er schluckte schwer, sein Blick verließ ihren, um nach draußen zu sehen, bevor er zurückkehrte. »Die Krankenschwestern dachten, ich gehöre zum Reinigungspersonal. Es tut mir leid.«

»Es tut dir leid? Dass du gelogen hast?« Ein Gedanke traf sie. »Warte. Warst du derjenige, der auf Brady geschossen hat?«

Er nickte, sein Blick verließ ihren erneut, um auf einen Punkt hinter ihrer Schulter zu starren. »Und habe seine Bremsleitungen gelockert und diese Nachricht an deine Wand geschrieben. Als es euch nicht aufgehalten hat, bin ich euch in die Berge gefolgt.« Eine Träne rollte über sein Gesicht. »Ich sah, wie sie Stevens Körper über die Kante brachten, und ich konnte einfach nicht zulassen, dass sie ihn von dort wegbringen.«

»Warum das alles? Willst du nicht, dass er bei deinen Eltern begraben wird? Dass ihr wisst, was mit ihm passiert ist?«

»Ich weiß, was mit ihm passiert ist.«

Die Gewissheit in seiner Stimme jagte ihr Schauer über den Rücken. Sie schluckte und beobachtete ihn vorsichtig. »Was ist mit ihm passiert, Robbie?«

»Ich habe ihn erstochen.« Seine Stirn runzelte sich und seine Fäuste ballten sich. »Ich musste.«

»Du hast deinen Bruder getötet? Als du ein Kind warst?« Ihre Frage endete in einem Flüstern.

Er nickte. »Steven war böse. Ich musste.«

Steven war der Böse? »Was hat er getan?«

»Er hat gerne Tiere gequält. Frösche, Eichhörnchen, Kätzchen. Er hat meinen Welpen erwürgt und mich zuschauen lassen. Sagte, es sei, weil der Welpe schlecht war. Er hörte nicht auf, ins Haus zu pinkeln. Steven mochte das nicht. Er sagte mir, wenn ich es Mama und Papa erzählen würde, würde er mir dasselbe antun, während ich schlief.«

Eine Bewegung hinter ihm zog ihre Aufmerksamkeit auf sich. Sie beherrschte ihr Gesicht und hoffte, dass es ausdruckslos blieb, damit Robbie sich nicht umdrehte und Brady sah, der sich aufsetzte.

»Ist das der Grund, warum du ihn erstochen hast?«, fragte sie und versuchte, seine Aufmerksamkeit auf sich gerichtet zu halten. Brady schlug die Decken zurück und ließ seine Beine über die Bettkante gleiten.

Er schüttelte den Kopf. »Nein. Das kam später. Wir waren beim Camping. Er wollte losgehen und Nachttiere finden.«

Macy hob eine Hand. »Warte. Ich dachte, er sei aus eurem Haus verschwunden.«

Robbie schüttelte den Kopf. »Das ist, was Mama und Papa die Leute glauben lassen wollten.« Seine Schultern sackten nach unten. »Ich musste.«

»Fang von vorne an. Ich will es verstehen.« Sie ließ ihren Blick kurz an ihm vorbeigleiten. Brady war aus dem Bett, stand neben ihm, sein Blick auf Robbie fixiert, während er sich am Bettgitter festhielt.

»Er weckte mich auf und sagte, wir würden auf die Jagd gehen. Ich wollte nicht mit, aber ich wusste, wenn ich nicht mitginge, würde er einen Weg finden, mir wehzutun. Wir zogen unsere Schuhe an, und er nahm Papas Jagdmesser, dann schlichen wir uns hinaus.«

Brady hielt jetzt seinen Infusionsständer fest und benutzte ihn wie einen Stock. Macy versuchte, ihm mit einer Hand an ihrer Hüfte ein Zeichen zu geben. Sie wollte Robbies Geschichte hören, bevor er eingriff. Um zu verstehen, warum. Brady musste sie gesehen haben, denn er hielt am Fußende des Bettes inne.

»Ich war kleiner als Steven, also hatte ich Mühe mitzuhalten. Ich stolperte und verscheuchte den Waschbären, den er verfolgte. Er wandte sich gegen mich. Kam mit diesem Messer auf mich zu und sagte, wenn er keine Tiere jagen könne, würde er eben mich jagen. Ich kam auf die Füße und rannte. Ich wusste, wenn er mich erwischen würde, würde er mich töten. Irgendwie kam ich weit vor ihn, also kletterte ich auf einen Baum. Ich muss ein Geräusch gemacht haben, denn er fand mich. Als er versuchte, hochzuklettern, um mich zu fangen, sprang ich runter, aber ich war nicht schnell genug. Er sprang mir nach, verlor aber sein Messer. Ich hob es auf und dachte nicht nach. Ich stach einfach zu, als er wieder auf mich zukam.«

Macy sog scharf die Luft ein, ihr Herz brach für den jungen Jungen, der in eine so schreckliche Situation geraten war.

»Wie ist er in die Höhle gekommen?«

»Ich rannte zum Zelt zurück und weckte meine Eltern. Papa sagte uns, er würde sich darum kümmern. Ich wusste nicht, was er mit Stevens Körper gemacht hatte, bis ihr ihn gefunden habt. Ich wusste nur, dass er draußen im Wald war. Wir fuhren in dieser Nacht nach Hause, und Mama und Papa erfanden eine Geschichte darüber, wie wir früh nach Hause kamen, weil ich mich nicht wohlfühlte, was Steven verärgerte und er weglief. Wir wohnten nahe genug am Rand der Stadt, es war nicht schwer, die Leute glauben zu lassen, er hätte sich im Wald verirrt.« Tränen rannen über seine Augenlider und liefen sein Gesicht hinunter. »Warum konntet ihr ihn nicht einfach dort lassen?«, fragte er mit rauer Stimme. »Er war ein Monster. Jetzt ist er zurück.«

»Zurück? Nein, Robbie, er ist immer noch tot. Nichts als Knochen, die dir nie wieder wehtun können.«

»Nein.« Er packte die Seiten seines Kopfes. »Nein, nein, nein, nein! Er ist da draußen und wartet auf mich. Und es ist *deine* Schuld!« Er warf seine Hände weg und machte einen Schritt auf Macy zu.

Sie hielt ihre Hände hoch und trat zurück. Brady taumelte vom Bett weg.

»Hey!«

Robbie drehte sich um und sah Brady, der auf ihn zukam.

»Wenn du jemanden beschuldigen willst, beschuldige mich. Ich führte die Polizei zu ihm. Ich zog ihn diese Klippe hoch. Macy hatte damit nichts zu tun.« Er stand aufrecht und versuchte, den kleineren Mann zweimal überlegen zu lassen, ob er ihn angreifen sollte, aber Macy konnte den Schmerz in seinem Gesicht sehen, den er zu verbergen versuchte.

Sie lief um sie herum und stellte sich zwischen sie. Sie konnte nicht zulassen, dass Robbie ihn angriff. Brady war in keinem Zustand, sich gegen jemanden zu verteidigen, der vor Angst blind war. »Robbie, bitte. Niemand muss verletzt werden. Ich weiß, du denkst, Steven ist frei, um dir wieder wehzutun, aber das ist einfach nicht der Fall. Lass uns uns setzen, okay?« Sie streckte eine Hand nach ihm aus und deutete zum Sofa. Er trieb in diese Richtung. »Wir können darüber reden, und dann rufen wir Seb an, und du kannst ihm erzählen, was passiert ist.«

Robbie erstarrte.

Mist! Sie hatte es übertrieben, als sie die Polizei erwähnte.

»Nein.« Er wich zurück. »Ich gehe nicht ins Gefängnis. Nicht wegen Mordes. Es ist mir egal, dass ich Steven getötet habe. Er hat es verdient zu sterben. Er war böse.«

»Seb wird dich nicht wegen Mordes verhaften. Er wird deine Geschichte hören und verstehen. Du warst ein Kind, das Angst hatte, dass dein Bruder dich töten würde, wenn du nichts unternimmst.« Und was das Schießen auf Brady und all die anderen Dinge betrifft, die er getan hatte, war sie ziemlich sicher, dass ein Richter Gründe für Unzurechnungsfähigkeit sehen würde. Der arme Mann hatte ernsthafte psychische Probleme, wenn es um seinen Bruder ging. »Bitte. Lass uns einfach sitzen. Alles wird gut, okay?«

Er starrte sie mehrere Momente an, bevor sein Gesicht zusammenbrach und die Tränen ernsthaft begannen. »Es tut mir so leid. Ich wollte nicht, dass jemand verletzt wird. Ich wollte nur Steven begraben halten, damit er mir nicht mehr wehtun konnte.«

Macy beruhigte ihn sanft und führte ihn zum Sofa. »Es ist okay. Wir verstehen.« Sie half ihm, sich zu setzen, ließ eine Hand für einen Moment auf seiner Schulter, bevor sie zurücktrat und ihn weinen ließ.

Sie ging zu Bradys Seite. »Alles okay?« Schweiß stand auf seiner Stirn.

»Ja.« Seine Knie knickten ein.

»Whoa!« Sie legte einen Arm um seine Taille und stemmte ihre Füße fest auf den Boden, um aufrecht zu bleiben, als sie sein Gewicht auf sich nahm. Taumelnd unter ihrer Last half sie ihm zurück ins Bett. Er sank mit einem Zusammenzucken und einem Stöhnen nieder.

»Bist du sicher, dass es dir gut geht?« Sie legte ihre Hände auf seine Schultern.

Er nickte, sein Atem stockte vor Schmerz. »Ja. Ich brauche nur... einen Moment.«

Macy wandte ihren Blick von ihm ab, um nach Robbie zu sehen, der immer noch auf dem Sofa schluchzte, und ein Gedanke kam ihr. Sie ging hinüber, um sich vor ihm zu hocken. »Robbie.« Er weinte weiter. »Robbie, sieh mich an.« Sie berührte sein Knie. Er schluckte, sah sie aber an. »Wo ist Dan? Hast du ihn gesehen?«

»Dan?« Die Tränen verlangsamten sich.

Sie nickte. »Daniel Kerr. Niemand hat seit kurzem von ihm gehört. Weißt du, wo er ist?«

Sein Gesicht verzog sich und seine Schultern sackten herab. »Er ist im Schuppen bei meinem Haus.«

Macy schluckte schwer, hatte Angst, ihre nächste Frage zu stellen, wusste aber, dass sie es musste. »Geht es ihm gut?«

Robbie zuckte mit den Schultern. »Er kam zu mir und fragte, was ich wüsste. Er hat alles herausgefunden. Ich musste ihn daran hindern, es zu erzählen. Um Steven fernzuhalten.«

»Robbie, hast du Dan getötet?«

»Nein.« Er schüttelte heftig den Kopf. »Nein. Er war am Leben, als ich ihn in den Schuppen brachte. Ich könnte Danny nie töten. Er ist mein Freund.«

Macys Schultern entspannten sich. *Gott sei Dank.* Sie tätschelte Robbies Knie. »Gut. Danke, dass du es mir gesagt hast. Ich werde dafür sorgen, dass er in Sicherheit ist.«

In Robbies Augen stiegen wieder Tränen auf. »Es tut mir leid. Ich wollte niemanden verletzen. Ich wollte nur, dass Steven mich in Ruhe lässt.«

»Ich weiß. Und das wird er. Ich verspreche es. Steven kann niemandem jemals wieder wehtun.«

Er schniefte und umarmte sich selbst, sank in das Sofa.

Macy stand auf und ging rückwärts zur Tür, behielt ihn im Auge, während sie sie öffnete. Er bewegte sich nicht, starrte nur ins Leere, während stille Tränen über seine Wangen liefen. Sie trat aus dem Zimmer und zog die Aufmerksamkeit der Krankenschwester am Empfang auf sich.

»Rufen Sie die Security. Bradys Schütze ist im Zimmer.«

Die Augen der Frau weiteten sich.

»Alles ist in Ordnung«, beeilte sie sich zu versichern. »Es

besteht keine Gefahr. Er ist psychisch krank und weint auf dem Sofa. Holen Sie sie einfach her. Ich rufe den Sheriff an.«

Die Krankenschwester nickte und nahm das Telefon ab. Macy schlüpfte zurück ins Zimmer und fand ihr Telefon, um Seb anzurufen.

Innerhalb von zwanzig Minuten überschwemmte Chaos den kleinen Raum. Macy saß auf einem Stuhl in der Nähe des Kopfendes von Bradys Bett und beobachtete, wie einer von Sebs Deputies einen gedämpften Robbie in Handschellen aus dem Zimmer führte. Seb hielt am Fußende des Bettes an und schaute zu, wie sie gingen, bevor er Macy und Brady ansah.

»Geht es euch gut?« Er hob eine Augenbraue zu seinem Bruder.

Brady nickte, seine Augenlider wurden schwer. Die Kranken-schwestern hatten ihm etwas gegen die Schmerzen gegeben, nachdem sie die Security gerufen hatten, und er kämpfte seitdem dagegen an, wach zu bleiben. »Mir geht's gut. Froh, dass es vorbei ist.«

Sebs Mund verzog sich nach unten. »Ja.«

»Warum schaust du so finster?«, fragte Macy.

Seb zuckte mit den Schultern und verschränkte die Arme. »Es ist einfach traurig. All diese ruinierten Leben wegen einer bösen Seele.«

»Es hätte noch mehr sein können. Wenn Steven nicht als Kind gestorben wäre, hätte er ein weiterer Ryan Marsters werden können.«

»Stimmt.« Seb richtete sich auf. »Braucht ihr etwas?«

Macy blickte zu Brady, dann schüttelte sie den Kopf. »Nein. Er schläft fast und ich gehe ins Bett, sobald ihr alle hier raus seid.«

»Okay.« Er tippte auf Bradys Fuß. »Halte dich aus Schwierigkeiten raus, ja? Keine nächtlichen Anrufe mehr, die mich aus
dem Bett jagen.«

Bradys Mundwinkel zuckte. »Ich werde es versuchen. Ich
heirate allerdings Macy, also keine Garantien.«

Ihr Kopf wirbelte herum, um ihn mit offenem Mund anzustarren. Ein Lächeln umspielte seine schönen Lippen. »Was?«

»Damit bin ich raus. Wir sehen uns morgen.« Sebs Stiefel
dröhnten auf dem Boden, als er den Raum verließ und das
letzte bisschen Chaos mit sich nahm.

Sie sah ihm nicht nach, unfähig, ihre Augen von dem Mann
abzuwenden, der ihr Herz besaß.

»Was? Du dachtest doch nicht, dass ich meine Liebe erkläre
und es dabei belasse, oder?«

»Nun, nein. Aber ich dachte, du würdest zumindest warten,
bis du aus dem Krankenhaus raus bist, bevor wir
weitergehen.«

Er zuckte mit den Schultern, verzog dann das Gesicht, als die
Bewegung seine Operationsnarbe verschob. »Es hat keinen
Sinn, Dinge nur halbherzig zu machen.« Seine Finger
wanderten über die Decke und umschlossen ihre. »Ich liebe
dich, Macy. Jetzt, da mein Verstand mit meinem Herzen
aufgeholt hat, gibt es kein Leugnen mehr, noch möchte ich es.
Ich will einfach mit dir zusammen sein. Für immer. Heirate
mich?«

Tränen schwammen in ihrem Blickfeld und sie schniefte. »Ich
hätte das aufnehmen sollen, damit ich es dir vorspielen kann,
wenn du nicht mehr high von Schmerzmitteln bist und alles
leugnest.«

Sein Lächeln wurde breiter. »Es sind nicht die Medikamente,

die da sprechen. Heirate mich. Verbring den Rest deines Lebens damit, mich auf meinen Bullshit hinzuweisen.«

Ihr Herz schwoll so sehr an, dass es schmerzte, sie erhob sich weit genug von ihrem Stuhl, um sich über ihn zu beugen, ihr Gesicht nur Zentimeter von seinem entfernt. »Unter einer Bedingung.«

»Welche?«

»Wir gehen nicht campen für unsere Flitterwochen. Keine Wildnis jeglicher Art.«

Er lachte, stöhnte dann sofort. »Gott, das tat weh.« Er holte langsam Luft. »Aber ja, kein Camping.«

Sie grinste. »Gut.« Ihr Lächeln verblasste, als sie auf ihn hinabblickte. Sein dunkler Blick glitzerte im Deckenlicht. »Ich liebe dich, Brady. So sehr. Ich wäre geehrt, deine Frau zu sein.«

Dieses wunderschöne Lächeln blühte auf seinem gutaussehenden Gesicht auf und nahm etwas von dem Schmerz und der Müdigkeit mit. »Ich bin derjenige, der geehrt ist. Ich bin ein verdammter Narr, aber ich bin so froh, dass du mir eine weitere Chance gegeben hast. Ich verspreche, sie nicht zu verschwenden.«

»Ich werde es nicht zulassen.« Sie schloss die Lücke zwischen ihnen und besiegelte das Versprechen mit einem Kuss.

Epilog

Das Donnern von hunderten Hufen auf der festgetretenen Erde hallte durch Bradys Brust, während er auf Titan neben der Herde ritt. Es tat gut, wieder im Sattel zu sein. Vorne öffnete einer der Helfer das Tor, um das Vieh in den Pferch nahe den Scheunen zu lassen. Brady pfiff, als er die Tiere durch die Öffnung trieb. Er hielt neben seinem Vater an, als dieser das Tor schloss.

»Wie fühlst du dich, Sohn?«

»Gut.«

»Keine Schmerzen?«

»Nichts, was ich nicht erwartet hätte.« Seine Hüften und Knie würden sich später über den langen Ritt beschweren, aber seine Brust fühlte sich gut an.

»Gut.« Lee zeigte auf die gegenüberliegende Seite des Geheges. »Jemand wartet auf dich.«

Er drehte sich um und sah Macy, die auf der Zaunstange stand, ihr kastanienrotes Haar wehte im Wind. Ein Grinsen breitete sich auf seinem Gesicht aus. »Wir sehen uns später, Dad.«

Lee schmunzelte. »Nicht zu lange. Wir haben noch Arbeit zu erledigen.«

Brady warf ihm ein Lächeln zu, als er davonritt und den Zaun umrundete. Als er näher kam, bemerkte er, dass Dan und Denise bei ihr standen, zusammen mit Hannah und Jessie, und einem überraschenden Besucher – Asa Mitchell. Er hielt neben ihnen an und stieg ab.

»Brady!« Jessie stürzte sich auf ihn und umarmte ihn.

Er lachte und schlang Titans Zügel um die Zaunstange, bevor er sie hochhob. »Hey, Knirps.«

»Rate mal!«

»Was?«

»Dan hat uns zu einem tollen Museum in Colorado Springs gebracht. Da gab es ein echtes Gehirn zu sehen. Und Dinosaurierknochen!«

»Wirklich?«

»Ja!«

»Das Gehirn war eklig, aber die Dinosaurier waren cool«, sagte Hannah.

»Ich freue mich, dass ihr Spaß hattet.« Er setzte Jessie auf den Boden und sah dann zu Dan und Denise. »Seid ihr schon lange zurück?«

Dan schüttelte den Kopf. »Ein paar Minuten. Wir sind reingefahren und Hannah hat gesehen, wie Herr Mitchell mit Macy sprach.« Er grinste das Mädchen an. »Sie hat uns angefleht anzuhalten.«

Hannahs Wangen röteten sich. »Ich bin ein Fan. Verklagt mich doch.«

Asa lachte. »Niemals, Herzchen. Ich bin froh, dass du angehalten hast, um Hallo zu sagen.«

Sie errötete noch mehr.

Denise legte einen Arm um die Schultern ihrer Tochter. »Kommt. Lass uns nach Hause fahren und abkühlen. Ich weiß nicht, wie es euch geht, aber ich bin heiß und könnte ein Glas Eistee gebrauchen.«

»Kann ich Limonade haben?« Jessie hüpfte auf den Fußballen auf und ab.

»Natürlich.«

»Juhu!« Sie rannte zum Auto. »Tschüss, Macy! Tschüss, Brady! Tschüss, Herr Asa!« rief sie über ihre Schulter.

»Ich schätze, wir gehen jetzt«, sagte Dan mit einem amüsierten Lächeln. Er schüttelte den Kopf und folgte ihr.

Denise und Hannah winkten und folgten ihm.

Brady kicherte, als er ihnen nachsah, dann streckte er Asa die Hand entgegen. »Asa, schön, dich zu sehen. Was führt dich hierher?« Sie schüttelten sich die Hände, dann trat Brady zurück und legte einen Arm um Macys Taille, nachdem sie vom Zaun gesprungen war, um neben ihm zu stehen.

»Ich kam, um mir eine Stute anzusehen, die Knox hat, dann beschloss ich, noch kurz vorbeizuschauen, um dich und deine neue Braut zu sehen. Ich habe Macy gerade meinen Glückwunsch ausgesprochen, bevor ihre Schwestern vorbeikamen, um hallo zu sagen.«

Brady lächelte. »Danke. Tut mir leid, dass wir dir keine Einladung geschickt haben. Es war eine spontane Entscheidung.« Nachdem er aus dem Krankenhaus entlassen wurde, wollten beide nicht länger warten, um das nächste Kapitel ihres Lebens zu beginnen. Der morgige Tag war nicht garantiert, und sie wollten jede Minute, die sie zusammen hatten, nutzen.

Asa winkte ab und lächelte. »Schon gut. Ich hätte es sowieso nicht geschafft. Ich war auf Tournee.«

»Du bist jetzt aber im Ruhestand, oder?«

»Ja. Ich habe meine Gitarre an den Nagel gehängt und gegen Cowboystiefel und O-Beine eingetauscht.«

Brady lachte. »Wie läuft es als Vollzeit-Rancher?«

»Der Rancherteil ist gar nicht so schlecht. Ich bin gerne draußen auf dem Feld.« Er zuckte mit den Schultern und runzelte die Stirn. »Bringt mich weg vom Chaos zu Hause.«

»Chaos? Welches Chaos?« fragte Macy. »Wohnst du nicht bei deinem Vater?«

»Jep. Und unserer brandneuen Haushälterin, Daisy.«

Brady tauschte einen amüsierten Blick mit Macy bei dem Frust in seiner Stimme. »Was ist falsch an ihr?«

Asa verdrehte die Augen. »Vieles. Vor allem nervt sie mich bei jeder Gelegenheit.«

»Vielleicht solltest du einfach etwas Zeit mit ihr verbringen«, schlug Macy vor. »Weißt du, sie kennenlernen.«

»Nein. Ich muss weniger Zeit mit ihr verbringen. Mit jeder Frau, ehrlich gesagt. Nicht böse gemeint.«

»Was ist denn falsch an uns?« Sie stützte ihre freie Hand in die Hüfte.

»An dir? Nichts. Du bist toll. Aber die meisten anderen?« Er schüttelte den Kopf. »Sie wollen eines von zwei Dingen von mir: Sex oder Geld. Manchmal beides.«

»Was will Daisy?« fragte Brady. Er konnte kaum glauben, dass Silas jemanden beschäftigen würde, der hinter einem dieser Dinge von seinem Sohn her wäre.

Eine perplexe Falte zog seine Augenbrauen nach unten. »Ich weiß es nicht. Ich kann sie nicht durchschauen.«

Macy kicherte.

Asa richtete seine strahlend blauen Augen auf sie. »Was?«

»Tu dir selbst einen Gefallen und lerne sie kennen. Ich wette, du wirst überrascht sein.«

»Was macht dich da so sicher? Sie widerspricht mir ständig und weigert sich, zu tun, worum ich sie bitte. Aber sie hat kein Problem damit, das zu tun, worum mein Vater sie bittet.«

»Hast du es mal mit Bitten statt Befehlen versucht?«

»Ich mach doch nicht-«

Sie winkte lachend ab. »Natürlich tust du das. Asa, willst du wissen, warum ich dir nie zugesagt habe?«

»Du meinst, abgesehen davon, dass du an diesem Mistkerl gehangen hast?« Er deutete auf Brady.

Sie verdrehte die Augen. »Ja, abgesehen davon.«

»Klar. Schieß los.«

»Du bist zu selbstsicher.«

»Das ist eine schlechte Sache?«

»Manchmal. Ich wollte nicht nur ein weiteres Schmuckstück am Arm sein. Du bist es gewohnt, deinen Willen zu bekommen. Menschen überschlagen sich, um dich glücklich zu machen, einschließlich der Frauen, mit denen du ausgehst. Ich wäre nie glücklich in einer Beziehung, in der ich mich meinem Partner immer unterordnen muss.«

Brady schnaubte. »Das ist wahr. Sie kann mir einfach nie zustimmen.«

Macy tätschelte seinen Arm. »Schon gut, Schatz. Nicht jeder kann immer recht haben.«

Asa lachte, dann schüttelte er den Kopf. »Ich beneide euch beide. Und all eure Freunde und Geschwister. Ihr habt etwas gefunden, das für mich wahrscheinlich nicht vorgesehen ist. Nicht, dass ich sowas je wirklich wollte. Aber wenn ich es doch täte, würde es wahrscheinlich nie passieren. Mein Leben – meine Bekanntheit – ist einfach nicht förderlich für diese Art von Beziehung.«

»Vielleicht. Oder vielleicht ist es näher, als du denkst.«

Er runzelte die Stirn. »Du meinst Daisy?«

Sie nickte.

Er schnaubte. »Nein.«

Macy zuckte mit einer Schulter und schaute zu Brady hoch. »Verurteile es nicht, bevor du sie wirklich kennenlernst. Sie könnte dich überraschen.«

»Sie hat recht«, sagte Brady und lächelte auf seine Frau hinab. »Das Beste, was dir je passieren könnte, steht vielleicht direkt vor deiner Nase.«

Asa stöhnte. »Gott, die Ehe hat dich rührselig gemacht.« Er winkte ab. »Ich gehe zurück zu Knox. Er und ich können unser Junggesellenleben feiern.«

Brady lachte. »Mach das. Lade uns zur Hochzeit ein.«

Asa warf einen Blick zurück, ein Grinsen verzog einen Mundwinkel. Er schüttelte den Kopf. »Ihr träumt alle.«

Macy kicherte und winkte. »Tschüss, Asa. Grüß deinen Vater von uns.«

Sein Lächeln wurde aufrichtig. »Werde ich. War schön, euch beide zu sehen.«

»Dich auch.« Brady hob eine Hand und sah dem anderen Mann nach, der zu einem glänzenden grauen Truck ging, der vor der Scheune parkte.

»Sollten wir wetten, wie lange es dauert, bis er sie heiratet?« fragte Macy.

»Nee. Asa ist einfach geheimnisvoll genug, dass es ein paar Wochen oder ein paar Monate dauern könnte. Verdammt, es könnte sogar noch länger dauern.«

»Stimmt. Aber ich glaube nicht, dass es lange dauern wird.«

Er sah auf sie herab. »Nein?«

»Nein. Zu sehen, wie seine Freunde sich verlieben, hat ihn zum Nachdenken gebracht. Und diese Daisy klingt, als könnte sie die Frau sein, die seine Meinung ändert.«

»Du hast sie noch nicht mal getroffen.«

»Das muss ich auch nicht. Sein Tonfall und der Blick in seinen Augen sagen mir alles, was ich wissen muss.«

»Ist das so?« Ein Mundwinkel hob sich. Er beugte sich herunter.

Sie nickte und schenkte ihm ein sanftes Lächeln. »Genau.«

»Nun, ich bin einfach froh, dass du das nicht für ihn getan hast.« Er neigte seinen Kopf näher.

»Da bestand nie eine Gefahr. Du bist der Einzige, den ich je wollte.«

Ein Lächeln umspielte seinen Mund. »Gut.« Er schloss die Lücke für einen süßen Kuss auf ihre Lippen.

∼

ICH HOFFE, EUCH HAT LICHT DER MORGENRÖTE GEFALLEN! Wenn Sie über Neuerscheinungen auf dem Laufenden bleiben möchten, tragen Sie sich bitte in meine Mailingliste ein. Allein für die Anmeldung erhalten Sie ein kostenloses E-Book! Danke fürs Lesen!

So melden Sie sich für meine Mailingliste an: https://ashleyaquinn.com/deutsch